うずら大名

畠中　恵

集英社文庫

目次

本文イラスト／スカイエマ

うずら大名

序

若い頃、きっぱり金がなかった。

江戸に近い村の、名主の家に生まれたが、三男であったので、先々耕す田畑もなかった。

親はどこかへ養子に行って欲しいと願っていたが、何かを期待されてはいなかった。明日が不安であったので、とにかく何でもやれる事はしておこうと、道場へ通った。分かった事は、やっとうの才は、欠片もないという事であった。

だが。

それでも道場へ行って良かったと、心底思った。情けなくも、泣きたくなる程の不安は、自分一人が抱えているものではないと分かったからだ。

道場に集っていたのは、同じような思いを持っていた継ぐ家のない者達だった。

皆、明日が見えないのは、見事に同じだった。

武家でも、町人でも、百姓でも、笑えるくらい同じであった。

継ぐ家がない者は、養子先を見つけるか、己の力で家を興し、主にならねばならない。

そうでなければ、嫁を貰う事すら出来ないのだ。

一生を一人で過ごさねばならなくなる。

子を持てず、己が入る墓の心配を、せねばならなくなる。

この太平の世、変わりなく続いてゆく盤石の世から、己だけはじき出されてしまう。

家にも、村にも……この世にも、居場所がないように思えてしまう訳だ。

ある日思わず……己は思わず、道場の庭でそうつぶやいて、涙をこぼしてしまった。

そんな己が、嫌であった。

でも、何とかなるような気がしなかった。

すると。

つぶやきが聞こえたのか、庭から、何とも明るい笑い声が返ってきたのだ。

顔馴染みのお武家が二人、木の下にいて、笑っていた。そして笑いの訳は、思いも掛けないものであったのだ。

世は、変わってゆくものだと、お武家は言った。

大きくうねり、日々嫌と言うほど変わっていく。それは確かだと、お武家は道場近くの景色を見つつ言葉を続けた。

だが自分がそこに見たのは、のんびりとした、田舎(いなか)の田畑であった。

広い茄子(なす)の畑と、その奥に広がる大根の畑、そして田んぼだ。

昨日までと同じであった。

何が変わっているのですかと聞いたら、見た目では分からぬこともあると、自信を持った声で言われた。

正直な話、訳が分からなかった。

ただ。

お武家が言った言葉は、希望であった。

明日になれば、二人のお武家達は変わっているのかもしれない。自分も今とは別の者になれるかもしれない。そう思えたのだ。

だが、全てが変わってゆく中で、もし自分だけが取り残されたら、大層悲しくなるに違いない。泣けてくるに違いない。

そう言ったら、お武家達がまた笑い声を上げ、気恥ずかしかった。

だが二人は、すぐにその言葉にうなずき、取り残されたら己も、涙も出ぬほど悲しく、情けないだろうと言ってくれた。

お武家の一人はかつて、無謀と無分別を相棒にするほど、怒りに取り付かれていたと言った。

もう片方は、この世をひっくり返したかったと口にした。

二人とも、自分と同じく、日々辛い思いを抱えていたのだと分かった。

だが……お武家達が今、道場の外に広がる村へ向ける目は、静かなものだ。

それを見ていると、明日を怖がっていては、いけない気がしてきた。

お武家の言葉は、思わぬ明日をもたらす言霊かもしれないと、言ってみた。考えもしなかったものと、己は出会う事になる。そう思ってみた方が嬉しかった。

後十年、二十年経ったら、一体何が変わっているのだろうか。

自分はどういう者になっているのか。

顔を上げた。

この世を、ひっくり返せますかね。

嫁さん、もらえるようになりますかね？

そう言ってみたら、光の差す庭から、また柔らかい笑い声が聞こえてきた。

一

うずら大名

1

吉也は、己の運命を動かす御仁と、十何年かの時を越え出会う事になった。青い空には、ふかりとした雲が浮かんでいる、暖かい日の事であった。

ただし四半時程前は、そういう時が来る事など、思い浮かべる余裕もなかった。江戸は上野の寛永寺近くで、吉也と連れは、辻斬りに追われていたのだ。

(斬られる……ああ辻斬りはもう、刀を抜いてるじゃないか)

剣呑な様子の侍に、尾けられていると気づいたのは一時程前だ。外せぬ所用があり、同じ東豊島村の村組頭六郎と、江戸は神田へ向かっている時の事だ。

駆け出して、一度は付いてきていた者を、撒けたと思っていた。だが辻斬りは、寺近くの道へまた現れ、今度は躊躇なく二人を狙ってきたのだ。再び逃げたものの、二度目の遁走に、余裕は欠片もなかった。

「ひええ、吉さん、後ろの奴、もう……すぐそこまで来てますよぅっ」

「六郎、話す間に走れっ」

東豊島村から江戸市中へ向かうのに、寺脇の道を歩んだ事が悔やまれた。

（武家地を行くんだった。大名屋敷の脇だったら、長屋塀の内には侍達が住んでるのに）

声を上げれば、誰かが気がついてくれたかもしれない。武家地ならば、道に辻番とてあった筈だ。

（でもここには……あたし達しかいない）

いつものように涙が浮かんできて、吉也は恥ずかしさに唇を噛む。その時「わっ」と短い声が聞こえ、横で六郎がよろけた。蹴躓いたのか、そのままひっくり返ってしまう。

「六郎っ」

まだ若い友を、置いて逃げる訳にはいかない。足が止まってしまうと、後ろにいた辻斬りが、抜き身の刃と共に、二人へ突っ込んでくるのが見えた。

「ひいっ」

気圧され地べたにひっくり返ると、迫りくる人の姿が、目の内でぶわっと大きく化けた。逃げられない。声すら出ない。死ぬ。

（こ、こんなにあっさり、一生が終わるのか）

涙があふれ、もう止まってくれなかった。

ところが、まさに斬られようとした、その時。

「御吉兆ーっ」

他には人通りもない筈の道に、思いがけない声が響き渡ったのだ。

「は？　吉兆？」

何が目出度いのかと、涙でぼやけた目で、声の聞こえた先を見た。すると眼前の青空から、真っ白な雲が一片ふわりと離れ、吉也達の方へ落ちてくる。

「な、何だ？」

辻斬りに襲われているというのに、思わずその雲に見入ってしまった。雲は吉也達の頭上を過ぎると、何と辻斬りへ真っ直ぐ向かったのだ。

途端。

「うおっ」

顔が雲の一片で白く覆われると、辻斬りは仰け反っている。思わぬ成り行きに吉也がただ驚いていた時、そこへ本当に、道に響いた言葉通りの吉兆が現れた。

塀が途切れた辺りに、細い横道があったようで、そこから一人の武家が湧いて出たのだ。

「おおっ」

おまけにその武家は、辻斬りの抜き身を見てもためらいもせず、真っ直ぐ吉也達の方へ駆け寄ってくる。辻斬りは足音を聞いたのか、急ぎ顔から白い塊をはぎ取って捨てると、刀を構えなおした。武家も柄(つか)へ手を掛け、寸の間(ま)、辺りの気が張り詰める。

　吉也はへたり込んで動けぬまま、道端から二人を、ただ見つめていた。立てなかった。逃げる事も出来なかった。

　そこにまた、声が響き渡る。

「ご、きっちょうーっ」

　すると、辻斬りの方が身を引いたのだ。きびすを返すと刀を素早く鞘(さや)に納め、来た道を遠ざかってゆく。対峙(たいじ)していた武家は後を追おうとしたが、新たな声がそれを押し止(とど)めた。

「有君(ありぎみ)、追わないで下さい。無茶はご免です」

　首を巡らせると連れなのか、もう一人、がっしりとした体つきの武家が道に現れていた。辻斬りは、二対一では不利とみて逃げ出したのだと分かった。

　六郎は無事で、呆然(ぼうぜん)として尻餅(しりもち)をついている。つまり……吉也達は助かったらしい。

「あ、あ、ありがとうございました。命を拾いました」

　ほっとし、道に両の手を突いて武家らへ頭を下げると、今度は安堵(あんど)の涙がこぼれ落ちる。正に御吉兆という声のおかげで、吉也と六郎は命を永らえたのだ。立ち上がろうとしたが、膝(ひざ)に力が入らなかった。

（あたしはそりゃ百姓だけどね。道場に通った事もあるのに、情けない）

だがそう思っても、涙すら止まらなかった。するとその時羽音が聞こえ、真っ白な塊が、また目の前に現れる。それは先に現れた武家の肩へ、ふわりと降り立ったのだ。

「さっきの雲……何と、鳥だったのか」

丸っこく、ふかりとした姿であったから、それで雲に見えたのだろう。ひたすら驚いていたら、鳥は器用に武家の腕を伝い降り、腰に下げられた巾着へ、すぽりと己から入ってしまった。

「へっ……一体、どういう手妻なんだろうか」

しかし当の武家は鳥に構いもせず、辻斬りの去った道へ目を向けている。

「物騒な事だ。最近は上野の寺社近くで、白昼堂々辻斬りが出るのか」

すると後から現れた武家が、顰め面で小言を言い始めた。

「有君、鶉は辻斬りへ、投げつけるものではございません。そんな扱いをしているから、佐久夜の気性が荒くなるのですよ」

有君と呼ばれた男は、背を見せたまま言葉を返す。

「あのな、佐久夜は雛の頃から、そりゃ気の強い性格だぞ。だから屋敷で、大名うずらなどと呼ばれているのだ」

おかげで他の雛のように、売る事も、進物用の鶉として、差し上げる事も出来なんだと言う声に、苦笑が混じっている。武家は腰の巾着を、優しく撫でた。

「佐久夜の働きで、斬り合う事もなく辻斬りを追い払えた。良かったではないか」

「良くはありませぬ。有君、いきなり辻斬りへ突っ込んで行った事も、あり得ぬ行いかと」

「あー、お主は相変わらず、堅いな」

　とにかく死人が出なかったのだから、これでいいと言い切り、有君と呼ばれた武家が、吉也の側へ来る。そして突然、驚くような事を言い出したのだ。

「ところで、怪我はしておらぬだろうな。無事でなければ困る。お主を捜していたのだ」

「えっ、あ、あたしをでございますか？　たまたま助けて頂いたのでは、なかったので？」

　思わず武家の顔を見上げると、吉也と似た年頃で、三十路くらいに見える。着物は新しく継ぎもなかったが、木綿だから裕福とは思えない。しかし有君は、貧乏な武家には似つかわしくない程、妙に涼やかな面であった。

　すると吉也の頭の奥で、何かが弾ける。

「あれ、この見目の良いお方、どこかで会った事があるような……」

　その言葉を聞いた途端、目の前の武家も、一瞬顔を顰めた。

「そういえばこの泣き虫、どこかで見たような。大きな泣きぼくろがあるな……」

二人はしばし見つめ合う格好になり、武家が首を傾げる。その時、先に「あっ」と声を上げたのは、吉也の方であった。

「有月様。お前様は不動下道場におられた、有月様でございましょう」

これはなんと、本当に久方ぶりでございますと、吉也が頭を下げる。すると有月の方も、吉也が誰か分かった様子であった。

「お主は確か……豊島辺りから同じ道場へ来ていた、百姓の〝吉也〟か！」

十何年ぶりかと言った後、有月は再び大きく顔を顰めた。それから連れを見ると、情けなさそうに溜息をついたのだ。

「左源太、大外れだ。辻斬りからわざわざ助けたというのに、人違いだった！」

その呼び名を聞き、吉也はもう一人の武家へも、急ぎ挨拶をする。

「つまりこちらは、以前有月様と一緒に道場におられた、左源太様で。大分がっしりされて見違えました。あたしを覚えておいでですか」

「ああ思い出した。お主、歳より随分若く見えるが、あの涙もろい吉也だな」

左源太は少しばかり戸惑った様子で、また有月へ目を向ける。

「やれやれ。豪農の名主、高田吉之助だと思ったのですが」

知り合いの商人から、豪農が江戸へ通っていると聞き追ってきたのに、吉の名違いだったかとこぼしている。吉也は首を傾げ、急ぎ有月達の事を思い浮かべてみた。何しろ道場にいたのは随分前の話だから、二人の事も直ぐには思い浮かばない。

（ご両人は武家だが、後は大して知らん。有月様の方が、格上の出だったと思うが。左源太様が、いつも丁寧な口をきいていたしな）

　だがどういう生まれにしても、二人は跡取り息子ではなく、次男以下の部屋住みであった筈だ。貧乏武家の部屋住みとは、嫁すら貰(もら)えぬ身であった。

（まあ、あたしも百姓の三男だけどね）

　そして有月ら二人は十何年後の今(いま)も、暇なのか、日中からこうして連れだっている。

（どちらも未だ、養子に行き損ねているのかね。という事は、用件は……）

　だが用件という言葉を思いついた途端、吉也は二人への詮索(せんさく)を止(や)め、大急ぎで立ち上がった。六郎も急(せ)かし、渋い顔で道の先を見る。

「拙(まず)い、辻斬りに追われてたんで、約束の刻限に随分と遅れちまってる。大事な用なのに、これじゃまとまる話も流れそうだ」

　お奈々(なな)に叱られてしまうとこぼしてから、吉也はとにかく先を急ぎましょうと、有月達に声を掛け、南へ歩を向けた。二人へは歩きつつ、重ねて礼を言うつもりであった。

　だが直ぐに、塀脇で足を止める事になる。有月達が、共に歩き出さなかったのだ。

「あのぉ、こちらは神田に、大事な用件が待っております。そろそろ向かいたいのですが」

そう言うと、有月の綺麗な顔が微笑む。

「おや、忙しそうだの。ならば早く行きなさい。吉也、久々に会えて嬉しかったぞ。いい歳なのだから、余り泣くなよ」

有月達のつれない言葉に、吉也は慌てた。今の今、殺されかけたばかりで、恐ろしさは身から抜けていない。

「あの、今の辻斬りが、まだ近くにいるやも。一緒に神田まで行って頂けませんか」

「付き合えぬなぁ。我らも暇ではない」

吉也は唇を噛んだ。本当は村へ帰りたいが、しかし今日は、どうしても神田へ行かねばならない。それで、何となく嫌な虫の知らせはあったが、腹を決め高田吉之助の事を問うた。

「有月様、その人に何用がおありなので？」

背を向け、左源太と話をしている有月から、声だけが返ってくる。

「手元不如意なのでな、金を借りたいのだ」

まあ、他に用もあるがと、有月はついでのように付け加える。

「あ、やっぱりお金ですか」

すると左源太が笑って、高田吉之助は、江戸近郊に住まう豪農の一人なのだと、教えてきた。昨今、金持ちには様々な身分の者がいると、少しばかり皮肉っぽい声が続く。

吉也は両の肩をすくめ、ならばと言った。

「送って頂けたら、お二人にはお礼をいたします。神田にあたしの店、日暮屋がありまして。そこなら、少々まとまった金子が置いてありますから」

「吉也が、店を持っている？」

左源太が片眉を上げた。

「お主は百姓の三男であったろうが。百姓を止め、江戸の町人になったのか？」

「これは左源太様、よく覚えておいでで」

「あの頃不動下道場には、次男以下の厄介者が多く来ていた。色々な身分の者がおった」

皆、どこかの家へ養子に入ろうと、己に箔を付ける為、剣術を習っていたのだ。同じ境遇故、身分を越え結構仲は良かったと言われ、吉也は頷く。左源太は武家だからと威張る事をしない男で、その上結構強かった。

「しかし、人の立場は変わるものです。実は次兄が養子に行った後、跡を取っていた長兄が、女の子を残して身罷りまして」

それで思いがけず、三男の吉也が家を継ぐ事になったのだ。

「吉也の名は俳号にしましたから。そこにいる友人の六郎などは、今もその名で呼びます。ですが跡を取りましたので、新たな名を先祖から受け継ぎました」

村の百姓達は当主となると、親から名を引き継ぐか、一字を貰うのだ。白い土塀と板塀に挟まれた道で、吉也は旧知であった武家達に、今の名を告げる事になった。

「あたしは今、東豊島村の名主、高田吉之助を名のっております」

「何と、お主が吉之助、その人だというのか」

その声と共に、やっと有月が吉也の方へ身を向けた。それからにやりと笑うと、そういえば立場と共に名は変わるものであったと、しみじみとした口調で言う。

「なあ佐久夜。そうだな？」

巾着へ声を掛けると、丸く白い鶉が、ひょこりと首を出す。そして道にまた、美しい鳴き声を響かせた。

「御吉兆ーっ」

その目出度い鳴き声故に、鶉は多くの武家が愛(め)でている鳥なのだ。その事を吉也ならぬ吉之助は、やっと思い出していた。

2

吉也が高田吉之助であるのならば、話は違うらしい。有月達があっさり同道すると言ったので、四人は東叡山(とうえいざん)と寺社の間を抜け、南の御徒町(おかちまち)へと歩を進めた。

「それにしても佐久夜という鶏は、真っ白い鞠のようで綺麗ですね」

武家二人は命の恩人であるが、昔の仲間だと思うと、吉之助の口調はつい軽くなる。辺りには、武家の小さな屋敷や組屋敷などが続くようになっており、もう辻斬りは現れないだろうと、ほっとしてもいたのだ。

褒められた途端、佐久夜が巾着から姿を現したものだから、有月が笑い出した。

「屋敷で鶏を飼っているのだが、雛が一羽だけ白く生まれてな。その為か、他の鶏や烏に突かれ、可哀想であった」

それで有月は佐久夜を他の鶏達から離し、己の巾着鶏として仕込んだという。

「巾着鶏というのは、底を堅くした巾着の中にいられるよう、学ばせた鶏の事だ。主はその鶏を連れ歩く。こうして根付を使い、巾着を腰帯に挟んで持つのだ」

明るい所へ出ると美声で鳴き、また巾着へ返るよう、鶏は教え込まれている。

「ただ、佐久夜は羽を切っていない。よってほら、こうして巾着から抜け出ては好きに飛ぶのだ。気が強い故、気に入らぬ相手を突いたりもするが……これ佐久夜、その六郎は吉之助の連れだ。そんなに何度も突くでない」

「い、痛い。のんびり止めてないで、早く何とかしておくれな。お武家様っ」

「くっくるる」

「佐久夜、これから金を借りる相手の友だ。手加減しろ」

有月が腰の巾着を叩くと、佐久夜はあっさり中へ返った。袋にもぐり込み、絞った口からひょいと顔を覗かせる丸っこい姿は、気性に反して大層愛らしい。

「巾着鶉とは、いや、良いものですね」

吉之助が羨ましげにその巾着を見つめると、有月が眉を上げ、周りの御家人屋敷へ目を向ける。そして豪農であれば、鶉くらい何羽でも飼えば良いと言ったのだ。

「田舎の家ではあろうが、お主の名主屋敷は、ここいらの御家人の屋敷よりも広かろうよ。そうであろう？」

吉之助が慌てて手を横に振る。

「有月様、名主とはいえ、この吉之助は百姓でございますから」

妻子と共に、つましく暮らしておりますと言ったところ、六郎が隣で眉を上げた。有月はその笑みに、何やら恐ろしさを加える。

「ふふ、江戸近くの村々に力を持つ豪農が、下手な謙遜をするでない。借金を申し込むのだ。お主の暮らしや懐具合くらい、ちゃんと承知しておるわ」

「えっ……？」

一瞬慌てた吉之助が、有月の顔を見た。

「あの、お二人はあたしに、幾ばくか借りに来ただけですよね？　そうですよね？」

問うたが、有月は笑って答えない。妙なものを感じ、吉之助が寸の間黙り込むと、その僅かの間に、思いがけない声が四人の耳へ届き、話を逸らしてしまった。

「名主様ぁ。ああ見つけた。吉之助様ぁ」

道の先を見れば、老爺が一人、こちらへ駆けてきていた。日暮屋は神田川を渡った先にあるのだが、店を任せている老爺が、先に姿を現したのだ。

「和平、どうした？　店で何かあったのか」

「ああ、やっとお会い出来た。大変でございます。名主様が遅いので……それで」

「確かに、約束の刻限に遅れた。で？」

すると和平は、涙があふれ出るような話を口にしたのだ。

「名主様が、ずっとお出入りを許されていたお大名、周防守様ですが……今後はお屋敷に、他の大百姓を入れると決めちまったようで」

先刻大名家から、使いの者が店へ来たと言うのだ。書状は後で寄越すらしい。

「何でだ？　あたしはまだ、新たな契約の話を、伺ってもいないのに」

「おや、吉之助は店でなく、大名屋敷へ行く途中だったのか」

左源太が驚きの声を上げたので、吉之助は簡単に、用件について話す事になった。

「高田家は代々、周防守様のお屋敷へ、馬の飼い葉を納めておりまして」

飼い葉は余りに嵩張る故、昔から商人ではなく、百姓が納めるものと決まっている。よってどの大名家でも、出入りの大百姓がいた。

「周防様のお屋敷へは、あたしと又左衛門という名主の、二人で納めておりました」

しかし先日、その老名主が亡くなった。すると跡取りは、金の面できつい故、飼い葉を納め続ける事が出来ないと言い出したのだ。

「納めるのが当家だけだと、今まで通りとはいきません。で、新しい契約をする為に、こうして村から出てきたんですが」

しかし吉之助は、約束の刻限に遅れてしまった。辻斬りと出会った為だ。

「だからって話し合いもせず、うちの出入りを止めてしまうとは。納得がいきません」

「本当に。それでわしも、急ぎ名主様を捜しに来たんですよ。その上、その上……はて他に何か、忘れている事があったような」

余程焦っていたのか、和平は思い出せない事があるようで、道端で首を傾げている。だが他に何があったにせよ、今吉之助は急ぎ、大名屋敷へ遅参の弁明に向かわねばならない。

それでまず、命の恩人達へ礼を済ませようと、吉之助は懐から紙入れを取り出し、一分金を二枚ずつ懐紙にくるんだ。それから頭を下げ、有月達へ金子を差し出す。

「手持ちの金子のみなので、少ないですが。救って頂いた事への感謝です」

ところが。有月は何故だか笑い、その金を受け取らなかったのだ。そしてひょいと和平老人を見ると、こう尋ねた。

「別の大百姓が、大名家出入りになったのだな。そ奴がその立場を勝ち取る為、どういう手を使ったか、お主、掴(つか)んでいるか？」

　長年出入りしていた百姓が、取り替えられたのだ。訳がある筈であった。

「大枚(たいまい)の袖(そで)の下が、差し出されたのか？」

　和平は直ぐに、首を横に振った。

「それがその、新たな百姓は飼い葉の値を、名主様の半値にすると言ったようで」

「は、半値？」

　吉之助は目を見開き、道端に立ちすくむ。有月が、顔を覗き込んできた。

「これから大名家へ行き、約束の刻限に遅れた事の申し開きが出来たとする。その後、吉之助は新たな大百姓と競える程、飼い葉の値を安く出来るか？」

　問われて、吉之助は首を横に振った。

「半値じゃ……買い集めた飼い葉を預けておく為の、場所代などが出せません」

　一度きりならともかく、そんな値で何度も飼い葉を納め続けたら、高田家が傾く。吉之助には、とても言い出せぬ値であった。

「ではお主が今から、大名屋敷へ駆けつけても無駄だな。一旦己の店へ行き、この先どんな手が打てるか考えるべきだろう」

　有月にはっきり言われ、吉之助の口から深い溜息が出る。みっともないと思うのに、また涙が湧いてきた。

「ああ、こりゃ駄目だ。お出入り先の大名家を、失ってしまった」

今はどの大名家も、昔からの付き合いより、取引の額を優先してきているのだ。それだけ大名家の懐具合が厳しく、なりふり構っていられなくなっていた。

だが刻限に遅れなければ、先に大名家と契約が出来たかもしれなかったと、つい愚痴がこぼれる。何故辻斬りと出会ってしまったのかと、気が落ち込んだ。

「しかもよりによって、こんな大事な時に。ああ、これじゃあ、お奈々に泣かれてしまう」

「お奈々さん？　お、おおっ」

途端、和平がぽんと手を打った。それから急ぎ、吉之助と向き合う。

「そうでした、お奈々さんです」

「和平、何がそうでした、なんだ？」

「名主様、お奈々さんが今、日暮屋へおいでになってるんですよ」

急用とかで、吉之助を追いかけてきたのだ。だが、一度、店へ顔を出してから、大名家へ向かうと言っていたのに、当の名主が店に着いていない。それで酷く困っていたと、和平は言い出した。

「は？　あたしが東豊島村を出た時には、あの子は屋敷にいたぞ」

その時お奈々は吉之助へ、江戸の店に来るとは言っていなかった。なのに先に、日暮屋へ現れたというのだろうか。

「別の道を行って、あたしが辻斬りに追われている間に、追い抜いたのかね。でも一体、何があったというんだ?」

ここで左源太が、お奈々とは誰かと和平へ問う。吉之助の姪で、先代名主の娘だと答えが返った。

「今十六で、それはお綺麗なんですよ」

おかげでお奈々には、縁談も武家奉公の話も、山と来ていると、和平が自慢げに付け加える。

「お奈々さんは綺麗だから、武家奉公に上がっても、いいと思うんですがね」

ひょっとしたら殿様のお目に留まって、ご側室にご出世! などという夢も、あるかもしれないのだ。すると、浮かれた顔の和平の横で有月が笑い、何故か眉尻を下げる。

「そいつは気苦労な事だな。どれ程綺麗でも、小町娘は一人にしか嫁げぬ故」

後の縁は全て断らねばならない訳で、そうなると、断るのも一苦労という話になる。横で吉之助が、大いに頷いた。

「確かにそうです。本当に頭の痛い事で。とにかくまずは、日暮屋へ行き、お奈々と会わなきゃならないようだ」

歩き出すと二人の武家も付いてくる。吉之助は首を傾げた。

（それにしても、有月様は、飼い葉の件、するどいお言葉だった。金の事に慣れておいでのような……）

少し不思議に思ったが、その事を深く考える余裕は、今の吉之助にはない。先を急ぐ途中、「ぽぽぽぽ」という佐久夜の柔らかい鳴き声が、聞こえていた。

3

武家地を抜け、神田川に架かる和泉橋を南へ渡ると、その先もまた武家地であった。だが幾らも行かぬ内に、両側は町人らが住まう土地へと変わる。日暮屋はその町屋の一角、道を南へ行って少し東へ折れ、神田は豊島町へ行った辺りにあった。

「おや、この店は、村の産物などを扱っているのか」

左源太の声に、吉之助が頷く。

「先代の頃から、和平に任せております」

五人で小ぶりな店の暖簾をくぐったものの、六郎は足もゆすがぬ内に、また表へ出ると言い出した。気になる故、大名家の意向を己が確かめてくると言うのだ。ならばと和平を共に行かせると、その姿と入れ替わるように、奥から娘が店表に現れた。

「叔父さん、大変な事になったの。ねえ、本当に……」

「おや、これは可愛い娘御だ」

店先の上がり端に座った左源太が、現れた若い姿を見て、思わずつぶやく。すると客人の姿に気がついたのか、お奈々が一寸言葉を止めた。

しかし、吉之助が姪だと紹介した後、直ぐにまた語り出したので、余程気が急いていると分かった。

「叔父さん、あたしに、隣村の若名主さんとの縁談があるって、村の人達に知られてしまったんです」

「えっ」

吉之助は一瞬息を呑む。露見した事をお奈々が知ったのは、吉之助が出かけた直ぐ後だという。

「何でそんな事に……」

「分かりません。案の定、皆は不満を漏らしてました。冗談じゃない、承知出来ないって声が、表から屋敷の中にまで聞こえてきて」

その内お奈々の縁談について、村の男達が話し合いをすると言い出したものだから、恐くなったらしい。お奈々は急ぎ名主屋敷を出ると、叔父の後を追ってきたのだ。

ここで有月が、左源太の横で片眉を上げた。

「おや、姫御のお奈々殿は、夢のような武家奉公の話より、釣り合った縁談相手を選んでいたのか。それは堅実な事だ」

　だがと、有月は首を傾げる。

「さて分からんな。名主の娘と、隣村の若名主との縁談の、どこに問題があるのだ？」

　吉之助は武家二人へ目を向けると、両の眉尻を思い切り下げ肩を落とす。

「その、常ならば良縁なのです。あたしもお奈々も喜んでいるんですが」

　ただ丁度、ここ暫く東豊島村から隣の小牧村へ、嫁入りが続いていた。去年二人嫁した後、あちらから誰も東豊島村へ嫁に来ぬ内に、今年の春にまた一人、向こうへ縁づいた。つまり一方的に、人が隣村へ流れている訳だ。

「三人目の縁談の時、村の男どもは既に、不満を漏らしておりました。嫁いだのはお玉という可愛い娘で、村の者も嫁に欲しがっていたので」

　しかしお玉が強く望んだ縁であった。小牧村から若名主、岩井平十郎が頭を下げに来て、それで何とか無事、お玉の縁談はまとまったのだ。

　ここで有月が、うっすらと笑みを浮かべる。

「ははぁ。その時、小牧村の若名主とお奈々が、知り合った訳だ」

　どうやら互いに一目で、好意を抱いたらしい。それで吉之助は、どう返事したものかと頭を痛めていた別の縁談や武家奉公の話を、全部断る事にしたのだ。

だがこの平十郎との縁談には、頭痛の種もあった。お奈々の縁組みを、いつ、どうやって村の者達に伝えるかという事だ。

三人目の娘の縁談で、揉めていたのだ。四人続けて娘が隣村へ嫁したら、村の若者達の不満が吹き出るに決まっていた。吉之助と隣の若名主は話し合い、とにかく一人、小牧村の娘が東豊島村へ嫁ぐのを待つ事にした。それからお奈々の縁談を、皆へ知らせようという話になった訳だ。

なのに。今日突然二人の縁談が、皆に分かってしまったという。

「はぁて、どこから話が漏れたのかの」

面白い事でも聞いたかのように、有月が口の端を引き上げる。お奈々は、裏切り者のように皆から見られたと、しょげていた。

「叔父さん、どうしよう。一度こんな形で伝わったら、みんなはもうあたしの縁談、祝っちゃくれないかも」

「確かに……拙いね。こんな事になるんなら、小牧村からの輿入れを待っているって、ちゃんと話しておけば良かったかな」

しかし、今更そんな事を考えても始まらない。吉之助は頭を抱えた。

「ああ、何で困り事が色々、一遍に起こるんだ。手を打つ間もありゃしない」

知り合いの名主が亡くなり、その為、大名家へ出入りする権利を失った。今日は辻斬りに斬られかけた。そして、秘していたお奈々の縁談が、村人に知られてしまったのだ。

「厄日が集まって、押しかけてきたみたいだ」

するとと、ぼやきを聞いたお奈々が、吉之助の袖を摑み、強ばった顔を向けてくる。

「お、叔父さん、辻斬りって……。斬られかけたの？　怪我しなかった？」

「そんな顔をするんじゃないよ。ほら、あたしはこうして無事で、お奈々と話をしてるじゃないか。心配ないよ」

勿論吉之助は、早死にする訳にはいかない。亡き兄から、お奈々の事を頼まれているから、吉之助が親代わりとなって、良き相手へ嫁がせねばならなかった。出来れば思い切り、お奈々を好いてくれる若者がいい。

「その点、隣村の若名主さんなら申し分ない。是非にこの縁談、まとめたいんだが」

だが、だがだが。縁談は揉めてしまった。若い二人を阻む障害は、山のように高い。今回ばかりは、村の者をどう説得したら良いのか、吉之助には分からないのだ。

「一体、どうすりゃいいのやら」

また泣きそうになった、その時であった。羽音がしたと思ったら、お奈々の肩に、丸っこい鳥がふわりと降り立ったのだ。

「ぽぽぽぽ」

いつの間に出てきたのか、佐久夜は柔らかく鳴くと、毛を膨らませて可愛らしい姿を見せる。お奈々は直ぐに笑みを浮かべ、白い鶉へそっと指を差し出した。

「まあ、何て綺麗なんでしょう。この鶉、どこから現れたのかしら」

するとここで美男の武家が、思い切り人たらしな笑みを、お奈々へ向けた。

「その鶉は、佐久夜といってな。この有月の、巾着鶉だ」

佐久夜が呼ばれて巾着へ戻ると、お奈々は初めて見るその芸に、目を輝かせた。有月はお奈々へ優しげに話しかける。

「佐久夜はな、先刻叔父御の吉之助を、辻斬りから助けたのだ。褒めてやってくれ。勿論、この身も叔父御を救うのに、役に立ったがな」

辻斬りを追い払った折り、有月は吉之助と、若い頃道場で同門であったと知った。つまり二人の縁は十何年かの歳月を越え、今日また繋がったのだと、重々しく口にする。

で、あるからして。

「今、吉之助は一人で苦労しておる。見かねた故、私と左源太が手を貸そう」

お奈々の縁談は、自分が必ず何とかしようと、有月は請け合ったのだ。お奈々が星を浮かべたような眼差しを、有月へ向けた。

「まあ、ありがたいお話です。有月様は頼もしく、お優しい方なのですね」

深々と頭を下げるお奈々を見た左源太が、何を思うのか、顔をあらぬ方へ向ける。吉之助は、ただ呆然としていた。

（ち、力を貸すとは、どういう事だ？　有月様は、事情を聞いたばかりの縁談を、どうまとめるというのだろう）

するると視線を感じたのか、見目良い面が吉之助をちらりと見た。そして、ふっと笑う。

（うっ……）

何故だろう、ぞくりとした思いが、頭から尻へと駆け抜けていったのだ。吉之助には、有月の麗しい顔が、その時妙に恐ろしく思えていた。金二分を受け取らなかった上、優しい言葉を並べてきたからかもしれない。

（有月様には本当に、縁談を何とか出来る当てがあるのだろうか？）

今の吉之助にはやれない事であった。気持ちが、益々もやもやとしてくる。だがその思いを、吉之助は持てあました。

（ああ、命の恩人を疎ましく感じるなど、情けない。それに、昔馴染みではないか。あたしは名主となって、驕っているのか）

その時店表から声がして、思いがけない程早く、六郎と和平が戻ってきた。和平によると、二人で周防守の屋敷へ向かっていたところ、団子屋の前で大名家からの使いと行き会い、書状を言付かったというのだ。

「読んではおりませんが、口頭で肝心な話を教えてもらいました。高田家とは長き付き合いがある。飼い葉の値を半分にするのなら、これからも高田家で買うとのお話です」

「そうか、やはり半額にこだわるのか。……周防守様との縁はこれまでだな」

思わずがっかりした声を出したところ、お奈々がまた不安げになったので、吉之助は慌てて和平へ、お奈々の事を頼んだ。

「和平、お奈々は今日、この日暮屋にいた方が安心出来ると思うんだ。どうかね」

老爺は優しい顔で頷き、お奈々を奥の部屋へ伴う。姪の姿が消えると、吉之助は直ぐに、有月と真っ直ぐ向き合った。そして迷う余裕もなく、はっきりと問う。

「有月様、力を貸して下さるそうですが、一体、何をなさるおつもりですか」

すると有月は、悠々と座ったまま、思わぬ答えをしてきた。

「良き案じはあるが、教えてやらぬ」

「は、はぁ？　あたしの問題なのですよ。本当に何かお考えが、あるのですか？」

「吉之助、私の事は大いに頼りにし、そして諸事、恩に着ても良い。だがな、お主に大事な事は話さぬ。後が心配だからだ」

泣き虫の吉之助は、思う事が直ぐ顔に出るからなと、有月は言う。横にいた六郎が思わず笑ったものだから、睨んだ。

「でも、うちの姪の縁談なんです」

「心配するな。この私がわざわざ力を貸すのだから、全て上手くいく」

何しろと言い、有月は酷く勿体ぶった様子で、一旦言葉を切る。その後、十分間を持たせてから吉之助の顔を見つめると、小声で、驚くような事を口にしたのだ。

「何しろこの身は、大名なのだからして」

「は、はあ？　有月様は、ご自分がお大名になったとおっしゃるので？」

吉之助と六郎が妙な声を出し、左源太は少し離れて座ったまま、顔を顰めている。有月は一人、落ち着いた表情を浮かべていた。

「その、有月様。一体どちらのお大名だと言われるのですか」

恐る恐る吉之助が問うと、有月が一瞬口をつぐむ。それから少し迷うような顔をした後、ある名を告げてきた。

「出歩いているのを、藩の者に知られては困る故、余所には言うなよ。そのな、多々良木藩だ」

「ほう、播磨の国のお大名でございますな」

すると、六郎が後ろからそっと袖を引っ張ったので、吉之助はそれとなく座を外し、二人は一旦、土間の隅へ行った。

すると六郎は渋い表情を浮かべ、以前、この日暮屋へ来た商人から、教えて貰ったという話を伝えてくる。大名家へ出入りしていた高田家には、武家の噂話も集まっていた。その中に、多々良木藩の事もあったという。

「多々良木藩じゃ、最近新しい藩主様が、跡を取ったってぇ話でしたよ、確か」

大層若い方らしく、二十歳には大分届かぬ歳だとの事であった。それで噂になったのだ。

「えっ、そんなに若いのか」

二人は土間から、そうっと有月を見る。店表の畳に座るその姿は、見目は良いが、やはり三十前後の歳だと思える。

「違うな、多々良木藩の殿様ではなかろう」

揃(そろ)って、首を横へ振る。

そもそもお大名が、日中から供もろくに連れず、出歩いている訳がなかった。当主に急死されたら、藩の存続が危うくなる。勿論、当然、家臣達は主を、市井(しせい)で放っておいたりしないのだ。おまけに有月は木綿(もめん)物を着ており、百姓から金を借りたいと言っていた。

(その上有月様は、辻斬りと対峙する事を、ためらわなかったし)

命を助けて貰った事は、涙が出る程ありがたいと思っている。だが、しかし。大名が斬り合いをやるとは思えない。藩主の命は、藩にとって大事なものであり、勝手な行いが許される筈もなかった。

(つまりどう考えても有月様は、お大名じゃあない訳だ)

だがそうなると、有月が何者で、何故直ぐに底が割れるような嘘(うそ)を言ったのか、訳が分からない。その正体の知れぬ者が、お奈々の婚礼話に関わると思うと、頭が痛い。

しかし恩人を嘘つきだと言う事も、出来なかった。吉之助の中に有月への不安が、雷を落とす夏の雲のように、もくもくと大きく育っていった。

4

それから三日後の事。

吉之助が日暮屋へ来ると、昼過ぎに有月が、左源太を伴い顔を見せてきた。すると吉之助は店表へ、飛んで出た。吉之助は今日、二人がきっと姿を見せるに違いないと考え、朝から店へ来て、有月らを待ち構えていたのだ。

「有月様っ、ああ、やっとおいでになった。有月様っ」

「おや、これはまた大歓迎だな」

有月は左源太と共に、店表の上がり端へゆったりと腰掛ける。吉之助はさっと側へ寄り、顔をくっつけかねない勢いで有月へ迫った。

「あ、り、つ、き、さまっ。一体何をなさったんですかっ。昨日うちの村へ、隣村の若名主が来ましてね。何と堂々と、お奈々と婚礼すると、皆へ話しちゃったんですよっ」

何でそんな無茶をしたのか、当人に尋ねたところ、有月から指示をされたからだと、若名主は狼狽え気味に言ったのだ。吉之助も承知の事だという、書状が届けられたらしい。

「村の男どもがどういう様子になったか、分かっておいでで……あいたたたたっ」

吉之助が言葉を切ったのは、佐久夜が巾着からひょいと飛び出し、盛大に突いたからだ。

「ああ、佐久夜は大声が嫌いなのだ」

有月は何が面白いのか、にやりと笑った。

「あのな、お主の姪は、隣村へ嫁ぎたいのだろうが。ならばさっさと、話を進めた方が良い。余りのんびりしていると、金持ちで体が強くて、良い男の若名主を、余所の美人に取られてしまうぞ」

「そ、そんな事を言ったって、ですね」

有月は、この先吉之助とお奈々がどんな苦労に直面するか、分かっていないのだろうか。

「婚礼だからって勝手をしたら、村中から吊し上げられます。お奈々は何と言われるやら……いてて」

今日ばかりは黙る気にはなれないが、佐久夜も突くのを止めないものだから、痛くてしようがない。思わず涙目になった時、吉之助は口をつぐむ事になった。

村に残っていた筈の六郎が、突然、日暮屋に現れたからだ。店に入るなり、土間に座り込む。

「吉也さん、いや名主様、大変だ！」

「えっ。村で何かあったのかい？　あったんだね？　お奈々は無事なのか」

思わず顔を強ばらせると、隣で有月が、目玉だけを六郎の方へ、さっと動かした。すると六郎は、思わぬ事を言ったのだ。

「村の皆が……喜んでお奈々さんの婚礼の支度を、手伝うと言ってるんですよ」

「はぁ？」

それきり声が出なくなった吉之助を見て、有月が「あはは」と笑い出す。

「私が平十郎へ、知恵を授けたのだ。東豊島村へ婚礼の話をしにいく時は、手伝いだと言って、亭主に巡り会いたいおなごを、何人も連れていくようにとな」

若い娘だけでなく、亭主を亡くしたりして、一人でいる年かさのおなごも、伴った筈だ。そして東豊島村に着いたら、嫁入り前のおなご達ばかりである事を、ちゃんと皆へ伝えるよう、書状に書きしたためておいた。

六郎が、顔を赤くして有月を見る。

「村の奴らときたら、皆そりゃ、隣村のおなご達に親切で」

かみさん連中まで、息子の嫁探しと思うのか、盛んに娘達へ話しかけているらしい。

その話を聞き、有月は満足げであった。

「いくらお奈々が綺麗でも、名主の娘だ。村の中でも嫁に貰える家は、限られているだろうよ」

その点、今日平十郎が連れてきたのは、隣村の様々な家の娘達だ。つまり村の一人者皆に、嫁探しの機会が訪れた訳で、こうなったら、お奈々の縁談をとやかく言う者はいなくなるに違いない。

「娘達に、己の良い所を見せたいだろうからな。太っ腹の男の方が意地悪な男より、おなごに好かれる」

多分今回、小牧村の娘と東豊島村の男が、何人か縁組みするだろう。という事は、お奈々の縁談も、何の支障もなく行われるだろうと、有月は断言した。

「うーむ、私ときたら、何と使える男だろうか。難儀な縁談を三日でまとめたぞ」

「くっくるる」

佐久夜が機嫌良く鳴き、今回は左源太までが、笑顔で頷いている。その次第を聞いた六郎は、皿のように大きく目を見開いた。吉之助の強ばっていた顔に、段々と笑みが浮かんでくる。すとんと尻を落とし、店先に座り込むと、目に涙があふれた。

「お、おおっ。お奈々の婚礼が、無事に出来るんですね。兄さんとの約束が果たせる」

小牧村の若名主が相手であれば、亡き兄も喜ぶ筈なのだ。何より、他の良縁など見向きもしない程、お奈々が好いた相手であった。盛大に感謝を伝えたところ、有月は頷く。

「隣村の平十郎は、良き縁談相手だ。深川(ふかがわ)辺りに大分、土地を持っているようだしな」

さらりと、そう口にしたものだから、吉之助の顔から、涙が途切れた。

「な、何でそんな事をご存じなんでしょう」

「そりゃ、私はほら、大名だから」

「……お大名が、下々(しもじも)の懐具合に詳しいなどとは、聞いた事がありませんが」

「ほお、そうか。吉之助は世間知らずだな」

「………………」

有月への疑問がまた、串(くし)に刺さった団子のように連なって出てきたが、今の今、お奈々を助けてくれたばかりの御仁なのだ。礼すらろくにしていない内に、文句など言えたものではなく、また黙った。

するとお奈々だけでなく、他の村人の縁談までまとめる勢いを見せ、有月は調子に乗ったのかもしれない。自称お大名は、ここで一気に、残っている悩みも片付けようと言い出した。

「えっ、残りの悩みとは」

「吉之助、仕事の事だ。お主、出入り先の大名家を一つ、失った所であろうが」

つまり高田家の実入りは、結構減った事になる。ならば早々に、次の大きな稼ぎ口が必要だと、有月は言い出したのだ。

それでなくともお奈々の婚礼が本決まりとなれば、高田家では持参金を用意せねばならない。嫁入り道具を買う金も必要になる。着物とて、名主など裕福な家の娘であれば、嫁す時に一生分持っていく事が多い。歳を重ねたら、地味な色に染め直して着るのだ。

「物入りな事だ。よって優しい叔父御は、せっせと稼がねば」

姪の縁談が決まったからと、万一、かくも役に立った有月への礼が減ったら、それは随分困る事であった。よって才ある有月は、吉之助の懐具合をも心配してやろうという。

「あ、金の心配をなさってたんですか」

側で六郎が、うんざりした表情を浮かべる。先に有月が二分を受け取らなかったのは、もっと貰いたかったからかと得心し、吉之助は思わず、懐の紙入れの上へ手をやった。

(うーん、幾ら欲しいと思っておいでかな。左源太様と二人分で、二両……いやいや五両でも、けちと言いかねないかも)

わざわざ大名を名のったのだ。高額な礼金を望んでいるのかもと、吉之助は溜息をついた。

(でも有月様には、二度も助けて頂いてる。なのに恥をかかせてはいけないし)

それで稼ぐ為には何をするべきか、有月の考えを拝聴する。すると美男は、最近身罷る豪農が多いと言い始めた。

「そういう時は、周防守様のように、次の豪農と新たな契約を結ぶ事になる」

豪農と、金額の見直しも行われる。より条件の良い者が突然現れ、吉之助のように、大事な出入り先を取られてしまう事もある訳だ。

そして反対に。

「そうした折りなら、吉之助が新しいお出入り先を見つける事も、出来る筈だな」

「その、相手はお大名なんですよ。簡単には新たな先など見つかりません」

そもそも、大名家の数は限られている。大百姓はどこも、出入りの大名を取られまいと頑張っているのだ。

すると有月はここで、吉之助の方へぐっと身を乗り出してきた。そして、何やら恐そうな笑みを見せてくる。

「ああ、心配するな。頼りない吉之助に任せていたら、新たな仕事など見つからぬだろう。私にも分かっておる」

だが。何しろ素晴らしい事に、有月は大名なのだ。よって当然、下々には出来ぬ事もやれると、有月は得々と語った。

「つまり私が、新たな出入り先を紹介してやろう。いや勿論、お主から感謝される事は承知だ。なあ佐久夜、私は太っ腹だな」

すると、真っ白い鶉は巾着から抜け出し、目出度い声で鳴く。

「御吉兆ーっ」

有月は、ある大名家の話を始めた。その家に出入りの名主が少し前に、やはり身罷ったというのだ。よく茶飯を屋敷へ差し入れていた、気の利く男であったそうだ。

（おや、私の知り合い以外にも、最近亡くなった名主がいたのか。しかしお大名が名主と、茶飯をやり取りするかねえ）

吉之助は、六郎と共に苦笑いを浮かべたが、有月は落ち着いた顔であった。そして有月はここで、何事も甘い話ばかりで出来てはおらぬと、言い足してきたのだ。

「つまりな、吉之助。今回の話をまとめるには、挨拶の金子が必要なのだ」

「有月様、それは袖の下が欲しいという事でしょうか？」

「いや私はそんなもの、受け取りはせぬ。何しろ大名だからな」

ただ大名家で大百姓と関わるのは、大名自身ではない。よって、うるさい事を言われた時の為に、金を用意しろという。

「何事も心配りが肝心だ」

「………………」

一見ありがたい話が、あっという間に金絡みの話に化けたので、吉之助はぐっと用心深くなる。それで幾ら必要か尋ねてみると、有月は日暮屋の畳に座ったまま、さらりと、とんでもない額を口にした。

「うん、五十両も持っていけばよろしかろう」

「ご、五十両！」

六郎が驚き、吉之助は、そんな金子はございませんと、はっきり首を横に振る。すると有月はすっと目を細め、嘘を言うなと口にした。懐から扇子を取り出し、とんと近くの畳を叩くと、その黒い目が、吉之助を覆ってしまいそうな程近づく。

「お主はお奈々を、小牧村の若名主へ縁づけようとしていたではないか。つまり、既にそれくらいの金は、用意がある筈だ」

「お、お奈々の持参金を、大名家で使えと言うのですか？」

「心配するな。出入りの大名家さえ決まれば、それくらい直ぐに取り戻せる」

肝心なのは、とにかく大名家の出入りになってしまう事だと、有月は言ったのだ。

「無茶をおっしゃっては困ります！」

「でもな、吉之助。実はもう、先方に吉之助の名を伝えてあるのだ」

「は、はあ？」

有月にしゃあしゃあと告げられ、吉之助は唇を噛んだ。そして捨て鉢な調子で、有月に問うてみる。

「あたしに紹介して下さるという、そのお大名家ですが。どちらの藩なのでしょうか」

大名自身が、百姓との仕事の仲立ちをする事自体、怪談のごとく奇妙な話であった。

いや有月が、本物の大名ではないとしたら、紹介出来る先があるとはとても思えない。

（さあ、どの大名の名を挙げるかな？）

吉之助と有月の、眼差しが絡む。すると有月は、懐から一通の書状を取りだした。今日はそもそも、吉之助へこの書状を渡す為に、日暮屋へ来たのだという。

「明日早くこれを持って、必ず先方の藩を訪ねるように。そういう手はずになっておる」

その大名家の名は……。

「我が藩、多々良木藩だ」

私に恥をかかせるな、きっと話をまとめろと、有月は念を押してくる。

「そんな勝手を言われましても」

しかし表向きは、恐ろしくありがたい話であった。それに有月は、命の恩人だ。

（何とも妙な話なのに、こ、断れない）

気がついた時には、明日吉之助は五十両を持って、多々良木藩へ行く事になっていた。

「その五十両、お奈々さんの、嫁入り支度の金なんですよね……」

六郎が横でつぶやき、吉之助は何でこんな事になったのかと、己に呆れていた。

「妙だよねえ、どう考えても。いきなり知らないお大名家へ行って、出入りが決まる筈もないのに。ああ、あたしはどうして今、多々良木藩へ向かってるのかな」

5

翌朝の事。前日、日暮屋に泊まった吉之助は、家にあった金をかき集め、明け切らぬ内から多々良木藩へ向け歩んでいた。

多々良木藩の上屋敷は、日暮屋から東豊島村へ帰る道の近くにある。だからそこならば、村への帰り道に寄っても大して手間でないと、吉之助は思ったのだ。だが有月が行けと言ったのは、多々良木藩中屋敷の方であった。

仕方なく吉之助がいつもより早起きすると、町屋の明け方は賑やかだった。納豆売りがゆく。豆腐の振り売りもいる。朝の道に結構な人が通り過ぎる中、まずは神田川沿いを筋違御門の方へ歩みつつ、吉之助は溜息をついた。

「大名家へあたしを紹介するんだ。せめて左源太様は、付いてきてくれるかと思ったのに」

一人で多々良木藩へ顔を出したら、そんな話は知らぬと言われそうで心細い。川面を忙しげに行き交う舟を眺めながら歩き、昌平橋に着くと北へ渡った。そのまま武家地を、不忍池(しのばずのいけ)へ向かい抜ける。

だが不忍池の西側を進む頃には、吉之助の頭に、より剣呑な考えが湧いてきた。一人歩きの最中に考えると恐くなるが、一旦浮かんだ思いつきは頭から離れてくれない。

「この道、余り人の姿がないね。先だって辻斬りと出会った場所と、似てるじゃないか」

つまり、だから、また辻斬りと出くわすのではないかと、気になったのだ。その上……もしかしたらひょっとして、その辻斬りの名を、吉之助は知っているかもしれないと、そこまで思ってしまう訳だ。

「だってさ、あの有月様は、多々良木藩の藩主じゃない。そいつは確かだ」

つまり多々良木藩へ行っても、吉之助は多分、出入りを断られて帰る事になるだろう。だがそれで話が終わったのでは、有月が多々良木藩行きを指示した理由が分からない。

吉之助は懐に入った五十両を、着物の上から押さえた。有月は大名を名のって、わざわざ吉之助に今日、この道を通らせている。

「ひょっとしたらあたしは、この金目当てに、襲われたりして、ね」

その為に有月は刻限まで指示し、吉之助をこの道へ向かわせたのではないか。そして、その話を断らせない為に、わざわざお奈々の縁談をまとめたのかもしれない。

「いやもしかしたら最初、辻斬りから助けてくれた事すら、有月様のお芝居だったのかも」

吉之助は顔を曇らせた。そういえば恐ろしい辻斬りが、道場では大して強くなかった有月の前から、あっさり引いたではないか。

「全てはこの懐の、五十両を奪う為であったりして……」

その時何かが気になり、吉之助は思わず足を止めた。途端目が覚めたかのように、辺りの風景が見えてくる。不忍池はとうに過ぎ、長く続く塀と寺の間を歩んでいた。左側は武家屋敷と思えたが、下屋敷なのか藩士達が住む長屋塀ではなく、ただの土塀であった。

「ここは何とも、襲うのに都合が良さそうな場所だな」

塀と塀に囲まれた、長く細い道だ。以前辻斬りに襲われた所と同じで、逃げ場がない。

そして。

「あ……うなじの毛が逆立つ」

背中の方から気圧された気がして、思わず振り返る。すると道の先に、頭巾をしっかり巻き付けた者がいると分かった。

「お、まるで夢か、芝居みたいだ」

真っ直ぐ吉之助へ向かってくる男の手に、刃物が光っていたのだ。

「やっぱり、本当に現れたのか」

震えが総身を走った。しかし、こうなるかもと考えていたせいか、先日とは違い、直ぐに逃げ出す事が出来た。

追いつかれたら斬られると思うから、いつになく速く走れている。この分なら逃げられるかと思ったその時、急に足を止めたら、思わず何歩かたたらを踏んでしまった。目の先に、こちらも頭巾で顔を隠した者が現れたのだ。そしてその男は、両の手を広げて道を塞いだ。

「有月様と……左源太様かっ」

直ぐに名が思い浮かんだ。そういえば二人はいつも共にいる。涙があふれてきた。

「今日は、逃げられないかも」

殺されたあげく、お奈々が嫁入りする為の金を、取られてしまうのだ。兄から託された姪の縁談にまで、障りが出てしまうと思うと、もう涙が止まらない。

男達が間を詰めてくる。恐い。情けなくも、息が詰まる程に恐い。

「誰かっ……助けてくれっ」

ありったけの力で呼んだ、その時であった。

「御吉兆ーっ」

突然、静かな塀沿いの道に、何とも目出度い言葉が響き渡ったのだ。吉之助だけでなく前後にいた者達も、一瞬動きを止める。吉之助は、直ぐに佐久夜の鳴き声だと得心し、頭巾男らの腰に巾着を探したが、何故だか持っていない。

「あれ……？」

するとここで、また一つ驚く事が重なった。脇にある塀のどこかに、木戸でもあったらしい。まるで約束事のように、今日も急に人が現れたのだ。

吉之助は泣くのも忘れて、出てきたその姿に見入った。

「えっ……何で？」

刀を手に、駆け寄ってくる男達は、颯爽として格好が良い。

「あ、有月様！」

間違いない。横にいるのは左源太であった。

驚いて立ち尽くしている間に、有月らはさっと、覆面男らと対峙してゆく。何でこんな所に来たのかは分からないが、二人はとにかく、刀を抜き吉之助を庇ってくれている。

「となると覆面の男達は……誰なんだ？」

そして直ぐ、更に魂消る事になった。

（へっ……有月様は覆面男よりも、強い！）

構えを取った時の腰の入り方が違った。覆面男のように、派手に刃物を振り回す事も、気合いを大声で発したりもしないが、打ちかかられても、余裕を持ってかわしている。

その動きに、無駄も力みもなかった。

「魂消た……」

　まるで水のような太刀筋だと思った。

　風のようにも感じた。

　格好を付ける事はなく、派手さはないものの、一旦構えると、相手がはっきり劣っていると感じられる。

（一見凄（すご）いとは思えないが、倒せるとも思えない剣だ……）

　有月の構えを見ていると、そんな考えが浮かんでくる。

「何でだ？　若い頃道場にいた時は、強いと思った事などなかったんだが」

　吉之助の名と立場を変えた年月は、有月の上にも、しっかりと流れていたらしい。気がつけば吉之助は安堵を感じ、体から力が抜けていた。

　一方左源太は、先に道を塞いだ方の男を、あっさり片付けていた。程なく頭巾男らは足をもつれさせ、地面に転がる。すると。

「御吉兆っ」

　通りにまた美声が響き、真っ白い塊が飛んで、覆面に取り付く。爪（つめ）が立てられたのか、悲鳴を上げた男が慌てて手を払った途端、覆面が解（と）け道に落ちた。

　現れた顔を見て、吉之助は涙を流す余裕もなく、ただ裂けんばかりに目を見開いた。

　長年良く知っている顔が、そこにあったからだ。

「六郎……」

座り込んだ相手からは、返答もない。

「何で、だ？」

それでも黙ったままでいるのを見て、左源太がもう一人の覆面をむしり取った。こちらも東豊島村の若者、駒吉(こまきち)であった。

「何だ、吉之助の村の者なのか」

誰と対峙すると思っていたのか、有月の不機嫌そうな声が聞こえてきた。

6

道に留(とど)まっている事も出来ないので、六郎達を立たせ、五人でそのまま歩き出した。二人の話は、歩きつつ聞く事になった。

「六郎、何故だ？」

吉之助が重ねて尋ねても、返答はない。すると横にいた有月が、いきなり拳固(げんこ)を振ったので、頭を抱えた六郎が話し出した。

「おれは、お奈々さんを嫁に欲しかったんだ」

「えっ？」

「村組頭なんだから、無理な縁じゃなかった筈だ。前に名主様が通ってたって言うから、同じ道場へも行った。おれは、立派な男だ！」

なのに、年上の友だと思っていた吉之助は、小牧村の若名主平十郎を気に入ってしまい、お奈々を余所へ嫁がせると言う。

「でも、諦めたかぁなかった。だから隣村へ娘達が嫁いでばかりだと、村で不満を言ったのさ。そうしたら皆も騒いで、一旦嫁入り話は止まったと思ったのに。なのに」

ある日有月が現れて、一気に皆の反対を収めてしまったのだ。

「このままじゃじき、お奈々さんは嫁に行く。だから……」

六郎は、先だって出会った辻斬りの真似をして、支度金を奪う事にしたのだ。吉之助が、これ以上金を用意出来なければ、縁談が潰れる。六郎に力を貸した駒吉は、先だって隣村へ嫁に行った、お玉を好いていたという。

「名主様が、隣村への嫁入りを許した。そのせいで、自分がお玉を嫁に出来なかったって、恨んでた」

「六郎も駒吉も、好いた相手がいたんなら、何でさっさと、縁組みを申し込まなかったんだ？」

吉之助が二人へ問うと、六郎達は歩きながら、足下へ目を落とす。それから二人とも、似た言葉を返してきた。

「隣村の奴の方が、おれより随分裕福だし」

同じ百姓と言っても、差は大きいのだ。それで二人は腰が引け、おなごへ気持ちを伝えられなかったらしい。

すると。その話を聞いた途端、今度は左源太が、遠慮なしの拳を二人へ見舞った。

「阿呆か。そのあげくに己が村の名主へ、刃物を向けてどうする！」

二人が使ったのは刀ではなく、道中差しとして使う、長どすであった。

「五十両を……消しちまいたくて」

六郎が、こちらを見ずに言う思い詰めた声を聞き、吉之助は大きく息を吐いた。

（こりゃ……大事にする訳にはいかんな）

小さな村に住んでいるのだ。縁続きの者は多い。色恋で揉めた村人を一々罪に問うていたら、名主として村で暮らしていけない。

（腹を決めねば）

こちらは怪我もしなかった故、この件、騒ぎ立ててはいけないのだ。ただ。

「いってーっ」

本当に珍しい事だったが、吉之助も六郎達へ、拳固を振り下ろした。有月達が側にいる内にと急いだ。今日、この場を逃したら、二人へ何も出来なくなると分かっていた。

「二人の娘の縁談は、今更もう、どうにもならんぞ。早く気持ちを伝えなんだお前さん達が、悪いんだからな！」

　しかし、だ。

「辛い気持ちは分からんでもない。だからもう一発殴らせてくれたら、事を収めてやろう」

　村の皆にも黙っておくと言うと、二人が初めて顔を上げた。そして一回殴られているのに、次の拳固を待っていると分かったので、吉之助は何だか泣けてきてしまった。よって頭を殴る代わりに、平手で二人の背中をばんと叩き、もういいと告げた。涙があふれてきて、止まってくれない。それから吉之助は有月らへ、深く深く頭を下げたのだ。

「助けて下さったのは三回目です。この吉之助、本心、心の底から感謝しております」

　だから。吉之助はもう一つ腹を決め、懐へ手を入れると包みを取り出した。持ってきた五十両を、礼として有月らへ差し出したのだ。

「出来れば、事をあたしの一存で収めたとは、他言しないで頂けますと、ありがたいです」

　これで有月らへは金が入り、全ては丸く収まる筈であった。

　ところが。

「ぽぽぽ」と鳴く佐久夜を巾着に入れた後、有月は思わぬ事を言いだしたのだ。

「吉之助。私はお主から金子を、借りたいと言ったのだ。貰う訳にはいかん」

それに五十両は持っていた方がいいと言う。

「これから、多々良木藩へ行くのに必要だから、持参するように言ったのだ」

「は？　やはりこの後大名家へ伺うんですか？」

そう言ってから、吉之助は己の言葉の間抜けさに、気づく事になった。今日この道で襲ってきたのは六郎達で、有月らではない。

「じゃあ有月様方が、この道へ来られたのは……ああ、やはりあたし一人を多々良木藩へ向かわせるのは、不安だったんですか」

つまり、吉之助が多々良木藩を訪問する用は、終わっていないのだ。

「ならば今回のお礼として、必要なお金は必ず、有月様へお貸しします」

吉之助はそう約束し、金を懐へ戻した。

（でも、大名家へ行ってどうなるのだろう。有月様は、多々良木藩藩主ではないのに）

未だに有月の目的が分からず、助けてくれた当人に不安を感じるという、奇妙な話になっていた。吉之助が困った顔を見せたからだろう、詫びに同道すると六郎達が言い出し、五人で道を北へ辿る事になった。

一行は武家地と寺に挟まれた道を、更に北へと向かった。するとじき、道の脇から塀が消え、田畑が目に入るようになってくる。風を受けて揺れる稲の緑が、快い。田の向こうに所々、広大な大名家の屋敷の塀も見えた。この辺りは、町奉行所支配が及ぶ境なのかもしれないと、吉之助は馴染みの風景を眺めた。

すると歩みつつ、有月が左源太と話し始める。それは武家同士の話のようでいて、吉之助へ聞かせるつもりの事とも思えた。

「左源太、この辺りは田畑が多いが、江戸の町にも近い。そして村の大百姓達の中には、大名家へ出入りする者もいる。吉之助のようにだ」

理由が分かるかと有月が問えば、飼い葉や馬を納めているからだと、左源太が戸惑い気味に答える。それは以前、吉之助が話した事であった。

ここで何故だか、腰の巾着に入った佐久夜が、「ぽぽぽ」と鳴き声を上げる。有月が、口の端を引き上げた。

「勿論大百姓達は飼い葉を納める。だが実は他にも、彼らが必ず取引したいものが、大名家にはあるのだ」

それは。

「実はな、下肥(しもごえ)だ。田畑へ撒く肥料さ」

「え、厠(かわや)からくみ取る、あの人糞ですか」

「牛馬の糞でもいいがな」

臭いを思い出したのか、左源太が眉尻を下げる。それを見て有月は声を出し笑った。

「嫌がるではないわ。下肥は田畑に必要なものなのだぞ」

江戸は広い。そして人の数が多い故、野菜が大量に売れる。それ故下肥は、年を経るにつれ値上がりしているのだ。

「今では、結構な値が付いておるそうだ」

有月はちらと吉之助を見てくる。

「江戸近くに住む百姓だと、年に六、七両、肥の為に払う家も多いと聞いた」

「は？　六、七両？」

この金額は心底意外であったようで、左源太が息を呑むのが分かった。

「武家の最低の賃金が、年、三両一分と言われておりますのに。百姓が肥代に七両！」

「ただし百姓達が一人一人、金子を手に、大名家へ下肥を買いに行く訳にはいかぬ。よって大名屋敷や市中の長屋などから、下肥を買い取るのは、この吉之助のような豪農だ」

まとめて買い、大金を支払う力のある者だ。その後下肥は、豪農と約束した百姓達へ分けられる。吉之助なら四十人位に分けるらしいから、三百両程の金が肥料の為に動く訳だ。

「さ、三百両！」

「それは下肥のみの金額だ。豪農は他にも飼い葉や人足を扱う。大名家の庭仕事をする者を手配する。土地持ち、家持ちであると、そこからも金が入る。勿論、自分の田畑も耕す筈だ」

今時の豪農は、もはやただの百姓ではなかった。その金と人へ及ぼす力は、大商人と肩を並べてきていると有月は告げる。よって。

「大名家でも、豪農に大名貸しを頼む事が増えている。つまり藩が、百姓から金を貸して頂いている訳だ」

吉之助はここで眉を顰め、百姓が皆、金を沢山持っている訳ではないと言ってみた。するとと有月は、勿論と返してくる。

「商人でも武家でも、金持ちから貧乏人まで色々いるものだ。それは百姓も同じだ。つまり百姓だけ、貧乏揃いな訳ではない」

その時有月が、道の右側、田畑の向こうに見えてきた、長く続く塀を指さす。

「あそこは、佐竹右京大夫殿のお屋敷だ。多々良木藩中屋敷は、その北側にある」

程なく着くなと言ってから、有月は話を続ける。そういう訳で多々良木藩も、ここ暫く、豪農に大名貸しを頼んでいたというのだ。吉之助へ眼差しが向く。

「その者は、石島又左衛門と言った。知っておろう？」

「おや……はい。あたしと一緒に、周防守様へお出入りしていた名主です」

有月によると、突然その老名主が身罷った後、跡取りはもう無理だと言い立て、多々良木藩への大名貸しを断ってきたらしい。

「なんと……」

「その折りに、お節介にも、妙な噂を伝えてきた御仁がおわしてな。最近大名家出入りの豪農が、よく替わるというのだ」

聞けば、先代が急に亡くなったという話が多いという。何故だか、大名貸しになると災いを引き寄せるという噂まであり、豪農の跡取り達の腰が引けているらしい。大名貸しから手を引く者が、何人も出ているのだ。

「それでは大名が困る。実際今、多々良木藩も困っている。それで、噂を伝えてきた御仁は、私に、その噂が真実かどうか確かめろと言ってきたのだ!」

「おや、お大名様にものを言いつける者がいるとは。考えられない事でございます」

つまり有月は、間違いなく大名ではない。しかし当人は、今度も余裕を持って返事をしてきた。

「ああ、本当に」

そして、うんざりしていると続けた。

「しかし、嘆いていても仕方がないので、豪農の身辺を探ってみる事にした。では誰を探るのか。先だって亡くなった当藩ゆかりの豪農には、仕事仲間の名主がいた。その者が良いかも知れぬ。そう思い立った」

有月はその豪農の噂を拾った。ある日江戸へ来るというので顔を見に行き、たまたま助けたところ、驚いた。有月はその豪農を、知っていたのだ。

吉之助は、呆然とした声を出す。

「何と……何とそういう事情で、先日あたしは辻斬りから、助けて頂いたんですか」

「まさか昔馴染みの吉之助を救うとは、思わなんだぞ。お互い変わったものだ」

「……お互い？」

また気になって問うたが、答えはない。

「もし本当に大名貸しになる事が、災いを引きよせるなら、吉之助は今日も、襲われるかもと思った。寂しい道を通るからな。だが襲ってきたのは、村の者で、別の事情だった」

大外れであったと、有月は不満げに言う。吉之助は、一瞬声を張り上げる。

「つまりもしや……大名貸しが襲われるか試してみる為、あたしにこの道を通らせたんですか」

だが……直ぐに声を抑えた。有月達がここで救ってくれなかったら、吉之助は別の場所で、六郎らにやられていたかもしれないのだ。有月が、気楽そうに笑う。

「大名貸しと災いの関係は、残念ながら未だ分からぬ。さて、これですっきりしたとは言えぬだろうな」

有月は、多々良木藩の塀が見えてきたと言いつつ、首を一つ振る。吉之助はその様子を見ながら、ふと別の考えを巡らせた。

（有月様は何と、大名家の事情に詳しい事。これはもしかして、多々良木藩のどなたかへ、養子に行かれたのだろうか）

だとすると、ひょっとして。今日吉之助は本当に、大名家出入りを望む豪農として、藩の誰かを紹介して貰えるのかもしれないと思いつく。思わず笑みが浮かんだその時、一行は、塀にある通用門なのか、小さめの門に行き着いた。すると左源太が一声掛け、皆はそのままあっさり、藩邸の中へ通して貰う事が出来たのだ。

「おお、こちらが多々良木藩中屋敷ですか」

周囲に、ちゃんと藩士達が住む長屋塀も見え、塀内には、それなりに立派な御殿が連なっている。こちらの屋敷には先代様か、先代の奥方様などが住んでいるのかもしれないと、吉之助は思い描いた。

左源太に手招きされ付いていくと、飛び石のある小さな庭に出る。すると脇の渡り廊下から、一行へ声が掛かった。

「なんと！　どうしてそんな所におられるのですか」

老齢の武家が急ぎ庭へ来る。吉之助は慌てて頭を下げると、気を引き締めた。しかし有月は侍へ、何とも気軽な調子で声を掛ける。

「あぁ、左門。丁度良い所で行き会った。ほら、探していた者を連れてきたぞ」

「はぁ？　誰の事でございますか」

「豪農、石島又左衛門の後をどうするか、皆、思案しておったではないか。だからな、代わりを連れてきたのだ」

この高田吉之助は、亡き又左衛門の知人にて、同じく豪農だと有月が言う。又左衛門と共に、周防守の屋敷へも出入りしていた者だから、身元は確かだと明るく続けた。

すると左門という老侍は、有月へ厳しい目を向けたのだ。

「出入りの豪農の事は、上屋敷の者が何とかいたしますのに」

「上屋敷の方は、藩主が交代して間もなき故、あれこれ忙しかろう。吉之助とは、金を借りる約束をした。利息を幾らにするかは、きちんと話し合っておけよ」

何しろと言ってから、有月は吉之助へにっと、何やら恐い笑みを向けてくる。

「借りる額が大きい故。大名貸しだからな」

「は？　はあ？　大名貸し？」

いきなりの話に魂消た吉之助が、思わず顔を上げ、助けを求めて左門や左源太を見た。しかし左門は、吉之助の戸惑いが分からぬ様子で、眉間に皺を寄せている。答えたのは、左源太であった。

「吉之助、お主有月様に、金を貸すと約束したであろうが」

「しました。ですけど、それは有月様にであって……」

いきなり大名貸し、つまり藩に金を貸す話になったのは、どういう事なのか。両の足を踏ん張って問うと、横から有月が、当然ではないかと言ってくる。

「大名に金を貸したら、大名貸しだ。何度も言ったではないか。私は大名だと」

「えっ、でも多々良木藩の藩主様は、大層お若い方だって……」

六郎が思わず口を出すと、左門に睨まれる。左門は有月に目を移し、苦々しく言った。

「大殿様、また何か無茶をされたのですか？」

「お、大殿様？　は？」

驚いて声を失うと、有月が急に、楽しげに笑い出した。それを目にして、吉之助の頭に、とんでもない考えが浮かんでくる。

「つまりその……もしかして」

有月ときたら、笑い続けている。それで吉之助には、答えが分かってしまった。

「有月様は、多々良木藩、先代藩主様！」

それきり、次の言葉が思い浮かばない。するとその時、巾着の中から佐久夜が顔を出し、それは美しい声で鳴いたのだ。

「御吉兆ーっ」

（吉兆？　有月様と出会っちまったのは……良き運命だっていうのか）

二人とも、嫁すら貰えぬ立場であった若い頃から、十数年経った時。信じられない事に、吉之助は豪農となり、有月は隠居大名となっていたのだ。

「なんと……」

吉之助は、大名家の庭で呆然と立ち尽くし、有月はふと笑いを収めた。そして吉之助へ、用が済んだら、部屋でゆっくり語ろうと言って、笑ったのだ。

その笑みが昔のように、優しげに思えた。吉之助は思わず、頷いていた。

二

御吉兆聞こえず

1

〝吉之助、左源太から聞いたぞ。お主、当藩へ出入りを許された事への、御礼に来るそうだな。十日は辻斬りに襲われる事なく、ちゃんと中屋敷へ来られるといいな。斬り死にした死体と、対面するのは気が進まぬ。吉之助、どうだ、私は優しいであろう〟

東豊島村の名主、高田吉之助は、多々良木藩の大殿様、有月から心優しき文を頂くと、溜息をついた。

「有月様は、見た目は素晴らしいんだけどねえ」

ただ、お人柄の事を思うと、暫く黙りたい気持ちになるのだ。吉之助は、大殿様のご機嫌を損ねぬよう、ご挨拶の甘藷飯をしっかり用意し、江戸御府内から少しばかり北にある大名屋敷へと向かった。

秋の日の事で、吉之助の周りを柔らかい風が吹き抜け、刈り入れ前の稲穂を揺らしていた。吉之助は今日の連れ、同じ村の村組頭、六郎へ笑いかけた。

「歩くには気持ちの良い日だな。でもいつになっても不思議だよねえ。何でこのあたしが、大名家へ向かってるんだろう」

勿論、頭の中では吉之助も、その訳くらい分かっている。吉之助はまだやっと三十路という若さだが、東豊島村の名主なのだ。そして高田家は豪農でもあり、多々良木藩へ金子を貸す、大名貸しでもあるのだ。

今のその立場が、百姓の三男坊として、耕す田畑すらなかった吉之助を、今日、大名家へ向かわせていた。

「それにしてもさ、六郎。あたしが東豊島村の名主で、いいんだろうか」

村では未だに、名主は代々高田家の者がなるという習わしが続いている。しかし。

「時は移ってるからなぁ。最近他の村じゃ、名主は、村の者達から選ばれた御仁が、持ち回りでやったりしているそうだ」

ちょいと泣き虫な吉之助は、小川沿いの道を歩みつつぼやく。今朝方も千住に近い村で、新しい名主が選ばれたと聞いたばかりなのだ。

すると、隣で六郎が笑う。六郎は今日、軍鶏が三羽入った大きな籠を、背負ってくれていた。

「吉也さんは泣き虫な上に、心配ばっかりしてますね。大丈夫、村のもんは高田家が名主をやってる事に、満足してますって」

実際吉之助は今、東豊島村で大層評判が良かった。先だって、自分の姪に婚礼話が来た折り、ついでに多くの村人へ、縁談を世話する事になったからだ。

「おかげでおれも、じき、女房を持つ事が出来ます。いや本当にありがたいこって」

六郎は吉之助の姪を好いていて、一時吉之助と大いに揉(も)めた。なのに可愛い隣村の娘が嫁に決まると、すっかり落ち着いている。

「それに吉之助さんは、新たにお大名家の出入り先を見つけました。羽振りが良くなって、何かあった時頼りに出来ると、村の皆は喜んでますよ」

東豊島村は万事順調、近隣の村から、羨(うらや)ましがられているのだ。

「そうかい、ありがとうよ」

吉之助はほっとした口調で、六郎へ礼を言う。だが、しかし。

(本当に万事順調と思ってて、いいのかね。わざわざあんな文を下さったんだ。有月様は、そうは思ってない気がするんだが)

有月と久々に巡り会ったのは、吉之助が辻斬りに、斬り殺されそうになった時であった。あの時有月は、昨今豪農の代替わりが多いと、眉を顰(ひそ)めていたのだ。

(でも、あたしの揉め事は、村内の事だったし。それにもう収まってるんだけどね)

吉之助は、見目麗しいお大名は、意外と心配する質(たち)だと思ってから、「よいしょっ」と重い三段の重箱を抱え直す。そして田の向こうにある広大な屋敷へと、目を向けた。

見えてきたのは久保田(くぼた)藩、佐竹(さたけ)家二十万石の屋敷だが、訪ねる先はその北側にある、多々良木藩五万五千石の中屋敷だ。

「やれ有月様と、ちゃんとお会い出来るかな。あの方は隠居であるのを幸い、驚く程気軽に他出をされているようだから」

「本当に、ちょいと……大分変わった御隠居様ですよねえ」

二人は思わず苦笑を浮かべると、大名屋敷を目指し、またせっせと歩いていく。やがて多々良木藩中屋敷へ着くと、藩出入りの大百姓吉之助は、あっさり御門を通して頂けた。すると一瞬、足に震えが走る。

（ああ、有月様と知り合った頃は、こんな日が来るなんて、思いもしなかった）

吉之助は小姓の案内で奥へ入り、軍鶏を抱えた六郎は、庭から回ってゆく。廊下を歩むと、整えられた大名家の庭と、幾重にも重なった御殿の瓦屋根が目に入った。幾つ棟があるのか、しかとは分からず、ただ藩邸の周りを、塀を兼ねた侍屋敷が取り囲んでいる事は見て取れた。

（確か奥には、広い菜園があって、鶉や軍鶏なども飼っているという話だ）

大きな池には鯉が泳ぎ、そこには舟を浮かべる事も出来るという。吉之助は畳が敷かれた、部屋のように広い縁側を抜け、十二畳ばかりの奥の間へ入った。座って重箱を下ろすと、庭へ降りる沓脱ぎの脇へ、六郎が籠を下ろしているのが目に入った。

多々良木藩は五万五千石、中屋敷は大殿様が暮らす隠居所故、大名屋敷として大きい方ではないという。おまけに藩財政は逼迫し、豪農である高田家より、金まで借りているのだ。

もっとも昨今、大名家の借金は珍しくもない。今時金と力を持っているのは、武士ではなく、大商人だと言う者も世に多かった。

ただ。吉之助は部屋へ上がってきた六郎へ頷くと、小さく首を振った。

（それでもお大名は、お大名だ）

こうして大名家の屋敷内へ入ると、吉之助はつくづく思う。己など田舎の名主だから、結構広い屋敷に住んでいるつもりだが、大名屋敷となると、その広さは桁が違うのだ。

大名屋敷は、千代田のお城からより離れた地にある、下屋敷の方がぐっと広いと聞くが、多々良木藩の中屋敷ですら、相当広い。つまり吉之助にはこの中屋敷がどれくらいの広さなのか、さっぱり分からなかった。

この時、大人しく屋敷にいたらしい主が上座へ現れたので、吉之助は六郎と共に頭を下げる。大殿様の御付人である新島左源太が、今日も一緒におり、脇に控えた。

「吉之助、おや、今日は辻斬りに遭ってはおらぬようだの。首がちゃんと、肩の上にあるとは目出度い」

大殿様から明るく言われ、吉之助は渋い顔をした。大名と百姓、今の身分はとんでもなく違うが、二人は同門の昔馴染みなのだ。よってつい、くだけた言葉が口をつく。

「有月様、恐い事を言わないで下さいまし。剣呑な目に遭うのは、もう沢山ですよ」

「うふふ、そうなのか？ お主は泣き虫だから、剣呑な事を引き寄せてしまいそうだが」

吉之助は溜息をかみ殺すと、まずは手土産の重箱を差し出した。有月は遠慮もなく蓋を開け、嬉しげな顔となる。

「おや、これは甘藷飯ではないか。前にも土産で貰ったな。美味いと褒めた事を覚えていたのか。いや嬉しい事だ」

「いえその、ただの甘藷飯なんで、そんなに喜んで頂けると、恐縮するというか……」

入っている芋を、佐久夜も大層気に入っていた故、一つ分けてやっていいかと有月が問う。そして、芋を掌に載せると、それは優しく名を呼んだ。

「佐久夜、大好物を貰えたぞ。おいで」

すると屋敷の奥から、機嫌の良い鳴き声が聞こえてくる。

「おやま、こりゃまるで、犬のような」

六郎が隣で目を見開いたのもどうりで、鶉は己の名が分かるのか、呼ばれるまま、とことこと表の間へやってきた。吉之助もやはり驚いたが、それは有月の愛鳥が、畳の上を駆けてきたからだ。

「鳥なのに、何で飛んでこないんでしょうか？」

佐久夜は吉之助達を見て、部屋の手前で一寸足を止めた。だが、今日は人を突いたりせず、芋の一かけへ駆け寄り、せっせとご馳走を突き始めた。

「ぽぽぽぽぽ」

「良かったな、佐久夜。吉之助の土産だぞ」

吉之助はしばし黙って、ただの甘藷飯をそれは喜ぶ、有月と鶉を見ていた。

(甘藷飯は米を倹約する為に、芋で量を増やした飯だ。百姓の食い物としても、並の品だよなぁ)

有月は前に、出入りの大百姓の土産、茶飯を楽しんでいると言った。なので先日、吉之助も試しに甘藷飯を土産にしたところ、大名とその鶉は、本当にそれを喜んだのだ。

(意外だったというか)

有月は部屋住みの頃と変わらず、贅沢はしていないように見える。広大な御殿で暮らす身なのに、着ている物とて木綿だ。昨今は百姓でもたまに、絹物を着るご時世なのにだ。

以前、訳を問うたら、藩には金がないのだと、あっさり言われた。しかし吉之助は、他の大名家へ出入りしている百姓達から、贅沢をしている大名の話を聞いていた。大枚で吉原の花魁を身請けしたり、凝った大名道具を誂えたりと、金がなくとも贅沢をしている殿様はいるのだ。

（変わり者だが、もしかしたら有月様は……本当はとても、ご立派な方なのかね）

領民と家臣達の為、有月が質素にしているのだとしたら、頭が下がる事であった。

心を動かされた吉之助が、思わず目に涙を浮かべた時、そのご立派な殿様は、ぺろりと芋を平らげた佐久夜を見て、首を傾げる。

「おや珍しい。好物を食べたのに、佐久夜が『御吉兆』と鳴かぬな。どうした事か」

佐久夜の白い羽毛を撫でつつ、何か妙な事でも起きねばいいがと、有月が眉を顰める。

途端、吉之助の涙が止まった。

「あ、あの。鶉の鳴き声で、吉凶を占えるのですか？」

もしかしたら先程、飛べる筈の鶉が歩いていたのも、何か凶事の知らせなのだろうか。

気弱な吉之助が思わず身をすくめたものだから、有月が、そんな占いはないと笑い出す。

「佐久夜は屋敷内を、歩く事が多いのだ。鶉は、ころりとした姿だからな。やはり飛ぶのは得手ではないのだろう」

藩で飼っている鶉達も同じで、飛ばぬ事はないが、よく歩いているという。

「それでも鳥小屋は、しっかり作ってあるが。狸などに、鳥が襲われてはたまらぬからな」

どうやら多々良木藩では、鶉を藩からの贈りものにしているらしい。軍鶏の卵や肉も、中屋敷にとってありがたい品だと、まるで商人のように大殿様は続ける。すると、その一言を聞いた吉之助が、ここでぽんと手を打った。

「おお、そうだ。軍鶏の事を忘れてました」

吉之助は、庭に置いておいた大きな籠を、手で示した。凶暴そうな軍鶏達の鳴き声を聞き、目を見開いた有月へ、ちょいと自慢げに微笑(ほほえ)んでみせる。

「先日は姪へ婚礼の祝いを頂き、ありがとうございました。返礼の品として、受け取って頂けますと、ありがたく」

吉之助は以前有月が、体の小さい多々良木藩の軍鶏に、大きな軍鶏の血を混ぜたいと、話すのを聞いていた。それで今回は、立派な軍鶏を連れてきたのだ。

左源太が直(す)ぐ見に行き、それは素晴らしい雄だと口にする。有月が笑みを浮かべた。

「吉之助は本当に、細かく気の回る質だな。いや、ありがたく頂こう」

褒められ、吉之助は一瞬胸を張った。だが、直ぐに両の眉尻(まゆじり)を下げると、この軍鶏を手に入れるのは、大変であったと愚痴り始める。吉之助は軍鶏の為に少々……大分、いやたっぷり困ったのだ。

「おや、軍鶏はどんな凶事を連れてきたのだ。吉之助、道中襲われはしなかったと、つい今、言ったではないか」

「はぁ、道中は平穏だったのですが」

吉之助が溜息をついた時、廊下から声が掛かり、一旦話が途切れる。昼餉(ひるげ)の用意が出来たようで、直ぐに膳を手にした侍達が現れたのだ。自分達も馳走にあずかれると知り、吉之助は目を見張った。

(おお、大名家へ金を貸す立場になると、ただのお出入り百姓とは、待遇が違うようだ)

眼前に置かれたのは、金蒔絵の膳であった。趣のある碗や器に、鶏ねぎの小鍋、茸の和え物、巻卵、漬け物が盛られ、酒も載っている。そして小姓が立派な飯碗に、吉之助が持参した甘藷飯を盛って、膳に添えてくれた。

(お大名も、我らと同じ甘藷飯を食べる。だがやっぱり、お大名の昼餉は大いに違うな)

吉之助がご馳走ですねと嬉しげに言うと、有月が綺麗な顔に、にやりと笑みを浮かべた。

「茸は下屋敷に生えたもの。小鍋の肉と卵は、飼っている軍鶏のものだ。漬け物は、庭で採れた茄子だな」

それが大名家にある器に盛られると、料理茶屋の食事もかくやというものに化ける。ただし酒だけは、他家からの頂きもの故、極上の灘ものだと教えてくれた。

「こればかりは、町の居酒屋では飲めぬ代物だ。軍鶏の礼だ。楽しめ」

左源太がさっそく酒を勧めてくれたので、ありがたく美しい朱の杯にて頂くと、いつもの酒とは比べものにならない、濃くて薫り高い一杯が喉を下る。吉之助は、柔らかい風が吹き抜ける大名家の一間で、軍鶏が運んできた騒動をゆっくり語り始めた。

「あの軍鶏達ですが、実は東豊島村の産ではありません。うちの村にも軍鶏はおりますが、並の奴らだったんで」

それで吉之助は、これはという軍鶏がいないか、方々へ問うたのだ。すると懐かしいお人から、それは立派な軍鶏がいる故、譲ってもいいとの知らせが入った。

ただし。

「たまには挨拶に来い、薄情な奴め。そういう一筆も、その知らせには付いてまして」

手紙を寄越した主は、有月や左源太も良く知る相手であったと、吉之助は続けた。

2

吉之助は田舎道に膝を突き、震えながら己の手を見つめていた。

真っ赤に濡れていた。

にちゃりと、粘っていた。

覚えのある、不吉な臭いが立ち上ってくる。

着物まで、あちこち赤く染まっている。頭が痛い。自分は一体、どうしたのだろうか。

分からない。全く分からない。

今日は多々良木藩邸を訪ね、良き御酒など頂いて、機嫌良く屋敷を辞した筈であった。土産を下ろして身も軽くなり、田舎の小川沿いを、六郎と共に村へ向け歩んでいたのだ。不安に思った事といえば、たった一つ。大殿様の可愛がっている鶉が、いつものように「御吉兆」と鳴かなかった事だけだ。どう考えても、たまたまの事であった。

（なのに、これはどうした事だ……）

首を回した時、吉之助の近くに、誰かが倒れている事に気づいた。見ればその者は、身を赤く濡らしている。道に転がったまま、全く動かなかった。そして。

「ひっ」

男は腹の辺りから、奇妙なものを生やしていたのだ。長い棒だ。

「血まみれのあれは……長どすか？」

男は、誰かに刺されたのだと分かり、吉之助は総身を震わせた。己の身に痛みはないから、この手を濡らしている血は、倒れている男のものなのだろう。

「だ、誰がこんな酷い事を？」

慌てて辺りを見回したが、目に入るのは田んぼと遠くの山ばかり、小川沿いの道には誰もいない。不思議な事に、一緒にいた筈の六郎の姿すらなかった。

「人斬りはもう、ここにはいないのか」

寸の間、安堵に包まれた。だが吉之助は直ぐ顔を強ばらせ、そろそろと、血に濡れた己の手へ目を向ける。何故こうなったのか、よく思い出せない。

だが。

「襲われたんなら、何であたしだけが無事だったんだ？　六郎はどうしたんだ？」

ここで吉之助は、不意にある事に気づき、更に身を強ばらせる。

「もし今ここに、誰か来たら……」

一人生き残っている上、血にまみれている吉之助を、疑うのではないだろうか。自分は、倒れている男を殺し、返り血を浴びたようにしか見えない気がする。死体と吉之助の他に、道には何者もいない。つまり誰がどう見ても、吉之助が人斬りであった。

「ひぃいい」

一気に恐ろしさに包まれ、涙が頰を伝い、言葉が上手く出ない。身が震え、道に膝を突いたまま動けなくなってしまった。

そして。

近くで何か音を聞いたような気がした。もしかして、代官所の者が来たのかと思う。下手をしたら血の臭いに引かれ、凶暴な野犬でも現れたのかもしれない。

だが、それでも動けずにいたその時。

吉之助の体は、突然吹っ飛んでいた。身を、突然何者かに、思い切り蹴られたのだ。

横を流れる小川へ、転げ落ちていく。死ぬ。今度こそ死ぬと思った。

「ひゃあああっ」

叫んだ己の声に驚き、目を開けた。すると、光る目がこちらを見ている事に気がつき、吉之助はまた悲鳴を上げる。

「ひいっ、も、もう駄目だっ。落ちてしまった。もう駄目だっ」

己でも分からぬ言葉を口にし、両の手で目を覆う。とにかく恐ろしい眼差(まなざ)しから逃れたかった。何も考えたくなかった。

だが、目の主は地獄の鬼でもあるのか、無慈悲にも目を開けよと言ってくる。それを必死に逃れていると、今度は妙な声が聞こえてきた。

「ぽぽぽぽ」

「……えっ？　ぽぽぽ？」

聞いた事のあるその声で、すっと頭が冷えた。吉之助はそろそろと目を開け、そっと辺りを見てみる。

「あ、天井が見える」

自分が布団で、横になっている事も分かった。吉之助は見知らぬ部屋で、寝ていたのだ。

「おや、正気に戻ったかな。こら吉之助、いい加減起きろ。お前には、ゆっくり寝ている暇はないのだ」

その冷たい声を聞いて、吉之助は何とか身を起こしてみる。驚いた事に布団の脇には、有月と左源太、それに六郎がいて、己を見ていたのだ。

訳が分からず呆然としていると、左源太が、ここは多々良木藩中屋敷の内で、鶏や軍鶏を世話する者の為、作られた小屋の中だと教えてくれる。とにかく人目を避けねばならなかった故、御殿内には運べず、この場所となったのだそうだ。

「人目を、避ける……とは？」

まだぼうっとしたまま吉之助が問うと、左源太が顔を顰めた。

「お主と六郎は、今日、軍鶏を持参して当屋敷へ参った。吉之助、それは覚えているな？」

「あの……はい」

「その後、二人は屋敷を辞した。だが四半時も経たぬ内に、六郎が駆け戻ってきたのだ」

六郎によると、帰り道で誰ぞに突然襲われたのだという。六郎は必死に元来た道を逃げ戻ったが、後ろから悲鳴が聞こえた。思わず振り返ると、人が刺されていたという。

「六郎は恐ろしくて、とにかく助けを求め、この中屋敷へとって返した訳だ」

その知らせを聞き、左源太はまず、己だけ駆けつけようとしたらしい。人が刺された となれば、大騒ぎになる。多々良木藩が、巻き込まれてはならなかった。だが。

「例によって有月様が、付いてこられてしまって」

するど横で有月が、「ふふふ」と笑った。

「左源太、私が一緒に行って良かっただろうが。適切なる判断をしたぞ」

「血まみれの吉之助を、小川へ蹴り落としましたよね。おかげで水から引き上げるのが、大変でした」

吉之助はずぶ濡れとなった上、気を失ってしまった。仕方なく、左源太が着物の水を絞り、負ぶって中屋敷へ運び込んだのだ。

「お主は、多々良木藩出入りの大名貸しだ。妙な事になっては困るのでな」

左源太に言われ見てみれば、確かに着物が替わっている。吉之助は呆然として、有月達へ目を向けた。

「思い出しました。歩いていたら、突然覆面姿の侍が現れたんです」

逃げ損ねた吉之助の目の前で、たまたま道で居合わせた男が刀を抜いたが、覆面の侍に斬られた。もう駄目だと腰が抜けた時、後ろ向きに転んでしまい、頭をしたたかに打ち、ぼうっとなったのだ。

「気がついたら、あたしも血にまみれていて……動けなくなりました。そうしたら突然、誰かに蹴られたんです」

あれは、有月がやった事だったのか。恨みがましい目を向けると、しれっと返される。

「血にまみれたお主を、そのまま屋敷へ運び込む訳にはいかなかったのだ。血が滴って、多々良木藩まで跡が続いただろう」

つまり、多々良木藩が人斬りに関わることになり、迷惑この上ない。

「関東取締出役(しゅつやく)の手下が、当屋敷の辺りをうろつく事になるのは、ご免だ。だから川で、吉之助の血を落とした。あのやり方が一番早かったのだ」

「……あの、ありがとうございました」

蹴られた所が痛いが、とにかく礼を言うと、ここでまた、「ぽぽぽ」という佐久夜の声が聞こえる。すると有月は、勝手に巾着(きんちゃく)から出て、小屋内をうろついている鶏へ目を向け、眉を顰めた。

「今朝から佐久夜が、『御吉兆』と鳴かぬ」

やはり不吉な事があったなと言い、有月は腕を組む。それから吉之助を見据えた。

「この田舎で人斬りとは、聞かぬ事だ。吉之助、盗(と)られたものはあるか」

慌てて、脇に置いてあった衣服を改め、首を横に振った。つまりあの人斬りは、人一人を斬った後、吉之助は殺さず、物も盗らずに、どこかへ消えた事になる。左源太が眉根を寄せる。

「ただの盗人ではないようですね。となると、目当ては何なのでしょう？」

吉之助だけが助かったのは、何故なのだろうか。有月は、分からぬと首を振る。

「だが、吉之助は拙い立場にいるな。道で、斬られた男と共にいた。血にまみれていた。もし我らが行く前に、誰かにその場を見られていたら、人斬りと言われかねん」

やはり、と思うと背中を冷たいものが走り、布団の中で震えが止められなくなる。また涙が流れ落ち、今度は止まってくれなかった。

「あたしは百姓です。人なぞ殺せません」

ところが。吉之助が恐がっているというのに、有月ときたら、うんと言ってはくれない。

「間抜けた事を言うでない。お主は不動下道場へ通っていたではないか。剣は扱える。少なくとも、周りはそう思う筈だ」

「そんな……ですが、襲われた時、六郎も一緒におりました。何があったか、あいつが話してくれます」

「六郎が、吉之助を庇っても無駄だ。六郎は同じ村の、村組頭だ。仲間を守っていると思われるだろうよ」

吉之助は、顔を引きつらせた。身に覚えのない事で、今にも誰かが己を捕まえに来そうで、恐ろしさに包まれてくる。

「お、お助け下さいまし。あたしは本当に、何もやっておりません。お助け下さいまし」

なりふり構わず縋ると、有月は、珍しくも恐い表情を浮かべている。

「何としても人斬りは、捕らえねばならんな。斬られた者が気の毒だ」

吉之助は、今更ながらに、血まみれになっていた男を思い出し、また涙を流す。

「本当に、倒れていたあのお人は、どうなったんでしょう。まだ若かったが」

だが有月はただ、首を横に振る。

それから居住まいを正すと、まずは今日、この多々良木藩中屋敷へ吉之助が来る事を、誰が知っていたか摑みたいと言い出した。

「金は盗られなかったから物取りではない。別に目的があった筈だ」

ならば、考えられる事は一つ。人斬りは、吉之助自身を狙ったに違いないと、有月は言い出したのだ。

「そしてそ奴は、東豊島村ならともかく、吉之助の出先である、この中屋敷の近くで襲ってきた。人斬りは、ここへ吉之助が来る事を、承知していたのだ」

だから今日の用を、誰が知っていたのか、それを知らねばならない。吉之助は六郎と、顔を見合わせた。

「高田家の身内は、軍鶏を届ける事を知ってました。でもそれ以外の者は、六郎の親ですら、承知してません」

村の者は今、婚礼の支度で忙しい。正直に言えば、軍鶏どころではないのだ。すると左源太と有月が、恐ろしい事を話し始める。

「身内が吉之助を、襲ったのでは？」

「それはなかろう。本気で吉之助を片付ける気なら、屋敷で毒でも盛った方が早い」

吉之助は震えあがり、縋るように、思いつきを口にした。

「もしかしたら、亡くなった人を悪人が狙い、それにあたし達が巻き込まれたのかも」

すると何故だか、左源太と有月が顔を見合わせ、首を横に振ったのだ。

「悪党が、狙った者を殺したとする。その時、たまたま居合わせた吉之助を、逃がすと思うか？」

顔は頭巾(ずきん)で隠していても、姿を見られている。

「斬った方が、後腐れがない」

有月がそう言うと、左源太が頷く。

「わざわざ生かしておいたのです。訳がありそうですね」

「人斬りの罪を、吉之助へ押っつける事にしたかな。斬られた者が死んでしまえば、身の証(あかし)は立てにくいから、出来ない話ではない」

「ひ、ひえええ……」

吉之助がまた涙を流し始めると、有月は鬱陶しそうな表情を浮かべた。

「とにかく、この近くで襲われたのだから、今日軍鶏を運ぶと承知していた者は、家の者の他にもいる筈だ。吉之助、どこかで事情を話さなかったか？」

重ねて問われ、吉之助はあっと短い声を上げる。

「そういえば、確かに喋ってました」

軍鶏を分けて貰った先だ。そこで、あれこれ話した覚えがあった。久方ぶりに会った相手から、問われたからだ。

「でも……譲って下さった方が誰か、先刻話しましたでしょう」

あそこの誰かが、吉之助を襲うなど考えられない。

「軍鶏の出所は、不動下道場なんですよ！」

かつて、部屋住みであった有月や左源太も通っていた、懐かしき場所であった。だが有月は、きっぱり言ってくる。

「その時の事を、もう一度詳しく話せ」

話に出た名を、書き留めておけと言われ、左源太が懐から矢立と紙を取り出す。吉之助は不動下道場へ向かった日の事を、必死に思い返す事になった。

3

吉之助は百姓であったが、若い頃、不動下道場で剣を習っていた。今思えば剣の道など、小指の先程も吉之助に向いていなかった。

だが当時は、身につけられる事があれば、何にでも首を突っ込んだ。総領は長男、つまり次男以下は、田畑を継げぬと決まった百姓の、三男坊という立場だ。明日に望みを持ち続けるのには、努力が必要だった。

ただ不動下道場には、武士、町人、百姓の、家を継げぬ者達が多く集っていたので、それなりに居心地の良い場所であったと思う。同じ悩みを持つ者同士、腹を割って話した。たまに門下生から養子にゆく者が出ると、羨ましいと真剣に思いつつ、次は己の番かも知れぬと、望みを繋ぐ事が出来たのだ。

ただし不動下道場の師範は、剣の腕で知られた者であった故、弱い吉之助は目を掛けられた事がなかった。よって段々、通うのも間遠になっていったその頃、吉之助は思いがけず兄の跡を継ぐ事になった。

その後、気がつけば一度も、師範に顔を見せていなかったと思う。

「その薄情な吉之助に、立派な軍鶏を融通してやろうというのだ。わしも大概人が好いな」

　そう言って豪快に笑ったのは、不動下道場師範、山崎友衛だ。吉之助が軍鶏を探していると、どこから話が伝わったのか、ある日男やもめで十程年上の師範から、文が届いた。田舎の事とて、主は道場裏で畑もやっており、軍鶏も随分飼っていた。その中に、それは立派な軍鶏もいると知らせてくれたのだ。

　急ぎ不動下道場へ向かった日、師範に不人情を笑われ、吉之助は大いに恐縮する事になった。身を小さくして頭を下げたところ、師範は、まあ良いと言って下さった。

　しかし何故だか道場に集まっていた昔の仲間達からは、手厳しく、あれこれ言われる事になった。

　おまけに、皆の顔は覚えていたものの、養子に行ったとみえて、坂上、多津川と名のった二人の、以前の名が分からない。

「吉也、いや今は、名主の吉之助というのだったな。目出度く家を継ぐ身となったのだ。その折り、師範に御礼の品でも持って、挨拶に来るべきではなかったのか」

　昔馴染みの榎本に笑いながら軽く背を叩かれ、吉之助はまた頭を下げる。

「申し訳ございません。ですからその、今更ですが……軍鶏の御礼に」

　ここでけちると、後々響く。吉之助は腹をくくって用意した金子と反物を、師範へ差し出した。すると、それで収まるかと思っていたのに、坂上、多津川達が一層騒いだ。

「おおっ、吉也はこのような金品を、出せる身になっていたのか」

さすがは、大名貸しをする豪農だと榎本から言われ、吉之助は驚いた。村の名主になった事だけでなく、そんな話まで余所(よそ)に伝わっているとは、思ってもいなかったのだ。

「人の運とは、剣の腕では決まらぬようだ。羨ましい話だな」

口を尖(とが)らせた榎本は、剣の腕に優れた男であったが、養子の口には恵まれなかったようで、不動下道場の師範代となっていた。もっとも公平に言えば、有月の御付人である左源太の方が強かった。弟子内には他にも手練(てだ)れがいたが、そういう男には早めに養子の口がかかり、道場を辞している。

ここで坂上が、笑いかけてきた。

「これは良き知り人が出来たものだ。吉之助、多々良木藩だけに金子を貸す訳ではなかろう？ おれにも融通して欲しいものだ」

己は旗本二百石の次男坊だったが、七十石の御家人坂上家へ養子に入ったという。

「色々苦しくてな。是非……」

「おい、久々に会って直ぐ、金の話は止(よ)せ」

ここで多津川が、坂上を止めてくれる。

「それに、多分無心しても無駄だ。金持ち程、強突(ごうつ)く張(ば)りだというからな。吉之助は泣き虫だが、今じゃ阿漕(あこぎ)な男になってる筈だ」

「へっ？　そうなのですか？」

「おや、聞き返されてしまった」

多津川は明るく笑い出す。すると榎本もにやりとしてから、その多津川の事を話してきた。

「吉之助、覚えているか？　多津川は御家人の倅だ。そして今はなんと、お主と同じ、大百姓の家へ養子に入っておるのだ」

だが、結構裕福だろうからと借金を申し込んでも、養子故、金は出せぬとにべもないらしい。多津川が榎本を睨んだ。

「うちはただの百姓だ。直参に金を融通する札差になる日が来たら、金を貸してやる」

「これ、止めぬか」

師範に言われ、榎本達はやっと黙った。だが軍鶏を選びに裏庭へゆくと、鶏小屋の前で吉之助へ、また山と問いを向けてくる。

「しかし、どうして大きな軍鶏を欲しがるのだ？　ほう、出入り先の大殿様がご所望とな」

そして、その大名家が多々良木藩だと言った途端、師範が、ならばその大殿様とは、以前不動下道場にいた、有月だろうと口にする。

「おや、ご存じでしたか」

「吉之助は、さっさと道場へ来なくなった故、知らなんだのだ」

有月がその立場を変えた時、さすがに挨拶があった故、師範は事情を承知していたという。途端、何人もが話し始めた。その話は皆が知っていたらしい。

「ああ、有月様！　あの顔が良くて、剣の腕はいい加減だった有月様は、出世なさってたんだった」

「ここへ来ていた頃は、武家だというばかりでどこの誰なのか誤魔化して言わなんだが。大名家のお子だったのだよなぁ」

そんな者が不動下道場にいたとは魂消ると、皆が目を見交わしている。師範が笑った。

「遅くに生まれた側室のお子だったし、兄上が何人もおられたからな。まあ、素性を言えなんだ気持ちも、分かるが」

有月は、その内家臣の家へでも養子に行くものとして、気軽に暮らしていたのだろうと師範は言う。きっと家臣達も、軽く扱っていたに違いない。だが。

「兄上方が次々と養子に行かれた後、藩主となっていた長兄の殿が、病で亡くなられたのだ」

その時、まだ養子にも行けず残っていたのが、末子の有月という訳だ。

「それで大名家を継げたとは、何という幸運か」

道場では何度も繰り返し、有月の話をした事があったに違いない。皆は今更驚かぬ様子で、笑って話している。そして今度は、吉之助へあれこれ言ってきた。

「しかし吉之助、多々良木藩邸は随分遠いんじゃないか？　おや、軍鶏を持っていくのは中屋敷なのか」

「こんな大きな軍鶏、どうやって三羽も運ぶんだ？　籠？　大八車を貸してやろうか。ほう、中屋敷は、佐竹様の屋敷近くとな。ならば籠で運べぬ事もないか」

「だが日中に軍鶏を運ぶと、騒いで目立つだろうな。ああ、朝方早めに村を出るのだな」

「他の村に、もっと大きな軍鶏がいると聞いたが、吉之助、それもいるか？　おや、二日の後には、大名家へ向かうとな。ならばそちらの軍鶏は、間に合わぬな」

今は大殿様である有月や、その御付人となり、仕官を果たしている左源太の事など、皆興味が尽きぬようで、随分あれこれ聞かれた。そして吉之助は問われるまま、詳しく話をしてしまったのだ。

「……そうでした。あたしは不動下道場で、今日の事を喋ってました」

小屋内の布団の上で、吉之助はうなだれた。今日中屋敷へ軍鶏を運ぶと知っている者は、山崎師範、榎本、坂上、多津川の四人だ。有月は、はっきり顔を顰めた。

「山崎師範までが、私の事を他へ話すとは、口の軽い事だ。事情を聞いた弟子達三人とて、吉之助の話を余所で喋ったかもしれん」

例えば師範代の榎本も、あれで結構口が軽かったと言い、話がどこへ漏れたか分からないと、有月は溜息をつく。

「養子に行ったという残り二人だが、昔の名は何と言ったのか？」

問われた吉之助は、坂上達の以前の名を思い出せないと、白状した。

「役に立たぬな」

嘆いた左源太に、この時小屋の表から声が掛かる。有月と目を合わせた後、直ぐに小屋から出て行くと、左源太は暫く帰ってこなかった。そして四半時も後、やっと戻ったと思ったら、知らぬ御仁の事を話し始めた。

「有月様、先程、清心院様ご一行が来られたようで」

「おや突然の事だな。これはお珍しい」

有月が片眉を上げると、左源太はちらりと吉之助へ目を向けてから、先を話した。

「上野の寺へお参りされた後、護符など届けに来られたようです。ただし品をことづけ、清心院様はそのまま下屋敷へ帰るおつもりだったとか」

だが、多々良木藩中屋敷近くへ来てみれば、道に血が流れ、騒ぎが起きていて、清心院の一行は回り道をする事になった。何時にない事が藩邸近くであった故、気に掛かって、中屋敷へ寄る事にしたようだ。

「分かった。ご挨拶に伺う」

　吉之助の命が懸かった騒ぎの最中だというのに、有月はさっさと小屋から姿を消してしまった。心細く、また目に涙を浮かべていると、横から六郎が、清心院様とはどなたなのかと左源太に問う。

　すると左源太は、驚くような事を口にした。

「清心院様は、前々藩主のご側室だ。春姫（はるひめ）様、つまり有月様の姪姫様の、母君であられる」

　今は髪を下ろし尼となって、下屋敷の方で暮らしている。そして左源太は、何と吉之助が、清心院と会った事があると言ったのだ。

「はい？　あたしがお大名のご側室を、知っていると言われるので？」

「覚えておるか？　昔、不動下道場の師範の所へ、時々、料理など持ってきていた娘御がおられただろう」

「あ、はい。師範と御縁のある方の、娘さんの事ですね。大変綺麗なお方でした。おいでになると、弟子の皆が騒いでおりました」

　自分や有月達も含め、娘に目を向けない門弟など、一人もいなかったと思う。本当に、一目姿を拝めただけで眼福（がんぷく）、その日一日が良き日に変わる程の、麗しいお人であった。

しかし不動下道場は、継ぐ家のない者達の集まりだった。だから抜け駆けをして、娘を妻に出来る者など、いる筈もなかった。そして娘御は、縁談が調ったという噂の後、ある時急に道場へ来なくなった。

「ではあの娘さん、有月様の兄上の、ご側室になられていたのですか」

だとすると、己や有月達だけでなく、他にも大きく運命が動いた者が、不動下道場にいた事になる。そしてそのご側室は、随分と若い時、尼になったのだろうと吉之助は気づいた。何しろ娘の背の君は、隠居している有月の、その前の殿様なのだ。

「有月様も、あの娘さんの事を、眩しそうに見ておいででしたのに。当時、娘さんがどなたと添われるのか、承知なさってた筈ですよね」

相手が兄である事を、何と思ったのか……。言いかけ、吉之助はその先の言葉を呑み込んだ。武家娘の縁談を決めるのは、大概親だ。そして部屋住みであった有月では、縁談へ口を挟む事など出来る筈もなかった。

ここで左源太が、すっと話を変える。

「吉之助、人斬りが疾く、捕まると良いな。早く村へ帰りたかろう」

だが今はまだ、人斬りが誰なのかすら、分かっていない。そして、名主がいつまでも中屋敷から帰らないのでは、村の者達が心配すると左源太は言った。

「それ故」

懐から文を出し、六郎へ目を向ける。

「これは大事な文だ。吉之助は足をくじいた故、しばし、中屋敷へ逗留(とうりゅう)すると書いてある。六郎、これを持って、一足先に村へ帰ってくれ」

「えっ、あたしは一人になるんですか？」

村への知らせは必要だが、心細さに吉之助はまた目をうるませる。左源太は、事を早く終わらせる為に、文は必要なものだと言い、書状を六郎へ渡す。そして二人でさっさと、小屋を出てしまった。

4

「ありゃ……一人残されちまったよ」

一旦屋敷から帰った筈の吉之助が、また中屋敷にいるというのも妙な話であった。よって、なるだけ人目に触れさせたくないのか、下男一人小屋には来ない。

「ああ、何でこんな事になったのやら」

中屋敷にいれば大丈夫だと思うものの、誰かが吉之助の事を、突然捕まえに来そうで恐い。一人身を小さくしていた時、思わぬ声を聞き、吉之助はさっと顔を上げた。

「ぽぽぽぽ」

「おや、佐久夜だ。来てくれたのか」

目を向けると真っ白い姿が、入り口近くを歩いているではないか。吉之助は急ぎ佐久夜へ近寄ると、大真面目に鶉へ話しかけた。

「お前だけは、あたしを見捨てないでくれて、嬉しいよ。一人じゃ恐くっていけない」

しかし鶉が人の声で、返答をくれる訳もない。それでも吉之助はこの機会だからと、佐久夜へ頼み事をしてみた。

「なあ佐久夜、せっかく来たんなら、一度鳴いてくれないか。あの『御吉兆』という声が聞こえないと、あたしの運が戻ってこないような気がするんだ」

思い切り目出度く鳴いて欲しい。吉之助は真剣な口調で、鶉へそう話した。

「初めて会った日は、何度も鳴いていたじゃないか」

だが、しかし。気が向かないのか、佐久夜は小首を傾げ、鳴き声を上げない。それどころか、早くも小屋にいる事に飽きたようで、さっさと外へと歩み出ていく。

「お、おい。あたしを残して行かないでおくれ。一人にしないでおくれ」

吉之助は寸の間迷ったが、己は多々良木藩出入りの豪農だし、藩邸内ならば姿を見られても大丈夫だろうと、佐久夜の跡を追った。とにかく本気で、「御吉兆」の一声を聞きたかった。

すると。

出て直ぐ、己がいた小屋の脇に、大きな囲いがあるのが目に入った。鶏や軍鶏を飼っているというから、鳥小屋はあるだろうと思っていたが、その大きさに驚く。己が贈った大きな軍鶏の姿も、既にその中にあった。

「こりゃ凄い。あたしがいた小屋より大きい」

寸の間泣く事も忘れて、鳥小屋を見つめていると、直ぐ近くから声が聞こえた。

「まあ、佐久夜。どうしたのですか、お前が一羽で、こんな所にいるなんて」

慌てて首を巡らせると、尼御が目に映る。その姿に、確かに見覚えがある事に驚いていたところ、恐ろしい顔をしたお女中が、尼御と吉之助の間へ割って入った。

「これ、そこな者。その出で立ちは、何者ですか。清心院様の前で、何故礼を取らないのか」

怒りを受け、急ぎ膝を折り頭を下げたものの、さて今の立場をどう話したら良いものか、吉之助は咄嗟に言葉が出てこない。すると尼御の後ろの方から、代わって返事をしてくれた御仁がいた。有月が、清心院と共にいたのだ。

「その男は、当藩出入りの豪農です。当家の新しき大名貸しでもありますな」

「大殿様、昨今は大名家も、色々な所からお金を借りますのね」

若い声が耳に届く。するとここで有月が、吉之助の事は見知っている筈だと清心院に言ったので、思わず顔を上げる。すると目が合った途端、佐久夜を抱いた清心院が、軽く小首を傾げた。

「あらまあ、確かにお見かけしたお顔ですこと。もしかして……このお人は、不動下道場におられた方でしょうか。大殿様、あの泣き虫だった吉也さんかしら」

軽い笑い声が続いた。

「さすがは清心院様、人の顔を、実によく覚えておいでだ。吉也は今、名主高田家を継ぎまして、吉之助と名のっております」

「あ、あの。お久しぶりでございます」

本当に何年ぶりだろうか。若い頃、道場の皆が憧れていた娘は、何と僧衣に身を包んでいる。清心院はにこりと笑うと、気軽に吉之助へ語りかけてきた。そして吉之助を、大いに狼狽えさせる事になったのだ。

「吉之助殿、大名貸しになるとは、お金持ちになったのですね」

きっと多々良木藩へ金子を貸したのは、同じ道場の仲間故、大殿有月に頼まれての事だろうと、清心院は続けた。

「無理をしたのでなければ、良いのですが」

「えっ、あの、その」

「有月様は一本気なお方ですから、時々周りのお人を、強引に巻き込んでしまうのです。

でも、優しい方でもあります。だから、これからも長くお付き合いをして下さいね」

「有月様が、一本気？　優しい方？」

先刻その有月に、小川へ蹴り落とされた吉之助は、どう返答したら良いのか分からず、当の大殿様へ目を向ける。すると有月は、思い切りそっぽを向いた。清心院は構わず更に、言葉を重ねる。

「吉之助殿、有月様は昔、部屋住みであられたからか、時々気軽に無茶をなさるの。出来たらそういう時、支えて差し上げてね」

「へっ？　あたしが大殿様を支える？」

「何しろ素直な方なので。腹芸など、苦手でおいでだし」

「ええええっ？　その、す、な、お？」

「ぽぽぽぽ」

清心院の言葉に次々と驚き、吉之助は間抜けな声を上げてしまう。だがここで、我こそ大殿様の杖（つえ）となります、などと調子の良い事を言おうものなら、後々その優しい大殿様ご自身から、拳固（げんこ）が降ってくるに違いない。

しかし有月は、確かに清心院には優しいようで、眉根を寄せてはいるものの、その言葉を止めはしなかった。そして直ぐに苦笑を浮かべると、思いがけない事に吉之助の件で、尼君へ相談を持ちかけたのだ。

「清心院様、実はこの吉之助は、大いなる困り事を抱えております。その……先刻血が流れていた村の道で、襲われたと申すのです。実際、着物に血が付いておりました」

だが吉之助は怪我をしていない。つまりこのままでは、吉之助が人を殺めたのではと、疑われかねなかった。

「勿論当人は、覚えなしと言っております」

「まあ、お気の毒に。大殿様、助けて差し上げて下さいな」

「清心院様が、そうおっしゃるのなら」

吉之助は、今日中屋敷へ来る事を、不動下道場にて喋っている。その時、道場にいた者が誰かを知りたいのだが、養子に行った者は名を変えており、昔の名が摑めないのだ。

「清心院様は昔から、人の顔をそれはよく覚えておいでだ。もしかして話を聞けば、道場にいた門弟の旧名が分かりましょうや」

「さあ、どうでしょうか」

「ぽぽぽぽぉ」

とにかく吉之助は清心院に、坂上達の顔つきなど話す事になる。それで、鳥小屋の前にて必死に説明をしたが、言い方が下手らしく、清心院は首を傾げてしまった。

「ですからその、坂上さんは声が少し小さくて、細面です。いえ、痩せたのかもしれませんが。多津川さんは、がっちりとした体つきで。顔もごついです」

「それだけでは、どうにも」

するとじれた有月が、吉之助から聞いていた事を付け足す。

「坂上は、旗本二百石の次男坊との事です。多津川は元御家人だと言ってました。二人共、道場師範代である榎本と親しそうだ」

「吉之助殿、坂上殿や多津川殿の背は、榎本殿と比べて、高いですか？」

「清心院様、坂上さんは拳二つ分、低いです。多津川さんは同じくらいでした」

多津川は強面の榎本にも、ちゃんと己の考えを言い返していたと付け足すと、清心院は頷き、しばし考えていた。

そして。

「坂上殿の元の名は、篠山ではないかと思います。不動下道場で、二百石のお旗本の家柄は、篠山殿だけでした。背も少し低く、その事を気にしておいでしたわ」

となると、榎本達と仲が良く御家人だった多津川は、岸巳之助だろうと清心院は告げた。

「岸殿は武芸や学問に、励んでおられました。優秀な方でした」

山崎師範も期待の弟子であった。

「でもあの岸殿……今は多津川殿が、大百姓になる道を選ばれたんですね。武家の身分を捨てていたとは、意外でした」

何としても出世して、道を切り開く。一家の主になるだけでなく、旗本にもなってみせると、岸、いや多津川は言っていたのだ。清心院のその言葉に、有月が首を傾げた。

「清心院様は、ものを覚えるのに優れておいでだ。だが、それにしても随分、道場の者達の心中をご存じですな」

同門の自分とて、そういう話は聞いた事がなかったと、有月がつぶやく。清心院が困った様子で、口元を手で覆った。

「それはその……今ならば、言っても構わないでしょうか。昔の事になりましたから」

実はと言って、清心院は優しそうに笑った。まだ若く、誰も縁組みなど決まっていなかった頃、清心院は道場の誰彼から、心情を綴った文など貰っていたのだ。

「お、おやまあ」

ここで間抜けた声を出したのは、吉之助であった。呆然と清心院を見る。

「抜け駆けしようにも門弟達は、嫁も貰えぬ部屋住みばかり。如何とも出来なんだと思っておりましたのに。無駄な文をしたためた者がおりましたか」

坂上と多津川の元の名が分かり、吉之助も色々、思い出す事があった。確かに若き日の多津川は、それは出来た男であったし、榎本は腕自慢だった。若き坂上は、洒落者に見えた。

ここで有月が、息を吐く。

「誰彼とおっしゃるのだから、他にも沢山の者が、清心院様に文を出したようですね。師範は、それをご存じでしたか？」

「ええ。急に師範代になると決められた榎本殿が、師範へ、私への文を託されましたので」

榎本は御家人の生まれであったが、他家への婿入りはしないと決めたのだ。それをきっかけに、清心院は他の文の話も、師範へする事になったそうだ。ここで吉之助は、思わず足下へ目を落とす。

(娘御への思い故に、榎本さんは養子の道を諦めたのではないか。だから嫁を貰える、師範代の立場を選んだ気がする)

同じく文を送った多津川は、清心院の縁談が調った後、名より実を取る生き方、大百姓を選ぶ事にしたのやもしれない。坂上が御家人となったのも、清心院と関わりがあったからだろうか。

(ああ不動下道場にいた頃から、皆、大きく変わっていったんだ)

何だかまた涙がにじんできて、吉之助は慌てて首を振った。

(昔の事で、何を感傷に浸ってるんだ。あたしは今、厄介に巻き込まれている所じゃないか。自分の事を、何とかしなきゃあ)

過ぎた頃に思いを馳せている時ではない。分かっている。

（でも何だか酷く、歳（とし）を取った気がして）

まだ三十路（みそじ）なのに、そう思う。不動下道場にいた頃の毎日は、もう戻ってはこない。不安と夢を天秤（てんびん）にかけつつ、それでも何かを摑もうと、突っ走っていた若き日々であった。

（あの時、吉也はいずれ大名家へ出入りすると言われたら、何の冗談かと思っただろう）

綺麗な娘御が、早々に尼になるとの話なら、笑い飛ばした気がする。吉之助は我慢出来ず、ぽろぽろと涙をこぼし、それを清心院が心配そうに見てきた。横から有月が、優しい口調で言う。

「清心院様、大丈夫ですよ。私は吉之助を助けると約束いたしました」

「ぽぽぽぽ」と佐久夜が鳴き、己からひょいと、有月が腰に下げた巾着の中へ入ってゆく。清心院が、昔の思い出の中のように、本当に柔らかく笑ったので、吉之助はもっと泣いてしまった。

5

翌々日の事。吉之助は多々良木藩中屋敷から出て、田舎道を歩んでいた。

横には今日も、有月と左源太が一緒だ。しかし、何故だか心細かった。

「あのぉ、有月様はこの吉之助を、お助け下さると約束しましたよね？」

「ああ、確かに言った。清心院様に感謝しろよ」

「それでどうして今日、村へ帰る事に決まったんでしょうか？」

清心院一行は一昨日、早々に中屋敷から去った。すると今日になって、有月は吉之助へ、村へ送ってゆくと言い出したのだ。

「それに帰る時は、払暁に紛れて、お屋敷を出るんだと思ってました」

「おや吉之助、こそこそしたかったのか？」

「その方が、恐くないと思いませんか？」

それでも、一人でないのは心強い。有月は身分を隠したいのか、笠を目深に被り、いつにも増して地味な格好をしていた。

（だがなぁ、この道を通るのは、まだちょいと恐い）

まだ人斬りは捕まっていない。道には、斬られた男の血の跡が、残っているかもしれないのだ。歩みつつ、不安になると、疑問が入道雲のように湧き立ってくる。

（本当に何故、こんな真っ昼間に、お屋敷を出る事にしたんだろうか）

吉之助にはそこが、何とも納得出来ない。おまけにどうした事か、しばし預かれと言われて、吉之助は今日、佐久夜が入っている巾着を腰に下げていた。

(何で、あたしが持つんだ？)

左源太は、佐久夜を預けた事を知らなかったようで、それに気づくと、随分と不機嫌になった。その内、我慢出来なくなったのか、辺りに広がる稲穂を睨みつけつつ、主へ言ったのだ。

「今日は、有月様は是非、屋敷にいて下さいと申しましたのに。どうしても止められなかったとは、己が情けないです」

「えっ、やはりこの他出は危ないのですか？」

するると有月と左源太は、吉之助の心配に構う事なく、言い合いを始める。

「左源太、私は清心院様と約束したのだ。だから吉之助を守る為、表へ出ねばならん」

有月の言葉は立派で大層ありがたくて、吉之助は思わず、その姿を拝みそうになった程だ。しかし。

「よく考えてみりゃ、そいつは妙なお言葉じゃありませんか？　表が危ないのなら、暫く大名屋敷の内に、いれば良いだけの話だったのに」

わざわざ出かける訳は何か。吉之助はここで、黒雲のごとく胸の内に湧き出てきた、疑念を口にする。

「まさか以前やったように、わざとあたしに、危険な道へ行かせるつもりじゃないですよね？　敵が襲ってくるのを期待して」

するとと有月と左源太は、言い合いを止め、揃って吉之助へ目を向けてくる。そして、その危惧を笑い飛ばした。

「悪人に何かを期待しても、こちらの都合に合わせて動いてなどくれぬわ」

有月は前に一度、辻斬りが現れてくれる事を願った。しかしその時は、誰も吉之助を襲わず、失敗しているのだ。

「え……？　い、いつの話でございますか？」

だから。

「今回は人斬りが、この他出に食いつくよう、ちゃんと考えておいた」

例えば吉之助が、多々良木藩を訪ねた日を知っていた者。彼らには今日、吉之助が藩を出る事を、知らせておいたと有月は言う。

「えっ？」

六郎に東豊島村へ、書状を持って行かせたのは、その文を出すついでであったのだ。六郎には村へ帰る途中、軍鶏の話をしてくれた者達へ、子細を書いた文を届けさせたと、有月は大真面目な顔で口にする。そして噂をする時が必要かなと考えたので、一日時を置いたのだ。

「だがな、それでも人斬りは、動かぬかもしれぬ。なので六郎へ託した文には、ちょいと気になるだろう話も交ぜておいた」

多々良木藩中屋敷近くの道で、吉之助も含め三人が襲われた。だが吉之助は無事だ。そして、もう一人の男は助からぬと思われたのだが……名医に救われたと書いたのだ。

「ええっ？　本当ですか？」

吉之助はただただ、目を見開くしかない。

「殺したと思っていた男が、実は生きていたと知ったら、人斬りは焦る。助かった男が養生の為、吉之助と共に、暫く東豊島村へ行くと聞けば……放っておく事は出来まいよ」

吉之助は人斬りと、間違われかねない立場であったが、斬られた男が生きていれば、話は別だ。人斬りの姿形の事や、太刀筋の事を斬られた男が話したら、人斬りは代官所に捕まりかねない。生かしておくのは、拙い。

「つまり今日、人斬りは我らを間違いなく襲ってくると思うのだ。どうだ、私は以前の失敗から、ちゃんと学んでいるだろう？」

「……有月様、やっぱりあたしを、囮（おとり）にするんですね」

怒りの眼差しを向けると、有月は笑い、詫（わ）びるでもなく道を先にゆく。吉之助が腰に下げた巾着から、佐久夜がひょいと顔を見せ、「ぽぽぽぽ」と鳴いている。

吉之助はここで怒らないと、ただの泣き虫になってしまうと、有月に詰め寄った。だがその時、大殿様の後ろ姿を見て、ふと首を傾げたのだ。

「おや……？」

いつも木綿ものを着ている有月だが、それにしても今日の出で立ちは質素であった。そして、こうして田舎道を共に歩むと、何故だか吉之助はその格好を、見た事がある気がしてきたのだ。

そう、大して前の話ではない。吉之助がこの道を歩んでいた折りに、道の端にいる男を見かけていた。やはり笠を被って、地味な格好だった。草鞋(わらじ)でも替えているように思え、あの時は気にもせず前を通り過ぎた。

そして直後に、その男は人斬りに襲われたのだ。

「今日の有月様は、斬られた男の出で立ちと、似た格好ですね」

驚いて見直したが、やはりとても似ている。つまり有月は、殺された男の噂を流しただけでなく、身代わりを演じて、吉之助と共に人斬りを引きつける気だと分かった。

「おまけに笠を被っていた事まで、大殿様が知っているとは」

確かに斬られて倒れていた男を、有月は見ている。だが血まみれであったし、笠は吹っ飛びでもしたのか、被っていなかった。なのに何故、こうもそっくりな格好が出来るのだろうか。

「そういえば、斬られたあの御仁の事、有月様達は不思議な程話しませんね」

そして二人は人斬りが、吉之助ではなく斬られた男を狙ったとは、全く思っていない様子なのだ。ここで左源太の顔を覗き込んだら、逸らされてしまった。それで吉之助には、察しが付いた気がした。

（つまり、だから、当然というか）

吉之助は、試しに言ってみる。

「あのお人は……有月様の手の者だったんですね？　だから格好が、お分かりになるんだ」

大殿様として、有月は藩の名が表に出る事は嫌っていたから、男は藩士ではあるまい。藩士の縁者か、金で雇った者か。以前、吉之助が辻斬りらしき者に狙われて以降、当の吉之助がもう大丈夫と高をくくった後も、誰ぞを付けてくれていたのだ。

「一昨日、斬られた御仁がいなかったら、あたしがやられていました。そう、もうずっと、命を守って貰ってたんですね」

あげく吉之助だけが、今ここに無事でいる。

「あたしは……その、何と言ったらいいのか」

すると有月が前を向いたまま、きっぱりと言った。

「そのように恐縮しなくとも良い。人を付けているのは、吉之助一人ではないのだ」

「へっ？」

「前にも言うたであろう。どうも最近、大名家出入りの大百姓達が、妙な様子であると。

それで隠居の私と左源太が、事を調べておる」

　有月以外にも、その事を酷く気にしている御仁が、おられるからだ。よって今は何人もの大百姓へ、有月達の目が向けられている。吉之助は、その内の一人であったのだ。目を見開いた。

「お大名が、百姓を本気で案じておられる。一体、何が起きてるのですか？」

気がつけば話が大きくなっており、吉之助は道端で、戸惑いの声を上げた。しかし有月は、その問いには答えなかった。

代わりに振り返り、不敵な表情を見せると、短く告げる。

「来たぞ」

　誰が、とは言わなかった。聞かずとも、吉之助にも左源太にも分かっている。

（人斬りが現れた！）

　今、己が何をしなければならないのか、吉之助には分かった。

　一つに、とにかく斬られないよう逃げる事。

　二つに、有月と左源太の、邪魔をしない事だ。

　現れた頭巾姿は一人きりで、こちらには頼れる者が二人いる。だから吉之助は、一人逃げるのに苦労はしなかった。まずは道端から離れ、小高い山へと連なる近くの茂みに駆け込み、姿を隠す。

田舎の育ちだから山へ入ってしまえば、人斬りの武家に、簡単には追いつかれない自信があった。山道をゆくには、慣れがものをいうからだ。

よって吉之助はそれ以上道から離れず、刀を抜き合った三人の様子をうかがう。そして人斬りの、濃い灰色の覆面姿を目にし、少し首をひねった。

（おや、相手が二人と分かっているのに、あの人斬り、妙に落ち着いているじゃないか）

多分、腕に覚えはあるのだろう。だが、それにしても余裕のある構えであった。

（有月様も左源太様も、簡単に倒せる相手とも思えないが）

その上よく見ていると、男は明らかに左源太の方を警戒しているように思え、吉之助は益々（ますます）首を傾げた。

その時まず左源太が、男に打ちかかる。左源太の一撃は速く重く、相手の刀を折らんばかりに繰り出される。しかし人斬りは、それを待っていたかのように受け止めると、素早く間を取った。

すると、ここで有月が、不意に己の笠を取ったのだ。顔をさらすと、人斬りの目がその面へ向く。一瞬身を震わしたように見えたが、直ぐ、今度は有月と向き合う。

（おっ、度胸の良い事を）

吉之助は、思わず茂みの中で拳を握った。若い頃と違い、有月の剣が厄介なものに化けている事を、よく承知していたからだ。

　水を切れないように。風は払いのけられないように。初めて対峙する者にとっては、強いが真っ当な左源太の剣よりも、勝つ事の難しい相手ではないかと思う。

　その時。

「ひっ」

　恐ろしく重い音が響き、辺りを震わせた。人斬りは一撃で仕留める気であったのか、有月へ総身を預けるように打ちかかったのだ。

　左源太が一瞬、足を踏ん張ったのが目に入ったが、打ち込まれた当の有月は、変わらず落ち着いた構えで、直ぐに刀をすべらせ横へ逃れる。そして。

　ここで一言、人斬りの名を呼んだのだ。

6

「やぁれ榎本さん、若い頃のままの太刀筋ですな」

　途端、人斬りの足が止まった。左源太がその名前を聞き、驚いた表情を浮かべつつ、すっと男の後ろへ回り込む。有月は刀を構えたまま、話し続けた。

「万一、人斬りが不動下道場の誰かであれば、一度手合わせしてみれば、分かると思ったが」

それにしてもよりによって師範代が、かつての同門を手に掛けようとするとはと、有月は呆れたように言う。左源太が背の方から、低く声を掛けた。

「榎本さんなのか？　ならば取りませんか、そのご大層な覆面」

人斬りは寸の間、ためらうように動きを止めた。だが、直ぐに暗い色の布に手を掛け、むしり取る。そこには吉之助が、つい先日会った男がいた。間違いなく若い日、親しく話した相手であった。

だが長く離れていた為か、榎本とは縁が薄まったきり、軍鶏を譲り受けに行くまで、話した事すらなかった。

（なのに、どうしてあたしを襲ったんだ？）

ここで有月が、吉之助と同じ疑問を口にする。

「榎本さん、何故吉之助を斬ろうとしたのかな。あの泣き虫と、憎む程、深く関わった事はあるまいに」

榎本の口元が、くいと引き上げられる。

「そうだな。大した縁もない相手だな」

ただ、それにもかかわらず。

「今は斬れる程には、疎ましく思っているぞ。有月さん、あんたの事も同じだ」

榎本は有月の顔をじっと見据えた。それから目を剝くと、笑うように言う。

「お主は、お大名様になったのだよな？」

冷や飯食いのままでは、嫁すら貰えない。養子に行くと決めれば、好いたおなごには手が届かない。そんな者ばかり集まった道場から、偉いお方が出ていたのだ。

「俺は、思い切って師範代になった。だが、道は開けなかったよ」

縁談は思うに任せず、この歳で道場を継ぐ事も出来ていない。己で新しく道場を開きたくとも、金の算段が出来ない。そして不動下道場には、榎本より腕の立つ若い門人が、何人もいた。

多分……榎本が師範代から師範に成る日は、この先も来ないだろう。察しがついてしまった。

「それが、己の一生かと思っていたさ。どう考えてみてもぱっとはしないが、そんなものだ。仕方がない。そうだろう？」

なのに。

「この俺よりも、ぐっと腕の劣った有月が、お大名になったときた。いや、笑った」

運が良かったという事は、分かっている。有月の上には、何人もの男子がいたのだ。

当人とて、己が大名になるとは、思っていなかったに違いない。

「部屋住みのままじゃ、大名家のお子でも、嫁取りとはならんそうだな。捨て扶持を貰って暮らす事になると聞いた」

勿論、榎本からしたら、羨ましい程は貰えるのだろう。だが、その捨て扶持で大名の子として、体面を保たねばならないので、本当に大変なのだと聞いた。だから多く男子がいる武家では、弟達は早くに養子の先を見つけ、家を出るのだ。

そんな中、たまたま長男、次男らが、流行病などで続けて命を落とすと、養子にも行かず残っていた子が、思いがけなくも家の跡を取る事になる。

「有月が跡を取ったのは、そういう事情だったのだな。師範が教えて下さったよ」

聞いて、腹は立たなかったと、榎本は続けた。ただ。

「心が冷えた気がしただけだ」

だがそれよりも、今回吉之助が豪農になったと聞いた時の方が、断然腹立たしかったと榎本は言う。急に声が大きくなり、怒りで身が震えている。左源太が急ぎ問うた。

「どうしてだ？　吉之助は元々、村の名主の息子ではないか」

有月と同じように、家を継ぐ事もあろう。有月に腹を立てなかった榎本が、どうして吉之助へ怒りを向けるのか。問われて、榎本の顔が歪んだ。

「百姓ではないか。それが土を耕す代わりに、大名家へ金を貸すのか。商人ですらないのに、金貸しをやるのか！」

偉そうに、偉そうに、偉そうに！

榎本はその言葉だけを取り憑かれたかのように繰り返した。叫んだ訳でもない。だが
その言葉は、茂みの陰に隠れた吉之助の身に、刺さるかのようであった。
百姓が武家へ金を貸した。しかも、よりによって、己が望む事すら出来ぬ身分の、大
名へ貸した！　その事が榎本の矜持を、大きく傷つけていたのだ。
「何だか急に、このままの毎日を続けていく気力が、消し飛んじまったのさ」
ならば無茶を承知で、最後の賭けに出ようと思い定めた。あの、小憎らしい大名貸し
を斬る事で、道場一つ手に入るかどうか、やってみる事にしたのだ。
「道場一つ、とは？　どうやって？」
左源太が眉を顰めて問う。しかし榎本が返したのは、引きつった笑い声だけであった。
箍が緩んでいくような、危うい笑みだった。
「詳しく知りたけりゃ、俺を叩きのめし、縛り上げて聞くんだな」
だがしかし、榎本は捕まる気などない。
「一人斬っている。大名家の大殿に刀を向けている。今更許して貰おうとは、思わぬ
よ」
どうせ守るものなど、大してない暮らしだ。こうなったらどちらかを斬って、逃げる
しかないと笑っている。
(二対一でも、もし片方が斬られたら、残った一人は榎本さんを追わないな)

手当をする方を取ると思い、吉之助は唇を噛んだ。有月が、一歩榎本へ近づく。

「逃げられては、詳しい事情が聞けないか。そいつは嬉しくないな」

刀を置け、と声を掛ける。榎本が恐ろしいような笑みを浮かべた。

「そんな言葉を、素直に聞くのであれば、人など斬ってはおらぬさ」

言った途端、榎本の総身が浮き上がったかのように見えた。話を交わしているという一瞬の緩みを突き、真っ直ぐ、有月一人に挑みかかったのだ。

速さに賭けた一撃に見えた。

有月のみしか見ていないように思えた。

自分が手に入れられなかった全てへ、刀を叩きつけていく。思わず、そんな考えが吉之助に浮かんだ。

吠え声が響き、全ての考えが吹っ飛ぶ。左源太は間に合わない。恐い。恐い！　思う間に、榎本が刀ごと有月へ突っ込んだ。

「ひいっ」

吉之助の口から、思わず悲鳴が漏れる。

だが、しかし。

一瞬、ごきっと重い音が響き、しかし派手な斬り合いなど何も起こらなかった。有月と榎本は刃を合わせたまま、互いに一歩も動く事なく睨み合っていたのだ。

日々、門下生達へ稽古(けいこ)を付けている榎本の方が、明らかに隆々とした体軀(たいく)で、押し続けていればじきに、有月を倒してしまいそうであった。心配で思わず吉之助が腰を浮かせる。

するとやはりというか、ここで有月が僅(わず)かに後ろへと押しやられた。榎本の構える刃の先が、今にも有月の額に迫りそうで、声が出せず、細い枝を握りしめる。

（どっ、どうしたら……どうしたらっ）

震えたその時！　吉之助は目を見張った。

（あっ……）

有月の刀がくるりと円を描いて、押してくる榎本の刀から逃れたのだ。勿論榎本はそのまま前へ突っ込んだが、有月はもう、そこにはいない。

「ちっ」

短い声と共に振り返るのと、有月が流れるような動きで次を繰り出すのが、同時であった。

しかし。榎本は思い切り刀を弾(はじ)かれたが、それでも刀を放さず踏みとどまる。

そこへ左源太が飛び込んでいた。今度は場違いな程明るい、鋼の打ち合う音が響き渡る。刀が飛んで転がり、息の上がった榎本が、天を仰ぐ事となった。

「あ、あああっ」

言葉にならない声をあげる。直ぐに、泣きそうな笑い顔に変わった。もう、転がった刀を拾おうともしない。ただ、己を笑っているかのように見えた。

「また、駄目だったか。吉之助一人、斬れなんだか。いや……有月まで」

それから有月へゆっくりと目を向け、いかにも嫌そうに言ったのだ。

「何でお主が、そうも強くなっているのだ。剣の腕まで手に入れなくとも、良いではないか」

何もかも、その手に掴んだのに。そう言われて有月が、口元を歪める。

「お気楽に、世の幸せを集めて喜んでいるだけなら、この歳で隠居などせぬ。当家の跡目は、今、兄上のお子が継いでいる」

何を勝手に羨んでいるのかと言われ、榎本が一寸目を見開く。有月が続けた。

「一昨日、男を斬った後、吉之助を殺さなかったのは、人殺しの罪を被せる為か？」

だから、わざわざ長どすを使ったのかと言われ、榎本はよく考えついたなと、微かな声で笑い出す。そこへ左源太が脇差しを寄越せと言い、手を伸べた。榎本は素直に、腰から脇差しを抜き取った。そして……素早く刃を抜いていた。

「榎本っ」

有月が声を上げるのと、榎本が己の腹に脇差しを突き立てるのが、ほぼ同時であった。

血が流れる。吉之助は涙も出せず、呆然とその光景を見ていた。

「いつも誰かが側にいて、吉之助は斬りにくかった。すると潰すには、当人を斬るだけが方法ではない。人殺しを押っつけるやり方も、あるだろうと言われたのさ」

「潰す？　榎本、どういう事だ」

慌てて駆け寄った二人が問いただす。だが後は息を引き取るまで、榎本は二度と口を開かなかった。吉之助は茂みの中で、亡くなっていく榎本を見つめ、ただ、立ちすくんでいることしか出来なかった。

そして。

この後は左源太が、一件の始末をつける事になった。その手際を目にし、吉之助はこの時も、驚く事になったのだ。

吉之助は再会の後、剣を使い有月に従う左源太しか、見ていなかった。だが有月が藩主であった時は、藩の留守居役（るすいやく）まで務めたそうで、左源太は事の処理にあたるのが、それは上手かったのだ。

代官の下役と、どう話を付けたのか、榎本は表向き、乱心の上自害したという話に落ち着いた。遠縁の者が、近くの名主屋敷から遺体を引き取っていった。

「とにかく、先だって斬られた男の事で、人斬り捜しが行われる事は、もうない。吉之助、安心して村へ帰って良いぞ」

多々良木藩中屋敷で左源太にそう告げられると、吉之助は大きく、安堵の息をつく事になった。有月は、清心院との約束を果たしたのだ。吉之助は東豊島村へ飛んで帰ると、己の布団に潜り込んで、とにかく安心してぐっすり寝た。

だが翌日になれば、早々にあれこれ気に掛かってくる。それでまた山のように甘藷飯を作り、助けて貰った御礼に来たと、中屋敷を訪れたのだ。

すると、大殿様は何事もなかったかのように、広い大名屋敷の部屋で落ち着いていた。

「おや、今日も甘藷飯を持ってきてくれたか。佐久夜、おいで。ご馳走だぞ」

有月が呼ぶと、真っ白な佐久夜が、豪華な屋敷の中を、とことこ歩いてくる。そして今日は芋を食べ終わると、それは嬉しげに大きな声で鳴いたのだ。

「御吉兆ーっ」

「ああ、やっとこの声を聞けました。何だかほっといたします」

吉之助が心から言うと、有月が笑う。ここで吉之助は、身を乗り出し、おずおずと話を始めた。

「あの、有月様。先の件で、気に掛かっている事があるのですが」

すると有月は、吉之助が知りたがっている事を、問う前に並べてきた。

「榎本からお主を守ったのは、当藩縁(ゆかり)の者だ。本当にまだ、死んではおらぬ」

ただ、酷く血を流してしまった為か、当分起き上がれそうにない。気の毒な事をしたと、有月が続けた。

「斬られた男の事は、きちんとこちらで面倒をみる。何としても助ける。心配するな」

「あの、では……榎本さんが言われていた事は、どう思ったら良いのでしょう」

榎本は、吉之助を潰すと言っていた。だが、しかし。大百姓を武家が潰して、どうなるというのだろうか。吉之助が眉尻を下げつつ目を向けると、有月も眉を顰めていた。

「誰かが、大百姓達へ悪意を向けているようだな。訳も目的も分からぬが、今回吉之助のおかげで、大金と、そして命が懸かった事だとはっきりした」

最近、大百姓達の様子がおかしく、不穏な気配は感じていた。しかし事は、思っていたよりも更に剣呑なものであったと、有月は上座で続ける。

「大金まで……懸かっておりますのか」

吉之助が首をすくめた時、有月が頷き、直ぐに左源太が、酒の用意をするよう、部屋脇で控えていた者へ声を掛ける。有月は吉之助へ、気合いを入れる為、飲んで行けと言ってきた。

「吉之助、榎本の言葉を聞いていたか？　あいつは、小憎らしい大名貸しを斬る事で、道場一つ手に入ると言っていた」

つまり、だ。吉之助の首には、それくらいの値が付いているという事になる。そして今回の事は、榎本自らが起こした件ではなかろうとも、有月は口にした。

「あの男は昔、かっと怒る事はあった。だが、いつまでも怒ってはおらなんだ。どちらかというと、嘆いていた方かな」

勿論、吉之助が豪農になった事を聞けば、羨ましく思いはしたろう。だが、誰かが道場と引き替えに、襲えとそそのかさなければ、多分榎本の気持ちは収まっていった筈なのだ。

「他にも、この件に関わっている者が、いるという事だな」

その有月の声が、吉之助には恐ろしく響く。

「一体誰が、大枚出してまで、恐い事をしたいと思っているのでしょう」

「さぁて、今はまだ分からぬ」

ただ、今思えば、吉之助が大きな軍鶏を求めた時、不動下道場から知らせがあった事すら、怪しい気がしてくると有月は言う。

「吉之助と榎本さんは、長年会っていなかった。だから吉之助の顔を、確かめたかったのではないかな」

吉之助は軍鶏を探し、あちこちへ問うた。そして榎本はそれを知ると、山崎師範に言ったのではないか。

「大きな軍鶏を、吉之助に譲ってはどうかと」

そうすれば、吉之助が道場へ顔を出す。今の吉之助を確かめ、そして後、どう過ごすかも、話をする間に確かめられたのだ。

「そうかもしれません」

今更ながら恐ろしくなって、吉之助は身を縮める。有月は言葉を重ねた。

「榎本さんは亡くなった。だがまだ、事は終わっておらぬに違いない。吉之助、当分用心しろよ」

身に震えが走り、今日も涙がこぼれそうになる。すると有月は、これからは時々、この中屋敷へ来いと言ってきた。もし誰かが吉之助を狙う気であれば、東豊島村でも中屋敷の辺りでも、ぶっそうな事に変わりはなかろうと言うのだ。

「物騒な件について、分かった事があれば知らせてやろう」

頷いた所に、酒の載った膳が運ばれてくる。甘藷飯と漬け物で、有月達と慎ましく一杯やる事になり、何だか若い頃と同じですねと、つい言った。すると、まだ己は三十路、大して歳ではないと、大殿様は返してくる。

「とにかく吉之助も我らも、一つ大事を切り抜けた。こうして今、命がある事を祝っておこう」

「はい」

杯を掲げぐっと飲み干すと、喉を下る酒が熱く染みて、吉之助はようよう体から力を抜いた。直ぐにもう一杯頂くと、部屋の端近(はしぢか)にいた為か、漆塗りの酒杯の内に、鶉の佐久夜そっくりな白い雲が映った。

すると、その佐久夜を手にしていた麗しい女人の面影が、何故だかふと、吉之助の頭を過る。優しげな面が、若い頃の思い出と、懐かしく苦い気持ちを連れてきた。

「道場へ通っておりました頃は、本当に先の見えない毎日でした。でも、同じ境遇の皆と一緒で、あの場にいた時だけは、その気持ちを隠さずに済みました。大切な場でした」

その時の友の一人と、敵として対峙することになった。自分達が死ぬか、相手が死ぬか、そんな時を迎えてしまったのだ。

そのあげく。

「榎本さんを、失いました」

殺され掛けたというのに、気がつけば吉之助の目から、ぽろぽろと涙がこぼれ落ちていた。それを押し止めようと、目をきつく閉じたのに、なかなか止まらない。

「済みません。泣く気などなかったのに……済みません」

急ぎ謝ったが、何故だか有月は、からかうような言葉一つ言わない。

それでただ泣き続けていると、横で佐久夜の「ぽぽぽぽ」という優しげな声が聞こえた。

三 大根一万本

1

その日、江戸城の四枚敷きの畳の廊下を、いつになく慌てた素振りの裃姿が走った。

驚いた多くの顔が、何事かと目を向けても、今日ばかりは足を止めもしない。その姿がある部屋の内へと消えると、しばし後、今度は上役とおぼしき者が、急ぎ足で出る。奥へと消えるその背を、表坊主達の目が追い、小声が交わされた。

やがて。

人の行き来が少ない廊下の向こう、ある部屋の外に現れたのは、奥右筆の一人であった。部屋の主達以外で、その部屋へ入る事が出来るのは、彼らだけであったのだ。

中へ声が掛けられ、襖が静かに開けられると、御用箱の横で書面を見ていた顔が、奥右筆の方へと向けられる。内へ入り、一旦深々と頭を下げた奥右筆は、いつにない素早さで、できうる限り部屋の主の側へと寄った。

そして……押し殺した声で、大事を告げたのだ。

江戸の北、朱引から外れた先に、東豊島村がある。その村の名主高田吉之助は、今日は朝から鍋や甘味の手配をし、大きな自在鉤の掛かった囲炉裏端に、敷物の円座なども用意していた。

姪であるお奈々の婿で、隣村の若名主、岩井平十郎が来るのだ。お奈々の事も聞けようし、村を引っ張る立場の名主同士、あれこれ話したい事もある。一日ゆっくり語りたいと、吉之助はその来訪を楽しみにしていた。

そして昼九つ過ぎ、婿殿は約束通り顔を見せ、屋敷奥の囲炉裏端へ座ると、まずは礼儀通り挨拶をし、土産を差し出してくる。

ところが。

いつもの通りだったのは、そこまでであった。諸事、きちんとしている筈の平十郎が、今日は厳しい表情を浮かべ、吉之助へ、急いた口調で話しかけてきたのだ。

「吉之助さん、お願いです。一万本の大根を救って下さい」

「へっ？　一万本て……。大根がどうかしたんですか？」

突然言われた言葉に、吉之助は大きく目を見開く。いきなり野菜の話をされても、頭が付いていかなかった。よってとりあえず身内の事を、まずは問うてみる。

「あの、お奈々は元気かな。家の方々も、息災だと思うが」

お奈々も家人達も、変わりはないとの返答に、吉之助はほっとし、一つ頷く。そして茶を勧め、今日は泊まれるのかと問うたが、平十郎は乗ってこなかった。早々にまた、話を大根に戻してしまったのだ。今日の平十郎はどうも様子が違った。とにかく、大根から離れてくれない。

「吉之助さん、うちの小牧村は畑地が多いんです。そいつは、ご存じですよね？」

吉之助は頷いた。小牧村だけでなく、江戸に近いこの辺りの村々では、近年米の他に、野菜を多く作るようになっているのだ。

何しろ江戸には数多の人が住んでいて、毎日ごっそり飯を食う。日々江戸で胃袋に収まっていく野菜も膨大で、吉之助が名主を務めるこの東豊島村でも、畑地を増やしていた。

すると平十郎は、何故だか顔を顰める。

「頑張って良い作物を作っているんで、野菜は売れてます。でもね、吉之助さんもお分かりでしょう。江戸へ運ぶ為の馬代や船賃が、高い。とても高いんですよ」

この辺りの村々だと、野菜は馬で運ぶか、川まで運び、後は舟でという話になる。荷は駒込へ運ぶものと、細い川を伝って隅田川へ抜け、千住の青物市へと向かうのがあった。

だが下手をすると、大根の売り上げの三分の一程も、運び賃に食われてしまうと言い、平十郎は唇を引き結ぶ。

「持っていくだけで、そこまで費用が掛かるのなら、いっそ馬や舟を自分達で調達しようと、村の皆で話し合ったんです。でも馬を十分揃えるのは無理だし、安い大根を売る為に、舟を買うのは割に合いません。一艘じゃ済みませんから」

平十郎の家岩井家は、大根用の畑地は少なめだとかで、二反の畑で、年に一万本の大根を作っているという。村の並の百姓だと、五反で二万と五千本程も作るのだ。収穫の時期は重なる。とても一艘、二艘の舟では、大根を運びきれるものではなかった。

「一万本の大根……岩井家で作っている、大根の数の事だったんですか」

「でも、このまま馬代や船賃を払い続けるのも、馬鹿らしい話です。村ではずっと、この問題をどうするか、話し合ってきました」

平十郎は囲炉裏端で両手を握りしめ、強い眼差しで吉之助を見つめる。

「最近、やっと話がまとまりまして。村では大根を、漬け物にしようと決めたんです。そいつを、自分達で売る事にしました」

「おや、漬け物の商いを始めるんですか」

気がつけば吉之助も、囲炉裏端で身を乗り出し、話を聞いていた。平十郎が頷く。

「漬け物なら、三倍ほどの値で売れます。干して漬けてある分、ずっと嵩張りませんし」

江戸の家々は狭いから、己が家で漬け物を漬けている人は少ないのだ。そして聞くところによると、練馬の百姓達はずっと以前から、有名な練馬大根を漬け物にして、売っているらしい。あらかじめ注文を取り、大根を育て、収穫して漬け、定めた時に家々へ届けているのだ。

「おお、既にそんな事を、している村があったんだ」

時は移っているなと、吉之助は思わずつぶやく。百姓の仕事も、昔とは違ってきているのだ。平十郎は目に光をたたえた。

「他でやれる事なら、うちの村だって出来る筈です。江戸で店を構え、余所から大根を買っている漬け物屋より、安く売れますし」

その商いが順調にいけば、運び賃の問題も解決する。江戸へ届ける日をずらし、村の者達が交替で、こまめに水路を運べば良い。そうなれば、舟を二艘程買えば済むのではと、話がまとまった。

「それでとにかく一度、漬け物を売ってみる事にしました」

平十郎達小牧村の頭は、自分達用に作ってあった漬け物を持ち、先日江戸へ向かったのだ。値引きも約束し、実際に食べて貰い、漬け物の客をあちこちで探し回った。すると。

「練馬から離れた、隅田川の東へ行ったのが、良かったのかもしれません。大いに注文が取れたんですよ」

「何と！」

「本所、深川の町屋や、参勤交代で江戸へ来ている、侍長屋のお侍が、お客になってくれました。岡場所へ飯を届けている店まで、買ってくれたんです」

小牧村の大根は一本が五文ほどだ。それに対し、有名な練馬の大根は、一本十二文ほどもする。沢庵になれば値は三倍になるから、随分な差になる。だから試しに小牧村の漬け物を食べると、喜んで求めてくれたという。

「最初の年だから無理は止そうと、直ぐ注文を取らなくなったくらいで」

「いや、そいつは羨ましい話だな」

吉之助が思わずそう言うと、平十郎は頷いた。もし隅田川の東を上手く押さえられ、商いを大きく出来たら、その内小牧村だけでは、大根が足りなくなると続ける。

「この地の沢庵漬けとして、良き名を付け、売り出したいと思ってます。先々はこちらの村とも力を合わせ、一緒に沢庵漬けを売っていきたいもので」

「おおっ、東豊島村の者達も、喜びそうな話だ！」

吉之助は大いに頷いた。練馬大根のように、美味いと江戸で名を馳せる事が出来たら、段々、値段だって上がるだろう。

「素晴らしいじゃないか。夢のある話だねえ。是非一緒に願いたい」

舟を買う代金は、東豊島村も出そうと言うと、平十郎は嬉しいと笑みを浮かべる。

だが。平十郎はここで何故だか急に、その笑みを引っ込めた。そして高田家へ来た時のように、厳しい表情を浮かべたのだ。

（そういえば平十郎さんは先程、大根を救ってくれと言ってたね。良い事ずくめの話じゃ、ないのかね）

吉之助と平十郎の、視線が絡んだ。

「好事、魔、多し。吉之助さん、順調に進んでいた事に、思わぬ災難が降りかかりまして」

小牧村では多くの百姓達が、田畑に使う肥料を、昔からの馴染みに頼っていた。新宮城村の豪農、三津尾儀右衛門という男だ。

「儀右衛門さんは、吉之助さんと同じく大名貸しでして。その縁で、大名家から出る下肥や馬糞を扱ってました」

ところが。先日突然、儀右衛門が病で寝こんだとの知らせが入った。あげく三津尾家は、とんでもない事を言ってきたのだ。

「何と、今年は肥が上手く手に入らなかった。それでうちの村へ、肥を回せなくなったと言うんです！　村に幸運が来そうだというこの時に、肝心の下肥がないなんて！」

畑の作物は正直だ、全く肥がないのでは、ろくな大根が取れないに違いない。平十郎の顔が、引きつっている。

「貧相な大根で漬け物を作ったら、きっと細くて不味い品になります。初めての年にそんな品を納めたら、二度と買って貰えません」

小牧村は何としても大根の為、肥を手に入れなくてはならないのだ。しかも村のほぼ全員へ配る分だから、大量に必要だ。それで。

「吉之助さん、何とかなりませんか？」

「は？」

「この村の肥は、吉之助さんが手配されているのでしょう？　何とかうちの村の分まで、肥を手に入れては貰えないでしょうか？」

「え……そんなに沢山の肥を、直ぐに何とかしろって言うのかい？」

今度は吉之助の顔が、強ばる。途端、涙がにじみ出てきて、あっという間に頬を伝ってしまった。

（あ、ああ。平十郎さんが、こんなに良い話を、東豊島村へ持ちかけてくれたのは、そういう訳だったのか）

本当なら、いきなり隣村へも利をもたらそうなどと、誰も考えはしない。しかし今、小牧村は何としても早々に、肥を手に入れねばならなかった。作物を作るには時期がある。大根は人の都合など、待ってはくれないからだ。吉之助は唇を噛んだ。

（この美味しい話を掴みたければ、あたしは肥を、調達しなきゃならないらしい）

しかし、しかししかし。そうは言われても、吉之助が算段出来るだけの下肥は、既に配る約束を済ませている。新たな肥など、どこを探しても、湧いて出る筈もなかった。

（でも……諦めるには惜しい話だ。是非、是非東豊島村も、沢庵を売りたい）

後々、沢庵作りを勝手に真似するという手はある。だが東豊島村では今、大根は大して作っていないのだ。これから名産にする程作付けを増やすとしたら、やはり大根作りに慣れた隣村と組みたい。

「でも、どうやったら……」

その時。

「こけーっ」

庭で突然、甲高い声が響いた。思わず障子を開け、縁側の先へ目を向けると、下男が慌てた顔でぺこりと頭を下げ、捕まえた軍鶏を抱えてゆく。どうやら、平十郎の為に用意する今日の夕餉は、軍鶏鍋らしい。

「あ……」

ここで吉之助は急に、天を仰いだ。それから振り向き、平十郎の顔へ笑いかける。すると若名主も明るい表情を浮かべ、何か当てを思いついたのかと問うてきた。

「そのな、軍鶏を届けた事のある、顔の良い殿様が、頭に思い浮かんだんだ」

「……は？」

「とにかく一つ、手づるがあった。肥が手に入るかどうか、急ぎ確かめてこよう。平十郎さん、なるだけ早くに返事をするから、何日か待ってくれ」

「分かりました」

そういえば、まめに来るよう言われていたのに、最近あの大殿様の所へ、ご機嫌伺いに行っていない。中屋敷へ向かう途中、また誰ぞに襲われそうな気がして、足が向かないでいたのだ。

（なのに突然、どうしても行かねばならなくなった。これは「御吉兆」なんだろうか？）

それとも、不吉な悪縁か。吉之助はこの時、空の雲を見て、「御吉兆」と鳴く、丸っこい鶉（うずら）の姿を思い出していた。

2

朝早くから、吉之助は甘藷飯（いもめし）を詰めた重箱を抱え、田舎道を歩いていた。目指す先は、多々良木（たたらぎ）藩五万五千石の江戸中屋敷だ。東豊島村から、刈り入れの終わった田畑の間を行けば、冬を前にした景色の向こうに、いつもの屋敷が見えてくる。吉之助は、思わずつぶやいていた。

「ああ、この景色も、馴染みになったなぁ」

そして今日、吉之助と共に田舎道を歩んでいるのは、いつもの村組頭六郎ではなく、隣村の名主平十郎と、その下男であった。

「もし、小牧村がお世話になるとしたら、私も大殿様に、ご挨拶をしたいので」

平十郎はそう言うと、樽詰めの沢庵を下男に持たせ、吉之助に付いてきたのだ。それで吉之助は中屋敷へ着く前に、連れへ釘を刺す事になった。

「平十郎さん、大名屋敷内では振る舞いに気をつけておくれね。何も、手に取っては駄目だ。通された以外の部屋を、開けちゃいけないよ」

万一、お上から多々良木藩が頂いた、拝領品などを壊してしまったら、謝っても済まない。おまけに多々良木藩の中屋敷には、主とも呼ぶべき恐いものがいるのだ。

「下手に出会っちまったら、佐久夜に突かれかねないからね」

「突かれる？　佐久夜とは、どなたです？」

「人じゃあない、鶏だよ。真っ白い、大殿様の飼っている鶏だ」

鳥だから、遠慮がないからと言われても、平十郎は訳が分からない顔をしている。

「まあ、大丈夫だろうけど。今日は、ご挨拶に伺うだけだし」

三人は、気を張る事より期待を大きくして、秋の中を中屋敷へ歩んで行った。ところが。お屋敷へ着くと、今日に限って、いつにない事が起きたのだ。

荷物持ちの下男を門近くの小部屋で待たせ、御殿内へと通されたのはいいが、珍しい事に来客中らしく、大殿様へ、直ぐにはお目通り出来なかった。おまけに、御付人の左源太すら現れない。二人は馴染みのない部屋で、控えている事になった。

「大名家は、塀や門を、表から眺めた事しかありませんでした。中には沢山の御殿が、連なってたんですね」

廊下と中庭だらけで、これでは手水に行ったら、迷子になりかねない。

「何だか恐くなってきました」

平十郎の言葉に、吉之助は、何、大丈夫だと言ってみる。

しかし半時程待っても、誰も姿を見せてこなかったのだ。その内平十郎が顔を赤くし、手水を借りたいと言い出し、吉之助が急ぎ廊下へ出た。

「あの、もうし。どなたか」

声を出してみたが、何故だか人が来ない。

（今日は一体、何かあったんだろうか）

厠の場所が分からぬものかと、廊下から辺りを見回す。すると見覚えのある御殿が、渡り廊下の先、向かい側にあるのが目に入った。

「お、あちらがいつもの、有月様のお部屋がある棟か」

となれば厠は多分、その左端の奥にある筈だ。しかし確かではなく、よい歳をした大人が二人、厠へ連れだって行く事になった。

「中屋敷は、随分静かなんですね」

しばし後、やっと落ち着いた平十郎が、厠横の廊下から辺りを見回している。吉之助は首を横に振った。

「いや、ここまで人を見かけないのは、初めての事だ。不思議だよ」

そう考えると、有月の部屋の方が、何とも気になってくる。

（もしかして……何かが今、この中屋敷で起こっているんじゃないか？）

今日の静けさは、藩士達がその対応に追われ、吉之助達の事にまで、手が回らないせいかもしれない。

だが、しかし。

（だからってなぁ。大殿様の部屋を覗きに行く事など、許される筈もないし）

一つ息を吐くと、平十郎へ声を掛ける。

「部屋へ戻りましょう。迷子になったら大変だ」

ところが。吉之助は、目を大皿のように見開く事になった。

「平十郎さん、どこにいるんですか？」

慌てて辺りへ目を向けたが、連れの姿がない。血の気が引いた途端、脇にある大殿様の御殿の部屋から、悲鳴が聞こえてきた。

「いたたたっ、痛いっ。止めてくれっ」

「くっくるるるっ」

思い切り機嫌の悪そうな鳴き声を聞き、吉之助は顔を引きつらせる。そこにまた、「わあっ」という半泣きの声が続き、放っておく事も出来ず、声がした部屋へ飛び込んだ。

「佐久夜っ、止めてくれ」

案の定、平十郎は真っ白な鶏に突かれ、部屋中を逃げ回っていた。強引にでも止めたいが、佐久夜の動きは素早い。

「頼む、佐久夜。突かないでおくれっ」

だが平十郎の悲鳴は続く。その内平十郎が、何と隣の部屋へ逃げ出してしまい、吉之助は蒼くなって後を追った。この御殿の棟には、大殿様のお部屋があるのだ。

「平十郎さんっ、そっちへ行っちゃ拙い」

泣きそうな声で連れを呼ぶと、一寸我に返った平十郎が顔を上げる。だが、今日の佐久夜は見た事もない程不機嫌で、飛び上がると、足でその顔を突いたのだ。

「わあっ」

悲鳴を上げよろけると、平十郎は転び、襖に寄りかかってしまった。竹と雀が描かれた襖が外れ、隣の間へと倒れていく。

「ひいっ」

　吉之助が、押し殺した声を上げたその時、恐ろしい言葉がそれに重なった。

「無礼者っ、何をいたす」

　隣の間は、有月の居室ではなかった筈だ。しかし今日は、誰かがその部屋にいた。

「もっ、申し訳ございませんっ」

　転がったまま、動く事も出来ずにいる平十郎を引き寄せて座らせ、二人で畳に額をすりつける。するとそこに、馴染みある声が聞こえてきた。

「吉之助か」

（あ、有月様だ。隣にいらしたんだ）

　僅（わず）かにほっとし、ひたすら申し訳ありませんと繰り返していると、わざわざ吉之助の体を踏んづけて、佐久夜が声の方へと向かった。思わず顔を上げると、佐久夜は有月が腰に下げていた巾着（きんちゃく）へ、素早く入り込んでゆく。

「ぽぽぽぽ」

　すると有月が横へ顔を向け、客らしき御仁へ詫（わ）びて下さった。

「この者は当藩出入りの豪農にて、今日は挨拶に来ておりました。機嫌の悪い佐久夜に追われ、隣へ入り込んでしまったのでしょう。こちらの落ち度にて、申し訳ござりませぬ」

庇(かば)ってもらえたのを知り、吉之助はふたたび平伏をしつつ、ありがたさに胸を熱くする。だが直ぐに、戸惑ってしまった。

(おや、有月様と話しているのは、どういう方なんだろうか)

有月は大名家の者なのだ。しかも隠居をした先代藩主であった。藩内一、敬意を持って扱われる者であり、たとえ多々良木藩藩主が中屋敷へ来たとしても、有月が今のようなへりくだった口のきき方を、する筈がない。

(余程、ご身分の高いお方でも、みえているんだろうか?)

吉之助には答えが思い浮かばない。考えるのも恐い。だが、どんな方であるにせよ、それは大名貸しである豪農を、半時以上も待たせてしまう御仁だ。一国の大名にも、頭を下げさせる事が出来る、そんな方であった。

(どうしよう、そんなお方のいる部屋へ、連れが襖を倒してしまった)

総身がしびれる思いがし、今にも涙がこぼれ落ちそうになる。隣の平十郎は、真っ赤になっていた筈が、今は血の気が引いていた。

すると、ここで部屋の右手から、含み笑いが聞こえてくる。平伏したまま故、姿を見る事も出来ないが、壮年の男の声に聞こえた。

「佐久夜は相変わらず、気が強いのう。なのに、巾着に入れて持ち歩く事が出来るし、美しい声で鳴く。是非に欲しい」

「そう言われて、強引に佐久夜を摑もうとしたので、先程、突かれたのですよ。それでさっきから、佐久夜の機嫌が悪いのです」

　巾着鶉が欲しいのなら、もっと大人しい一羽をその内差し上げますと、有月が続ける。しかし声の主は返事をせず、別の話を始めた。

「多々良木藩は、出入りの豪農を屋敷内へ上げるのか」

「この者は、ただの百姓ではございません。多々良木藩の大名貸しでございます」

「ほう。ならば無礼打ちにいたしたら、藩は困るな」

（ぶ、無礼打ちっ）

　思わず身が震えた。有月の前で、そう言える身分の客人が来ていたのだ。それで応対に手を取られ、御殿に人影が少なかったのだと納得した。涙がこぼれ出て、もう止められない。すると客は、妙な話を始めた。

「もし、この者達の首を繋ぎ止めたければ、先程の頼みを、やってもらいたい」

　だがしかし。何を頼まれていたのか、有月は直ぐには、諾と言ってくれなかった。

「先程から申しております。あの件は御身様がお手の者を使い、何とかなさるのが筋かと」

　多々良木藩とは関係がございませんとの声に、客人は不機嫌になった。

「何度も申したであろう。動かせる者は、既に使うておる。しかし十分ではないのだ」

どうやらもうずっと、言い合いを繰り返していたらしい。

(拙い、あたしらの行いがそのやり取りに、決着をつけちまったかもしれない)

思わず顔を上げた。部屋内で、口をへの字にした有月を、四十は過ぎていよう男が、真っ直ぐに見ている。ここで客が、もしかしてと有月へ言った。

「お主、未だこの身を恨んでおるのかな」

「それは、確かに。御身はこの私を、殺しましたから」

「へっ？」

意味が分からず息を呑んだ吉之助は、呆然と、二人の横顔を見つめる。だが客は不意に、にやりと笑うと、有月がどう思っていようと、この件もう断れぬと、低い声で続けた。

「大名貸しの三津尾儀右衛門が、殺された。代官所には伏せるよう言ってあるが、物取りとは思えぬ。何としても直ぐ、本当の訳を知らねばならぬ」

途端、部屋に頓狂な声が響く。

「三津尾儀右衛門さんが、殺された？」

病だと聞いていたのに、人に殺められていたのかと、横で平十郎が呆然としている。

その狼狽えた様子を見て、儀右衛門とは誰なのか、吉之助は思い出した。

（小牧村へ肥料を分けていた豪農だ。確かその人が、三津尾儀右衛門さんだったな）

何があったのかと、平十郎が思わず有月達へ問う。すると名の分からぬ客人、何故か一段機嫌が良くなった。

「おお、多々良木藩の大名貸しは、豪農儀右衛門と縁があるのか。おや、そちらの若い男は、大名貸しではないと？　大名貸しの、姪の婿か」

どうして儀右衛門が病だったと思うのか、客に問われ、平十郎は肥料を手に出来なくなった話を、ぼそぼそ口にする。

「その、三津尾家は、当主が病だからと知らせてきたのです」

それで小牧村では今、何としても下肥が必要である事を、平十郎は正直に語った。今日二人は多々良木藩へ、縋りにきたのだ。

するると有月は唇を引き結び、もう一人のお方は、含み笑いを始めた。

「そうであったか。村の将来が、その肥に懸かっているのか。手に入らぬと大事だな」

ならば。

「それがしが、どこぞの藩に口をきいてやろう。大名家を動かせば良いのだな。ならばきっと何とかなろうよ」

「本当でございますか」

客はその上、今襖を倒した無礼も、見逃してくれるという。ただし、それは。

「この多々良木藩の大殿様が、それがしの望みを叶えてくれたら、だが」

「えっ」

「二人で大殿様へ縋るのだな。まあ有月は、藩の大名貸しの婿を、手打ちにはさせまい」

きっと動いてくれる筈だ。客は有無を言わせぬ強さで、有月に問うた。

「引き受けるのだろうな、有月殿」

それでも有月は、一瞬そっぽを向いた。だがその内、吉之助達へちらりと視線を向けると、眉間に深い皺を刻む。溜息をつく。吉之助は、大殿様が先程の佐久夜よりも更に、不機嫌である事が分かった。

(あ、後で、どのように叱られるやら)

恐い。しかしそれでも、平十郎をお手打ちにして下さいとは言えない。

有月が客の顔を見た。

「承知いたしました」

答えを聞いた客が、満面の笑みを浮かべる。平十郎はほっと息を吐き、吉之助は、総身を震わせてしまった。

3

翌日の事。

佐久夜は多々良木藩の屋敷内で、元気いっぱい暴れていた。事もあろうに佐久夜の主(あるじ)が、けしかけていたからだ。

「行け、佐久夜。突いてやれ。吉之助のせいで、私は人殺しの件の解決を、押しつけられた。おまけに吉之助ときたら、今日は甘藷飯を忘れてきおったぞ！」

好物の土産がないと分かったのか、佐久夜は遠慮なく吉之助へ飛びつく。御殿の廊下に、悲鳴が響いた。

「ひゃあっ、済みません、甘藷飯はまた後日……いたたたたっ」

吉之助は、真っ白い鞠(まり)のような姿に追われ、御殿の中を逃げ惑う。

昨日一旦、平十郎と共に村へ帰った吉之助は、今日もまた、多々良木藩中屋敷へ顔を出していた。帰る時、不機嫌を総身にまとった有月から、お前も屋敷へ来て、事を手伝えと言いつかったのだ。

有月は余程怒っているようで、吉之助は呼ばれるまま中屋敷へ来たのに、大殿様の部屋へ入った途端、佐久夜に襲われてしまう。慌てて畳に平伏し、頭に鶏を乗せたまま、有月が押っつけられたのは、そんなに難解な人殺しなのかと、恐る恐る問う。すると大殿様から、「阿呆」という誠に平凡な返答があった。

「今回、人殺しを捕まえて欲しいだけなら、あのお方が、私に話を押しつけるものか」

殺しなら、有月よりも同心や岡っ引きの方が、余程上手く犯人を捕まえられるだろう。つまり有月がやらねばならないのは、ただの人殺し捜しではないのだ。

「一体、有月様はこれから、何をなさるのですか？」

首を傾げて問うと、今日も主に張り付いている左源太が、首を横に振った。

「吉之助、詳しい話は知らぬ方が良い。それがお主の為だと思うが」

「あの左源太様、あたしは何も知らぬままで、今回有月様を、手伝う事が出来ましょうか？」

　すると有月が、きっぱり言い切った。

「出来る訳がなかろう」

　事を分かっていない吉之助が調べに加わり、間抜けをされても困ると、有月は続ける。

「だから左源太、話してやれ。襖を倒した平十郎を、多々良木藩へ連れてきた報いだ。吉之助の身が大いに危うくなるかもしれぬが、これが初めてではなし。望み通り、事情を聞かせてやろう」

「あの、無理にお話しにならなくても……」

今日もさっそく、泣きそうになった吉之助へ、左源太が苦笑と共に語り出す。

「今、とある藩の金蔵が、涸れようとしておるそうだ。つまり藩として、倒れかけておる」

原因は藩の大名貸しが、急に己の家を傾かせた事にあった。藩は金銭の支えを失ったのだ。吉之助が急ぎ問う。

「また大名貸しが、不運に見舞われたとは！　三津尾儀右衛門さんの事ですか。その藩は、あのお人に金を借りていたのでは？」

「違う。かの藩の主な大名貸しは商人だ。六之川と言い、長年幾つもの藩へ金子を貸してきた豪商、両替商だ。ある藩からは禄も頂いておる。もう、ただの商人ではないな」

借金がかさんでも、直ぐに返せる藩は少ない。大名貸しの中には、金を貸している藩から禄を貰い、家臣になっている者もいるのだ。

「身分などというものは、時に流され、金に搦め捕られるものらしい。端から崩れているようだ」

商人が侍でもある事など、既に珍しくもない世の中なのだ。

「最近、その六之川の店が、火事で燃えた」

運の悪い事に風が強い日で、火事は真夜中に起きた。それで主夫婦と跡取り、大番頭や手代、小僧まで、多くが命を落としたのだ。六之川は店も店主も、一時に失った。

「しかし火事は、江戸では珍しくもない。豪商であれば、火事に備えて木場に、一軒分の木材を置いてあるとの噂だな。上方から急ぎ、下の息子も帰ってきた」

助かる事に、店の蔵が一つ焼け残った。六之川はあっという間に、元に戻るかにみえた。

「ところがだ。店を建て直そうと蔵を開けたところ、なかったという」

「はて、左源太様。何が、でしょうか」

「六之川は、あちこちに財産を持っていた筈なのだ。だが、土地や家屋の売り渡し証文である沽券が、見事になかった。金も、僅かしか見つかっていない」

大名家へ融通し過ぎたあげく、金を返して貰えなくなり、実は六之川は貧乏であったのかと、噂が流れた。今までにも大名貸しでしくじり、店を畳んだ商人は何人もいる。

「だが、一度に何人も亡くなったので、余所へ避難させた財産の行方が、分からなくなっているだけだと言う者もいた」

言い張ったのは親戚だ。火事が多い江戸市中ではなく、朱引の外へ財産を避難させていたのではと、言い出したのだ。

「その預け先に名を挙げられたのが、新宮城村の、三津尾儀右衛門だ」

「おや、また何故でございましょう」

「三津尾儀右衛門は、六之川家の生まれ、末の弟だった。豪農へ養子にいったらしい」

とにかく六之川の跡を取った息子は、親が預けたものはないかと、三津尾の叔父へ問い合わせた。すると六之川へ、何と儀右衛門の、葬式の知らせが返ってきたのだ。

「表向きは病と言っている。だが代官所によると、殺されたとの事だ」

おまけに主亡き後、三津尾家が蔵を確かめてみると、こちらの財産もなかった。

「三津尾も大名貸しであった。まあ、六之川の兄のように、多くの大名へ貸していた訳ではないがな」

その為、両家は金を貸せなくなり、幾つもの大名家で、家の存続が絡んだ騒ぎが起こっている。まさに、江戸城を揺るがす騒動が起きたのだ。

「これが、今回の騒動の一部始終だ」

左源太から子細を聞いた吉之助が、有月をじっと見つめた。

「そういえば有月様は……あたしと会った時から、大名家出入りの豪農について、調べておいでてでしたっけ」

何故だか豪農の代替わりが続いていると、随分前から有月は言っていた。つまり今度の話は、突然起きた騒動でもなさそうなのだ。

「有月様、何が起きているのでしょう」

「さぁな。とにかく、金子を借りられない大名家は、お主が昨日会ったあのお方に、泣きついたようだ」

昨今、どの大名家でも金回りは厳しく、おまけに、その事を隠せなくなっている。

「新たな大名貸しは、見つけづらくなっておる。特に、大大名の場合は」

借りねばならない金子が、大きいからだ。

「つまり、私が何とかしろと言われたのは、消えた金貸し達の財産を、見つけろという事だろう」

勿論、大名家からの返済が滞り、六之川の財産はとうに消えているのかもしれない。

要するに金を探しても、ない事もあり得た。

「だがそんな結末は、昨日の客には歓迎されぬな。そういう話であったら、きっと、下肥も融通はしてもらえぬ」

そして大名貸しを失い、藩が傾きかねない大名家からも、有月は恨まれかねない。

「その上、だ。もし……もし、豪商六之川家が、大名貸しの為に潰れたと世間に知れたら。吉之助、どうなると思う？」

「えっ……さあ」

「余所の藩へ大名貸しをしている商人達も、不安に包まれる筈だ」

そして、もう大名家へ新たな金子を貸さないと、言い出す事もあり得る。ここで有月の綺麗な顔に、恐いような薄笑いが浮かんだ。

「大げさでなく、幕府の体制が揺らぎかねぬ」

吉之助は、余りに大きな話に驚き、次の言葉を見つけられなかった。有月は、冷たい眼差しを、吉之助へぐぐっと寄せてくる。

「だから多々良木藩としては、こんな騒ぎに巻き込まれるのは、御免被（こうむ）る話だった」

しかし諾と言うはめになった。有月がそう言葉をくると、吉之助の顔が畳へと向く。

「あの、昨日お会いしたお方は、何故有月様へ話を持ち込んだのでしょう」

「腐れ縁のせいだろう。あのお方はいつも、うんざりする事を言いつけてくる。私が吉之助達豪農の事を調べていたのは、その為だ」

まだ、その用件も済んでいないのに、人殺しの件まで絡んできたと、有月は眉間に皺を寄せたのだ。

（あ……有月様が以前、愚痴を言っておられた相手。そのお人が、昨日のお方なのか）

隠居した大名を、強引に動かしている者がいる事に、吉之助は驚いていた。

（一体誰なのだろう。有月様は、良く知っている方のようだが）

その時有月が、ぱしりと音を立て扇子を閉じた。

「多々良木藩も吉之助も、もう逃げ出す事は出来ぬ。ならば、早く事を片付けるしかない」

腹を決め、三津尾と六之川の資産の行方を、突き止めねばならないのだ。まず何から始めるか、決めたのは有月だ。

「一に、離れて暮らす六之川兄弟が、同じ頃に亡くなった訳を、知りたい」

そして有月は急に、にこりと笑うと、吉之助を見てきた。

「調べねばならない相手は、豪商と豪農だ。つまり同じく豪農で、店も持っている吉之助と、近しい立場の者達だ」

こうなったら当藩の大名貸しに、めざましく働いてもらうと、明るく言う。

「あのぉ、何か恐いんですが」

言ってみたが、有月と左源太は返事もせず、これからいかなる手を打っていくか、細かく定めている。そしてあっという間に吉之助は、明日からどう働くか、決められてしまった。

4

江戸近くに住む豪農で、しかも大名貸しをしている者となれば、顔は知らずとも何とか縁はたどれる。二日後、吉之助は中屋敷を抜け出した有月、左源太と共に、新宮城村の三津尾家を訪ねた。

「手前は高田吉之助と申します。三津尾家の御親類、新田(しんでん)村の太田(おおた)さんの紹介で参りました」

三津尾家前当主の葬儀から、余り経っていない。代替わりしたばかりの豪農の家で、囲炉裏端ではなく表の十畳間へ通されたのは、有月達侍と一緒だったからだろう。吉之助は、侍達と同道したのには、訳があると口にした。

「実は三津尾家が急に、大名家とのご縁を切ったので、困った方々がおられまして」

突然飼い葉や人の手配、下肥の取引が止まったのだ。それで高田家に、代わりを求める話が集まり、対応しきれず少々困っていると、吉之助は言ってみた。

すると連れの有月達を、その困っている家の侍と見たのか、亡き儀右衛門の妻の甥、儀之助を名のった男が、頭を下げてくる。

「こりゃ、悪い事をしちまったようで」

伯父の儀右衛門が大名家へ出入りし、その屋敷の肥を扱っていた事は承知だったと、儀之助は言う。儀之助の村の者も、肥を儀右衛門に頼っていたからだ。

「しかし、こっちも困っててね。儀右衛門さんは、急に亡くなった。おまけに、己で家の全てを取り仕切ってたもんだから、今、三津尾家のあれこれを、知っているもんがいねえんですよ」

「手代は置いていなかったのですか？」

大名貸しまでしていた豪農なら、家の運営を手伝わせる者の一人くらい、いる筈であった。すると儀之助は、両の眉尻を下げる。

「矢太という者が、長年、三津尾家で働いてた筈だがね。でも先頃、己で商いを始めたいとか言って、江戸へ出ちまって」

読み書きが達者で、算盤にも強く、村の者達にも人望がなければ、三津尾家の手代は務まらない。直ぐに代わりを見つけられない間に、儀右衛門が亡くなってしまった訳だ。

「儀右衛門さんの子は、まだ小っせえ。伯母は亡くなってる。で、親戚のおれが、三津尾家へ来いと呼ばれたんだが。でもこれじゃ、何が何だか分かりゃしねえ」

儀之助が溜息をついたその時、有月が僅かに前へにじり出た。そして低い声で、儀之助へ話しかける。

「三津尾家の蔵に、金が残っていなかったそうだな。主は大名貸しであったのに、不思議とは思わなんだか？」

「は？　急に何を言い出して……」

「言ったろう。大名貸しであった三津尾家が、取引の相手を放り出したのだ。借金の当てが、なくなった藩がある。当然、この家について、あれこれ噂話も出ておるのだ」

強く言われて、儀之助が狼狽える。有月が、更にびしりと言葉を重ねた。

「それで、この屋敷の蔵になかったのは、三津尾家の資産だけか？　こちらへは六之川の大枚も、預けられていたと聞くが」

途端、儀之助の眼がつり上がった。そして癇癪を抑えたような声を、三人へ向けてくる。

「儀右衛門さんの実の兄御は、江戸でも名の知れた、両替商でござったとか。知らんかったが、そりゃ多くのお大名へ、金、貸してたそうだね」

儀右衛門もその縁で、己も大名貸しなど始めたようなのだ。ただし。

「この三津尾家は大きいがね、やはり百姓は百姓なんで。でかい蔵もあるにゃあるが、江戸の両替商の大枚、預かる程の、ごっついもんじゃねえ」

財産など見つかっていない。元々、三津尾家にある筈の金子すらないのだと言い、儀之助は口をひん曲げる。

「疑うならば蔵でも見ろ」

半ば自棄になったかのように言い、儀之助は睨んでくる。だがその言葉を聞いた途端、有月が笑みを浮かべた。そしてすっと立ち上がると、とんでもない事を言い出したのだ。

「そうか。では蔵を見せて貰おう」

「えっ？　あ、有月様、それは……」

吉之助は慌て、今のは言葉のあやであり、儀之助が本当に、蔵を見せると言った訳ではないと言ってみる。だが、有月はさっさと十畳間から囲炉裏の間へ抜けると、庭にある蔵を見つけ、そちらへと向かっていった。

「これ儀之助、早う開けよ。己が見て確かめろと言ったのだ。言葉を違えてはならぬぞ」

いつになく偉そうに話す有月に、追ってきた儀之助が、思いきり口をへの字にした。大殿様へ今にも、とんでもなく無礼な言葉を口にしそうで、吉之助が泣きそうになる。

だが。その時有月の巾着から、ひょこりと佐久夜が顔を出したのだ。

「おっ?」

「ぽぽぽぽ」

真っ白な鶉が巾着から現れたものだから、儀之助は寸の間、呆然として鶉を見つめた。しかしその眼差しは、直ぐに巾着を帯に留めている、硬玉の根付へと向かう。横に下げられた煙草入れに付いた、それはそれは凝った細工物もじっと見る。並の藩士などでは、持つ筈もない品であった。

儀之助は戸惑い、有月へ目を向ける。

「何だか、偉いお武家さんみたいだね。まあ蔵を見たけりゃ、見りゃいいさ。それで納得するだろう」

儀之助が、ごついが、どうも簡単な作りの錠を開け、三津尾の蔵の戸を開く。結構広いが、村の会合にでも使うのか、やたらと多くの什器(じゅうき)ばかりが目に付き、そういう所は、吉之助の家の蔵に似ていた。

古くて重そうな簞笥(たんす)や、祭りの道具類などの横をぬけて二階へと上がると、幾らか軸や花入れなどもあったが、何とはなしに高い物だという気がしない。有月はくいと片眉を上げた。

「大名貸しにしては、質素な蔵だな」

儀之助が頷き、実は己も戸惑っているのだと、本音を口にしてきた。

「今は違うが、三津尾は新宮城村の名主を務めた事もある家柄だ。もし火事や山津波が起きたら、村を支えねばならねえ」

なのに、蓄えは本当に少なかった。

「この二階にある銭箱には、幾らか置いてあったけんど。葬式を出したら、あんまり残りもせなんだ」

儀之助は、余所から三津尾へ入った者なので、事情を村の者達に聞いたらしい。だが、食べるものも着るものも、伯父は贅沢などしてはいなかった。家族に病人がいた訳でもなかった。伯母は三年程前に亡くなり、後添いもいない。三津尾家の者が、無駄遣いをした様子はないのだ。

「こりゃ貸した先のお武家様に、金、踏み倒されたんだろって、皆、言ってる」

三津尾は、情けなくて、村の皆へ言えなかったのだろうと噂していた。それで村の者達と儀之助が、残っていた金できちんと葬儀を仕切ったのだ。

「ほう、皆でやったのか。儀右衛門は、良き村人だったのだな」

「葬式ってのは、そういうもんなんでさ」

儀右衛門は、実の兄の紹介で大名貸しを始めたらしい。その縁で、いい下肥を手に入れてくれたから、ここいらの村では助かっていた。

「しかし、さ。お大名と関わると、家の金がなくなっちまうんじゃ、恐い。おれの代じゃ、大名貸しはやっていけねえ」

有月は頷く。

「今、ここいらの村と言ったな。儀右衛門は幾つかの村々へ、肥を配っていたのか？」

「そりゃお武家さん、下肥を扱う豪農は、そういうやり方をするもんなんでね」

誰にどれだけ肥を売るか、誰から買うか、互いに選べる訳だ。よって肥を、他の村の者へ売るのは、珍しくもない事らしい。

「なるほど、肥は村でまとめて買う訳ではないのだな」

有月は頷くと、もう一度蔵内へ目を向ける。

「儀右衛門は、下肥の取引を続けていた。つまり大名家へ出入りするだけの金は、持っていた筈だ。さてその金は、今、どこにあるのか」

「そういやぁ……変だね」

儀之助が戸惑うと、有月は左源太と目を見交わし、頷いた。そして有月は蔵の二階で、突然仁王立ちとなり、それは偉そうな口ぶりで儀之助へ命じたのだ。

「これ儀之助。伯父の儀右衛門が肥を渡していた先の村は、分かっておろう？　売った相手の名と共に、疾(と)く書き出せ」

金は消えても、三津尾家の帳面は残っていると思われた。

「はあ？　何でそんな事……」

「早くせよっ！」

大殿様だと名のってもいないのに、その身についたご威光に、人は従うものらしい。儀之助ときたら慌てて蔵の一階へ下りると、言われた通り書き始めたのだ。

（全く人というのは、強く出る相手の言う事を、つい聞いちまうんだから）

吉之助が溜息をついている間に、書き付けは仕上がり、有月は当然という顔をして、儀之助からそれを受け取る。そしてさっと目を通すと、更にあれこれ問うた。

「まず寺西村(てらにし)。儀之助、どういう村だ？　大根と瓜(うり)の産地とな。平十郎の村と競いそうな所だな。川北村(かわきた)。ほう、最近お蚕(かいこ)を沢山、飼い始めた所か」

川西村(かわにし)は躑躅(つつじ)作りが盛んで、そこと行き来が多い戸田(とだ)村は、菊などを多く作っていると聞き、左源太が頷く。

「ここいらの村は江戸に近い。故にどこも、米以外の産物を多く作っておりますな」

儀右衛門は勿論、どの村でも全員に肥を分けてはいない故、関わる先は多い。小牧村をはじめ、儀右衛門と縁のある村は、六つにものぼった。

すると有月ときたら、突然その村々を回ると言い出した。その上、勿論同道するだろう吉之助の都合を、聞きもしなかった。

「大名家が最近、六之川と三津尾の金を、踏み倒した事実はない。つまり金は、どこかにあるのだ」

そして、六之川と三津尾の屋敷にないとなれば、儀右衛門が訪ねた先を、確かめねばならないという。

「ひええ……今からですか？」

吉之助は泣きそうになった。近在を回ったからといって、豪農と豪商の財産が見つかるとも思えない。

（そんなお宝がどこかの村にあったら、とっくの昔に、もの凄い噂となってますよ。有月様、田舎の噂話をなめちゃいけません）

だが、大殿様の思いつきに文句を言うと、また佐久夜に突かれそうだ。吉之助が目をうるませると、さすがに今回は、左源太が止めに入ってくれた。

「今から歩いて村々へ行ったら、大して回らぬ内に、日が暮れてしまいます」

有月が暮れても帰らなかったら、中屋敷で騒ぎが起きる。もう止めるのは無理と諦めているのか、左源太は、他出をするなとは言わなかった。ただ頼むから明日、馬で村々を回って欲しいと、儀之助に聞こえぬよう小声で主へ願ったのだ。すると。

「吉之助、明日は左源太の馬に乗せて貰え」

有月の、無情な声がする。馬に乗れぬからと、己だけ休む事は出来ないと覚った。

5

三日の後、新宮城村やその近隣に、噂が走った。亡くなった三津尾儀右衛門の、行方知れずになっていた財産が、見つかったというのだ。一帯の村では、今、人が寄ると触ると、その話になった。

「目もくらむ程、すんげえお宝だそうな」

「実は実は、見つけたお宝ってぇのは、三津尾の財産だけじゃ、ないらしい」

「儀右衛門さんの兄さんは、両替商だったんだ。で、その金も、そっくり一緒にあったってよ。竜宮のお宝くらい、ごっつう凄いもんが現れたんだと」

「竜宮とは豪儀だ。見たいな。どこにある？」

「そりゃ三津尾の金は、三津尾の屋敷にあるだろうさ。あそこが竜宮城だ」

「三津尾は、竜宮城になったのか」

滅多にない派手な話は、村から村へと飛び跳ねてゆく。十日も過ぎると、本当に三津尾家へ顔を出してくる者が出てきて、儀之助から吉之助の所へ、何をしたんだと問い合わせの書状が来た。

三津尾家の財産についてお気楽な噂を流したのは、二人の武家を連れた、名主であったと聞いたらしい。

「そ、そんな馬鹿な。あたしは何も話しちゃいませんっ。つまり……だから」

これは間違いなく、あの大殿様の仕業に違いなかった。

(一体何を、考えていなさるんだ。大騒ぎが起きたじゃねえですか！)

文をやり取りし、事の真偽を確かめている間はない。よって吉之助は翌日、多々良木藩中屋敷へと飛んでいった。

(文句を言いに行く時に、土産を持っていくのも妙だとは思うけど)

だが佐久夜の機嫌が懸かっているので、今回はちゃんと甘藷飯を持参した。すると中屋敷で、今日も左源太を脇に従えた有月は、眉間に皺を寄せた吉之助を前にして、まずは佐久夜へ芋を食べさせる。それから吉之助の文句を黙って聞くと、馬鹿を言うなと、やんわり吉之助を叱ってきた。

「吉之助、思い違いだ。私が噂を、ただ面白がって流す訳がなかろう」

「えっ……そうなのですか？　そ、そうでございますよね。大名家の御隠居様ともあろうお方が、人を困らせるような大嘘を、噂として流す筈もないですね」

吉之助は顔を赤くすると、思い違いをして恥ずかしいと、急ぎ頭を下げる。すると有月が笑い、庭を見渡せる御殿の間で、吉之助の顔を覗き込んできた。

「あの太平楽な噂話はな、必要があって広めたものだ。嘘とは大分違う」

「やっぱり有月様が、噂の出所なんですか！」

「吉之助、大名貸しの財産は、何としても取り戻さねばならないのだ。しかし覚えているか？　表向き、例のあのお方が私に言われたのは、人殺しを捕らえる事だ」

つまり両方やらねばならぬ故、手間な事だと、有月は溜息をついている。だから。

「いっぺんに、事を片付けたくてな。それで話を広めた訳だ」

三津尾には、竜宮城にあるような財宝がある。六之川の金まで、見つかった。そしてその莫大(ばくだい)なものは、早々に移されると噂になっている。

ついでに話の出所は吉之助にしておいたと、有月はあっさり言う。

「そ、そんなっ。恨まれます。あたしは三津尾家に、恨まれてしまいます」

「そうか？　もし吉之助が、妙な噂を流した当人だったら、恨まれるくらいで済むとも思えぬが」

言われた言葉が恐ろしく、吉之助はまた泣き虫であることを示してしまった。

「この後、どうなるかな。私はまず三津尾家に、魂消(たまげ)る程人が集まると思う。竜宮城のお宝を、見にくる訳だ」

その時皆は、いつ、どこへ財産を移す気かと話をするだろう。人を殺し、両家の財産を奪っている者がいたとすれば、不安に思う筈だ。三津尾家が、どういう手を打つ気なのか、確かめずにはおれぬ筈だ。

そしてそこへ、噂を流した当人、吉之助が三津尾に来るのだ。

「さて、どういう騒ぎが起きるだろうな」

有月は悪びれもせずに言い、吉之助は泣きながら顔色を蒼くした。

「まさか……また、あたしを餌にする気じゃ、ないですよね？」

有月がこれから、歩いて新宮城村へ向かうと言い出しそうで恐い。勿論それは、襲われやすくする為だ。吉之助を狙い、盗人が己から姿を現してくれれば、返り討ちにしやすい。有月が以前にも使った手であった。

左源太が目を見開く。

「おお、あれこれ思いつくようになったな。見事だ、吉之助」

「わあっ、本当にそうなんですね」

本気で腹が立って、もう、なりふり構わず、大殿様を睨んだ。するとこの時、表の廊下から、部屋内へ声が掛かる。直ぐに左源太が障子を開け、文のようなものを受け取った。

「おお、やっと来たか。この一通は遅かったな」

何を待っていたのか、有月は素早く巻紙を広げ、書面に目を落とす。途端、口の端を引き上げると、左源太へ渡した。どういう文であるのか、吉之助へは教えてくれず、ただにこりと笑い吉之助を見てきた。事が見通せたと、言い出したのだ。

「良かったな。お主、餌にならずに済んだぞ」

「へっ」

「しかし周りは、事に目処(めど)がついたのを知らぬ。このまま放っておいて騒ぎが収まらぬと、三津尾に恨まれ、吉之助が可哀想(かわいそう)だな。大騒ぎになっている新宮城村へ行き、早々に事を収めよう」

自分で騒ぎを起こしておいて、有月はまるで、慈悲の塊のような口調で言う。村へ先に、これから行くと使いを出し、有月らは悠々と中屋敷を出た。そして新宮城村へ行く道すがら、有月は隣の吉之助に、明るい声で事情を語り出した。

「吉之助を心配させて、悪かった。他に方法が見つからぬ時は、お主をまた餌にする必要も出てこよう。よって噂を流しておいたのだ」

しかし、実はその必要は余りないと、有月は考えていた。先日村々を回った後、六之川の財産がいずこにあるか、行方の見当は付いていたからだ。そして。

「先程来た文で、それを確かめた」

財産は、確かに消え失(う)せてはいなかった。そしてそれは、簡単に動かせるものでもなかったのだ。

「よって、今も消えずに残っている。もう、剣呑な話にならぬ筈だ」

後は人殺しを捕らえるだけだが、それは代官所にやってもらいたいと、有月は笑い声を立てた。

「新宮城村では、六之川、三津尾両家の財産について、静かに話し合う事になろうよ」

吉之助は道端で、ほうっと安堵の息を吐いた。直ぐに元気になると、勇んで問う。

「あの、有月様、豪商の財産、どこにあったんですか？　どうやって在処を突き止めたんですか？」

「村々を訪ねた時、この目で見て分かっただけだ。おい吉之助、お主も私と一緒にいたではないか」

実は財産の在処を知って、有月も最初は驚いたという。莫大な財産は、皆の目の前にあったのだ。

「へっ？　どこの村にです？　あたしはそんなもの、見ませんでしたが」

驚きと共に問うたが、答えは返ってこなかった。有月と左源太は素早く動き、気がついた時、既に吉之助を挟んでいた。刀の柄へ手が掛かっている。

吉之助は更に一拍置いて、道脇の木の陰から、多くの人影が現れたのに気がついた。その手に恐ろしき得物があるのを見て、思わずつぶやいてしまった。

「有月様、話が違いますよ。あたしはやっぱり、襲われそうですが」

「確かに。これは驚いたな」

鯉口を切り、柔らかく身構えた有月が、珍しくも考えが外れたと苦笑を浮かべる。

「やれやれ、相手の人数が多くとも、鎌にやられる我らではないが」

よって有月は、落ち着いたものであった。男らへ、今は話を聞けと言い、先刻届いた文を示している。

「今回の件、きちんと事情を知りたいだろうが」

男達が顔を見合わせた。

6

田畑ばかりが続く道の途中、人目に付きにくい山の陰から現れたのは、二十人ばかりの男達だ。

かなりの人数がいたので、相手はどう見ても百姓ながら、有月達は刀から手を離さない。男達は手に手に、鎌やどす、先が尖った鋤などを持っていたからだ。

しかしそれでも、有月の声は落ち着いたものであった。左源太は無言で対峙している。

「この顔ぶれが現れたという事は、やはり私が立てた推測は、正しかったようだ」

どうして三津尾の財産が行方知れずになったのか。ありがたくも彼らが、それを裏書きしてくれたぞと、有月は吉之助へ言ってくる。

「この皆は、三津尾儀右衛門が肥料を売っていた先、先日行った川北村の者達だ」

「川北村？」

あの村に何かお宝がありましたっけと、本心訳が分からず吉之助は問う。有月は鎌とどすから目を離さず、しかし笑いながら答えた。

「あったのだ。だからそれを取り戻されるのは、嫌らしい。それで川北村の者達が、こうして我らを襲ってきたのだな」

有月が、立ち寄った先の村でその事に気がつけたのは、吉之助のおかげだという。

「はい？」

「これが二月前だったら、私も分からなんだかもな。だが吉之助と平十郎のおかげで、答えは直ぐに知れた。大根一万本のおかげだ」

「大根、一万本？」

迫ってくる川北村の男達から、戸惑いの声が上がる。しかし吉之助はその説明で、六之川が何をしようとしていたのか、思い浮かんだ。

平十郎は大根を育てるだけではなく、漬け物にして、己達で江戸へ売る気だ。村に新たな稼ぎ口を、作ろうというのだ。つまり。

「六之川家は、川北村と組んで、新しい商売を始めようとしていたんですね」

六之川や三津尾が金を出し、村の者達が仕事をこなすのだ。両家は今年一気に川北村へ、財産をつぎ込んだに違いない。それ故、蔵が空っぽであったのだ。有月が頷く。

「今は練馬の百姓が、大根漬けを売って商売をしている世の中だからな」

例えば豪農は大名へ金を貸して、金貸しの顔を持つ。大名貸しの豪商は、貸し付けた金の多さ故に、大名家から禄を貰う身分になっている。

「つまり商人でもあるが、武家でもある訳だ」

気がつけば多くの者が、幾つもの顔を持っている。

「ま、誰がどんな稼ぎ方をしても、今時、誰も驚かん。そして六之川と三津尾は、稼ぎ口を分けると決めたようだ」

有月がそう話している間に、鎌とどすの輪が縮まってくる。どうも話を続けて欲しくない様子だとみて、吉之助は身を震わせた。

しかし、有月は話を終えない。

「ところがそんな時、変事が起きた」

突然六之川家が焼け落ち、六之川の主達が亡くなってしまったのだ。

「六之川家は大騒ぎとなった。だがそれにも拘らず、川北村へ、使いが来なかったのではないか？　上方へ行っていた次男は、新たな商売での付き合いを心得ていなかった」

つまり、その時川北村でふと、悪い事を思い浮かべた村人がいたに違いない。有月が、人が悪そうに笑う。

「確かについ、期待してしまうな。土地の持ち主を示す沽券も、商売の帳面も、火事で焼けたようだ。そのまま六之川から何も言ってこなかったら、六之川の財を、川北村のものだと言い張れるかもしれぬと」

ただ、その考えは直ぐに消えた筈だ。川北村へ金を出した者は、もう一人いたからだ。

「弟で豪農の、三津尾儀右衛門だな」

ところが。

「その儀右衛門までが、続けて亡くなった。殺されたのだ。さあ、誰が殺したのかな」

有月がそこまで言うと、殺気と共に寄ってきた輪に、戸惑いが生まれた。そして男らの内から、声が上がる。

「み、三津尾の儀右衛門さんは、病で亡くなったんだ」

鎌片手の男に言われて、有月は口の端を引き上げる。見目良き殿様なのに、ああいう顔をすると、どう見ても隠居大名には見えないと、吉之助は苦笑いを浮かべた。

有月は男達を見据える。

「そういう、川北村に都合の良い話を、誰が信じるのだ？　教えてやろう。お上は既に儀右衛門が、殺されたんだと承知している。代官所も動いておるわ」

「そんな……」

百姓達の輪が崩れ、一歩二歩、後ろへ後ずさる。人を殺すどころか、脅した事もない者達に違いない。

「そして三津尾を殺した男は、今もこの辺りにいると、私は考えている」

人を殺めたというのに、その財を手に出来なかったからに違いない。

「何故、それが分かるのか。お主らがこうしてここで、我らを襲ってきているからだな」

村人達が得物を手にし、寂しい道に現れたのには訳があろうと、有月が言う。

「誰かにそそのかされたのだ。でなければ鎌で、二本差しの武家と向き合う気にはなれまいよ」

多分、儀右衛門を殺めた男は、己に都合の悪い事を隠し、有月達さえいなければ、財が村に残るとでも言ったのだろう。

だがよく考えれば、その話は大いに怪しい。

「その男、とうに江戸へ去った筈の男ではなかったのか？　何故、また村へ戻ってきたのだ？　どうして死んだ主の財について、口を挟み出したのだ。どうだ、妙だろうが」

川北村の者達が、下を向き始めた。

「その男だが。名を……」

有月が言いかけたその時。

その声と、わめき散らすような叫びが重なった。突然吉之助の背後から、恐怖が降ってきたのだ。

「ひえっ」

魂消た吉之助が道へ転がると、空の方から刃物の煌めきが飛んでくる。渾身の力を込めた一振りは、ぎんっ、と耳に痛い音となって響いた。左源太が吉之助の前で、その刃を止めてくれていたのだ。

「あ、ああ。ありがとうございます」

「吉之助、邪魔だ。さっさと逃げろ」

左源太の事を心配する様子もなく、有月はここで、川北村の者達へ顔を向けた。百姓達が怯えた顔で、刃物を振るう二人と、有月へ目を向ける。すると。

「貸せ」

有月が、川北村の者が持っていた鋤を、ひょいと奪ったのだ。それから風のように、あっという間に左源太の横へゆくと、鋤の柄を滑らかに振る。刃を己へ向ける余裕すら与えず、男を打ち据えたのだ。

「こ奴相手に、刀を抜くのも嫌なのでな」

男は気を失い、長どすを握ったまま道に転がった。集まっていた川北村の者達は、その姿を見て、肩から力が抜けてしまった。

「や、矢太さんが……」

「こ奴は、以前三津尾の新しい当主が話していた、手代ですね」

左源太がきっぱり言った。多分、村人達が上手く有月らの口を塞げるか、確かめに来ていたのだろう。しかし己の仕業が語られ、もはや味方もいないと覚ると、打ちかかってきたのだ。

儀右衛門が殺された事は、もうお上に知られている。

そして、儀右衛門の側で仕えていた矢太が、人を殺す事に、ためらいがなくなっている。

「主を手にかけたからかの」

主殺しは重罪で庇える者などいない。後は代官らへ調べを任せると、有月らは、さっさと矢太を縛り上げ、川北村の百姓らへ声を掛けた。

「三津尾の新しい主が、今回の一件について、子細を知りたがっている。川北村の頭は、共に来るように」

二人ばかりが田舎道を三津尾家まで、有月達と同道する事になる。矢太はその者らが、引っ立てた。

そして、一行が三津尾家へと行き着くと、竜宮のお宝があると噂された豪農の周りは、とんでもない事になっていた。吉之助が目を見張る。

「いや、大勢集まったもんです。まるで祭りのようですね。おや川北村の方々、知り合いがおいでですか。寺西村や戸田村の百姓、同じ村の面々まで来てるんですね」

どこから来たのか、行商が二人も道で荷を広げ、ものを売っている。食い物を売り歩く者もいて、とにかくかしましい。

有月らが三津尾家へ入ると、家の囲炉裏端に先客がいた。当主だけでなく、両替商六之川の跡取り息子と番頭までが、姿を見せていたのだ。

「都合が良いな。今日で事を終わらせる事が出来る」

有月の言葉に、はて、このお武家は誰なのかと、場の者達が首を傾げる。有月は勝手に囲炉裏端に座ると、一切を終わらせる為、話を始めた。

7

「実はな、それがしは、六之川と三津尾が金子を貸している先から、頼まれた者なのだ。事を無事収め、両家を守って欲しいと言われた。つまり、大名貸しを続けられるようにしてくれという事だ」

「さようでございましたか」

何故いきなり武家が口を挟んできたのか、ようよう納得がいったらしく、ここで三津尾、六之川、それに川北村の者までが炉端で頭を下げる。

吉之助も炉端へ座り、大方は真実であると思った。有月の身分のように、話して都合が悪い所は、綺麗に省かれてはいるが。

「事の起こりは、火事だ。六之川家の者が、一度に亡くなったので、事がややこしくなった」

六之川は両替商だが、大名貸しもしている。しかし最近は、その大名家からの返済が遅れがちだ。禄を頂けば、主となった大名へ、文句を言いがたくなる。

「それで六之川は、大名相手の金貸しから、目を他へ向けたのだ」

つまり。

「六之川は川北村で、新たな金儲けを始めた。村を見て分かった」

何だか分かるかと、有月は改めて吉之助へ問う。思い切り首をひねったところ、軽く頭を叩かれた。

「お主も共に見た筈だ。村には、山といただろうが」

「い、いたとは？　財の話をしているのですよね？」

「いただろうが。蚕が！」

「蚕？……お蚕ですか！」

「川北村は最近、養蚕を始めている。やり出したばかりにしては、驚く程の規模であった」

有月が、川北村の二人を見つつ、先日村で分かった事を並べてゆく。

若くて揃った大きさの木が並ぶ、広い広い桑畑があった事。

間口が狭く、奥行きが広い蚕小屋も、一棟ではなく見た事。

その小屋の屋根には、幾つも、風入れの高窓があった。その作りを目にし、それらが新しい建物だと分かった事。

「そ、そうでございましたっけ？」

「吉之助、誰かが川北村で、大枚を使ったのだ」

金を落としたのは、豪商六之川家と豪農三津尾家で、間違いなかろう。それ以外に、大きな金を動かした者の話は、耳に入っていない。

「しかも両家は、生糸を作るだけでなく、己達で反物にする気でいたらしい。それで、六之川の蔵が空っぽになる程の、大枚を使ったのだろうな」

そして作った反物を、六之川は己で売る気だった。有月が炉端でそう言うと、次第を知らなかったらしい六之川の跡取り息子が、向かいで目を見張っている。

「勿論、江戸で商売をするとなれば、十組問屋(とくみどいや)などもあり、好き勝手は出来まい。しかしだ。六之川は、それは大きな大名貸しだ」

安くて良き反物なら、町では売らず、藩邸などへ直(じか)に持ち込めば良い。六之川には販路があり、多分それ故に三津尾家の儀右衛門も、兄の新しい商売に乗ったのだ。

「ところがそこに、火事が起きてしまった」

新しい試みは、まだ半ばだ。親戚は新商売を分かっていなかったと見え、川北村へは六之川から知らせもいかない。

「それで川北村では、期待をしてしまった。六之川がつぎ込んだ金、そのまま村の財産となってくれないかと」

「な、なんだって？」

ここで眉をつり上げたのは、六之川達だ。左源太が手を振って宥め、有月の語りは続く。

「しかし川北村の方は、直ぐに三津尾の顔を思い出し、大人しくしていたのだ」

だが。

「大名貸しの財産を、火事のどさくさに紛れ、己がものにしようと思ったのは、川北村だけではなかった」

つまり、我慢しなかった者もいたのだ。

「三津尾家の元手代、矢太ですね」

吉之助が問うと、有月が頷く。店が火事で燃え、六之川家の跡取りは、上方から帰ってきたばかり。三津尾儀右衛門の息子は、まだ小さい。

だから。

「儀右衛門さえ死ねば、六之川と三津尾両家の財産、ごっそり己が手に出来ると踏んだのだろう」

手代であれば、蚕や桑、小屋に、大枚が消えた事は、承知していただろう。しかし、まだまだ両家の金が随分蔵にある事も、矢太は知っていた。その額が余りに大きく見え、己を止められなかったのだ。それで一旦、三津尾を辞め、江戸へ去ったふりをして、元の主を殺めた。

するとここで三津尾儀之助が、おずおずと有月らへ言う。

「なら矢太はどうして直ぐ、上方へでも逃げなかったんでしょう?」

六之川も川北の者も、吉之助も、土間で縛られている矢太へ目を向ける。有月は懐へ手を入れると、三日前に届いた文だと言い、書き付けを取り出してきた。

「矢太はほとんど、金を手に入れられなかったのだ。金もないままでは、逃げる先を思いつかなかったかな」

六之川は矢太が知らぬ間に、別の買い物もしていた。大名貸しは止められぬから、沽券まで手放し、三津尾も金をはたいて、支払いの金子を用意したのだ。おかげで金は蔵から消え、矢太は呆然とする事になった。

「これを買った為だ」

有月が先日受け取ったという文を示し、皆が見えるよう炉端へ置く。文字だけでなく、大きな絵が描き添えられており、読まずとも六之川が何を買ったのか、一目で分かった。

「これは最新の高機だ。絹を織る為の、素晴らしい桐生の高機が、じき川北村へ来る」

六之川達は、さる武家に仲立ちをさせ、絹織物を織る新しい織機を買ったのだ。

この高機はそもそも、火事で焼け出された西陣の者が桐生へ伝えたもので、他にはない、優れたものらしい。しかも大きい。織物で成功を収める為、そんな希な品を幾つも求めたので、六之川の金子は出払ってしまったのだ。

「蚕の事を知ったので、近在の飛脚問屋へ、代官所の者を調べに行かせて、六之川がどこへ書状を送っていたか調べた」

文によると、六之川の支払いは既に済んでいるらしい。桐生の相手は、これからも良き付き合いを望んでいた。

ここで有月は、川北村の二人へ目を向ける。

「黙っていても、機が桐生から村へ来れば、三津尾と六之川の金がどこへ行ったか、露見しただろう。桐生の機を何台も買う金が、村にある筈がないからな」

だから矢太のように、道を踏み外さずに済んで良かったなと告げると、川北村の二人はうな垂れている。

しかし三津尾と六之川の身内は、恐い目で川北村の者を見始めた。騙され、大枚をごっそり奪われる所であったと、分かってきたらしい。

だが。ここで有月が、やんわりとその癇癪を止めた。

「三津尾、六之川。川北村と喧嘩をするのは、止めておくべきだ。お主らだけでは、蚕を飼う事は出来ず、機も織れまいに」

仲良くせねば、先代が金をつぎ込み生み出そうとしていた絹織物が、泡と消えてしまう。やっと見つけ出した両家のお宝は、これから育てて、作り、売らねばならないものであったのだ。

「川北村の者も、六之川達の金子を、別の村へ移されないよう、これからは偽らずに付き合うのだな」

諍いを起こしていると、互いの儲け話が消えてしまうのだ。

ここで、まずは川北村の二人が先に、金主らへ頭を下げる。三津尾も六之川も、渋々挨拶をし……そして名のった。

すると、あっという間に、商いの話が互いの口をつく。金子という名の仲立ちは、怒りを抑え、親しみを作り出すものらしい。少なくとも当面は、そうなる筈であった。

有月は頷くと、立ち上がる。

「さて人殺しは見つかった。金がどうなったかも分かった。代官へ矢太を渡し、後の話は豪商、豪農、村の者達でつけてくれ。大名貸しが続けられるよう、ちゃんと儲けろよ」

やっと事の終わりを、件の厄介なお方へ、報告出来るようになったのだ。これで事は終わったのだと、吉之助にも分かった。

有月らが豪農の囲炉裏端で立ち上がると、慌てて周りの皆が頭を下げる。ここで、いるのかいないのか、今まで鳴きもしなかった佐久夜が巾着から顔を出し、一声鳴いた。

「御吉兆ーっ」

部屋内がどよめく中、三人はまだ人であふれている新宮城村の屋敷から離れて行く。

「さて、ようよう帰れるな」

晩秋の田舎道は、ほっとした思いに包まれていた。

8

後日、栗飯と甘藷飯を抱えた吉之助が、多々良木藩中屋敷へ顔を出した。

「忙しくて、直ぐ御礼に来る事が出来ず、申し訳ございません。いや本当に、ありがとうございました」

有月の働きで、とにかく六之川家と三津尾家は、続く事になった。おかげで例のお方が間に入ったらしく、有月の口利きという形を取り、吉之助は出入りの大名家を増やした。つまり肥を、平十郎の村へと回す事が出来た訳だ。

「小牧村と東豊島村は早々に組み、とりあえず村にある分の野菜で、漬け物を作り始めております。いや、村は大忙しで」

土産の飯を差し出し、川北村の方はいかがでしょうねと、吉之助は上機嫌で問う。有月の答えは、そっけないものであった。

「新しき絹織物の商いは、なかなか思うようには進まず、苦労しているようだ。何しろ頼りの主が、二人も亡くなっているからな」

跡を取ったのは、両替商や豪農ですらなかった者と、若造だ。それが、いきなり新商売を始めたのだから、苦労がなかったら嘘だろう。

「まあ、もう当家が関わる事ではない。六之川が潰れたら、またあの御仁が来かねぬ故、無事でいて欲しいものだが」

とにかく有月は、あの偉き御仁が満足する答えを差し出せた。これであの顔を見ずに済むと、遠慮なく口にする。

少なくとも、当面は。

「ぽぽぽぽ」

この時、佐久夜がとことこ歩いてきて、今日も芋を一つ、主から貰っている。吉之助はその丸っこい姿と、横の左源太へ目を向けてから、一つ首を傾げた。

「ところで有月様、一つ伺ってよろしいでしょうか」

「何だ？」

「先だって、平十郎が失礼をしてしまいました、あのお方。どなたなのでしょうか？」

　すると眼前で、綺麗な顔が口元を歪めた。

「お主は馬鹿か。聞くな。知るな。老中の事に下手に興味を持つと、主殺しの矢太のように、あの世へ行かねばならなくなるぞ」

「何も知るなと言われましても」

　思わず頰を膨らませようとして、吉之助は一瞬、動きを止めた。そして有月を見てから、そろりと己の膝へ目を落とす。

（今有月様は……老中と言わなかったか？）

　口を滑らせたふりをして、言って下さったのだと分かった。興味津々、要らぬ事にまで首を突っ込むと、こういう、とんでもない言葉が待っているぞと、言われた気がした。

（うへえ。こいつは……誰にも言えない話だ）

　なのに、ここで気になる言葉が、またぽこりと頭に思い浮かんでくる。そういえば有月はいつぞやその老中と、剣吞な言葉を交わしていなかっただろうか。

　言葉を吞み込み、寸の間、問うのを我慢する。だが我慢はろくに続かず、佐久夜が歩き回っている横で、吉之助はまた、いらぬ言葉だと分かっている問いをしてしまった。

「あの、有月様。御身様は確か、件のお客人を、恨んでいると言われたような」

そして訳は、とんでもないものであった。

有月を、殺したから。

確かに目の前の当人が、そう言った。生きていて、己で話したのだから、勿論言葉のあやだと分かってはいる。だが、しかし。

(お二人の間に、一体何があったというんだろうか)

思わず身を乗り出したら、眼前で有月が、歩いてきた佐久夜をさっと掴む。そしてにこりと笑うと、ぽんと放って寄越したのだ。

「ひえっ」

「くっくるるっ」

頭の上に乗られ、爪を立てられ、吉之助は悲鳴と共に部屋から逃げ出す事になった。

後でちゃんと膳を出してもらえたし、有月が怒っているようには見えなかった。

ただ。

二つ目の問いに、答えてくれる事はなかった。

四 書き付けの数字

1

　江戸の世、男とおなごが手を取り合って道を行くなど、まず考えられない事であった。たとえ雨が降ってきて、手元に傘が一本しかなくとも、その傘の下で男女が寄り添っていれば、大事だったのだ。人に見られたら、心中の道行きかと思われかねなかった。だから。

　春というのにまだ風が冷たい日、土手沿いの川を進む舟の内で、小さな声が上がった。川の左側に土手の上の道を走る、二人連れの姿があったからだ。

　若い武家がおなごの手を引きつつ、必死に駆けていた。

「まあっ。あれ、お喜多（きた）ちゃんじゃないの」

　驚きの声を上げたのは、小牧（こまき）村の若名主、岩井平十郎（いわいへいじゅうろう）の妹おひろだ。その声に釣られ、横にいた義姉のお奈々（なな）も、岸に目を向ける。

「本当だ。確かおひろちゃんと仲の良い、三津尾（みつお）家の娘さんよね。一緒にいるのは、どなたかしら」

「さあ。でもお喜多ちゃんは今、大身のお旗本へ奉公に行ってるの。そのお屋敷の方かもしれないわ」

若いおなご二人は舟の上から、手を繋いで走る男とおなごに、目を吸い寄せられている。舟の後ろで、お奈々の叔父高田吉之助が、櫓を漕ぎつつ、酷く不安そうな声を出した。

「なあお奈々、土手のお武家様、何度も振り返ってるけど、追われてるんだろうか」

だが道に、二人を追ってくる者の姿などなかった。しかしそれでも二人は、必死に逃げている。建前の上では、独り者同士でも夫婦以外の男女が情を交わせば、それは密通なのだ。

ここでお奈々が、岸を指した。

「見て。お喜多ちゃんよりお武家様の方が、酷く焦ってるみたい」

つまり二人を追っているのは、武家方の者に違いなかった。

「きっと親御が、二人の仲に反対しているのね。で、手に手を取って逃げたんだわ」

お奈々は、芝居の筋でも思い浮かべたらしく、勝手に物語をつむぎ出す。恋の道行きと察したからか、おひろとお奈々は目に星のような光をたたえ、二人を助けられないものかと、舟の上で話し合いを始めた。

だが吉之助は櫓を漕ぎながら、姪達の勝手な言葉に眉を顰めた。

「おいおい、あの二人は本当に、駆け落ち者なのかね？　決まった訳じゃなかろうに」

その時であった。土手の道で、お喜多が躓き転んでしまったのだ。立ったお喜多がふらふらとし始めたのを見て、おひろが勝手に動いた。二人へ舟から声を掛けたのだ。

「お喜多ちゃん、こっち」

「ま、まあっ。おひろちゃんだ。こんな所で会えるなんて」

もう、走り続けられないのだろう。お喜多は連れへ何か言った後、よろけながら土手を下りてきた。そして、思いがけない事を言い出したのだ。

「私ね、おひろちゃんの屋敷へ、行こうとしてたの。おひろちゃんの義姉さん、確か大名貸しをしてる、名主さんの家の出よね？」

「えっ？　大名貸しの叔父なら、今、舟を漕いでるけど」

お奈々の言葉に、岸にいるお喜多と武家が目を見合わせた。吉之助は、何故だか己も事に関わっているのを知り、魂消る。するとお武家も土手を下りてきたので、もう黙っていられず、吉之助は岸へ声を向けた。

「お喜多さん、あたしに、何か用がおありかい？」

「その、私は三月前に、お旗本の大奥様の所へ、奉公に上がったんですけど……」

ところが。お喜多は一生懸命話し出したのに、こちらは舟に乗っているから、水の流れに乗って段々離れてしまう。

「お屋敷で、変な書き付けを見つけたんです。五十とか、百五十とか、二千とか、数が一杯書いてあって。下とか、上とか、意味が分からない言葉もあったし……」

そしてお喜多の声は、聞こえなくなっていったのだ。

「やだ叔父さん、舟を止めて。離れ過ぎたわ」

お奈々が大きな声を出したが、普段余り舟に乗らない吉之助は、上手くは操れない。お喜多はとにかく凄く困っているのだと、声を大きくした。それで屋敷にいた陪臣の九兵衛に、思い切って相談したというのだ。

「それで……」

舟は更に進み、お喜多達を置いてゆく。するとお奈々が櫓へ、手を出してきた。

「お奈々、何をする気だい？」

「このまんまじゃ、二人から離れちゃうわ。叔父さん、舟を岸につけて。で、二人にこの舟へ乗ってもらいましょう。そうしたら、ゆっくり話を聞けるから」

しかし吉之助は、姪に言われるまま、岸へ舟を寄せたりはしなかった。

「お奈々、おひろさん、あたし達はこれから、多々良木藩の中屋敷へ伺うところなんだよ」

今日は運ぶ荷が重かったので、遠回りをする事にはなるが、舟で来たのだ。

「多々良木藩へは、既にゆく事を伝えてある。相手は大名家なんだ。人を連れては行けないよ」

それでなくとも、今日はいつにない用件を抱えているので、吉之助は朝から緊張しているのだ。すると。

「多々良木藩……？」

この時、岸で舟を追ってきた九兵衛が、不意に声を出した。そして一寸（ちょっと）間を置いてから、櫓を握っている吉之助へ、岸から深く頭を下げてきたのだ。

「それがし菊岡（きくおか）九兵衛と申す。その、こうしてお喜多殿と共におるが、勿論（もちろん）我らは駆け落ち者ではござらぬ」

ただ九兵衛はお喜多より、尋常ならざる事を相談されたのだ。知らぬ素振りでいられず、二人で急ぎ屋敷を出る事になってしまった。

「尋常ならざる事？」

何事なのかと、吉之助とお奈々が声を揃（そろ）え、顔を見合わせる。だが何かを付け足して言う前に、九兵衛は急に土手の上の道へ目を向けると、顔を顰（しか）めた。行き来の少ない道にも、人の姿が見えてきたのだ。

「詳しい事を語る余裕は、今はない。外で話す事でもない。無茶を承知でお頼み申す。舟に乗せてはくれぬだろうか」

頼んでいる間にも、舟は先へゆく。吉之助は半泣きの顔になった。

（どうしよう。どうも奇妙な話だ。後で困るに決まっている気がするが……乗せるか？ 断って、お奈々達と喧嘩をするか？）

その時、九兵衛がお喜多の腕を摑んだ。

「駄目なら、このお喜多殿だけでも乗せてくれぬか。娘御達は顔見知りのようだから、出来たら庇ってやって欲しい」

「でも、でも、九兵衛様はこれからどうされるのですか？　私が相談をした為に、このような事になって……」

己の事は何とかすると言い、九兵衛はお喜多を岸辺に押しやるが、今度はお喜多が目に涙を浮かべて進まない。吉之助が更に困り果てたその時、お奈々が恐い顔で叔父に迫ってきた。

「叔父さん、どうするの？　乗せるか乗せないか、お二人へ、きちんと返事をしてっ」

姪のきっぱりした声が身を打ち、もう逃げられない。吉之助は櫓を握ったまま、大きく天を仰いだ。

2

隠居した先代藩主、大殿有月が暮らす多々良木藩中屋敷は、佐竹家二十万石の屋敷近くにある。五万五千石の中屋敷にしては広いが、それは田畑の間に、たまに大名屋敷の塀が見られるという田舎に、土地がある為だ。

大名家の塀は、家臣らが暮らす侍長屋を兼ねたもので、それが中屋敷の周りを囲んでいる。門の内には御殿が連なり、庭には軍鶏や鶉が暮らす大きな鳥小屋や、畑や池なども広がっていた。

それでも江戸市中にある上屋敷とは違い、隠居所は人も少なく、平素は静かなものであると、何度も中屋敷へ行った吉之助は承知している。そのせいか大殿有月も、いつもは気さくに振る舞って下さるのだ。

(なのに、どうしたっていうんだろうね……)

今日は何故だか、その大殿様の機嫌が悪かった。もっとも有月は部屋に現れると、連れのおなご二人へは、優しげな笑みを向けた。初めて、麗しいご尊顔を拝したおひろなど、ぽっと頰を染めている。だが吉之助へ目を向けた途端、大殿様は渋い表情を作ったのだ。

(何だか、恐いような)

菊岡九兵衛とお喜多は、結局舟へ乗せたものの、さすがに同道する訳にはいかず、川に止めた舟に残してきている。よって、その障りはない筈なのだが、いつも大殿様の側にいる筈の左源太の姿も見えないので、何とも心が騒ぐ。

おまけに御殿の主、真っ白な鶉の佐久夜が「ぽぽぽ」と低く鳴き、部屋をうろついているから落ち着かない。吉之助はとにかく、用件を切り出す事にした。

「その、お久しぶりでございます。大殿様にも味見をして頂きたく、東豊島村から、沢庵漬けを二樽持参いたしました」

今日は、お奈々の婿、岩井平十郎からの頼み事を抱えている。だから特に、手土産を奮発したのだ。

だが有月は、何故だか綺麗な面を嫌みに歪めたまま、上席から吉之助を見据えてきた。

(うわぁ、本当に機嫌が悪い……)

吉之助は早くも気がくじけそうになり、涙ぐんでしまった。しかしここで泣き出し、帰る訳にはいかない。

(小牧村との、日頃の付き合いは大事だ)

吉之助は必死に笑みを浮かべると、しゃんと背筋を伸ばし、連れを紹介する。

「その、本日同道いたしましたのは、お見知り越しの姪、お奈々と、その義妹おひろでございます。二人が、漬け物を運ぶのを手伝ってくれると言いましたので」

重い樽を運ぶのに、手代など男手ではなく、おなごを二人連れてきたのだから、妙な話ではあった。だが大殿様は、いつもは無茶も平気で笑い飛ばす。連れの事で不機嫌になるなど、吉之助は思いもしなかったのだ。

すると有月は、ここで恐いような笑みを浮かべ、そしてずばりと、吉之助の腹づもりを読んできた。

「吉之助、お主はそこな岩井家の娘を、多々良木藩へ武家奉公に出したいと願うつもりであろうが」

「ひえっ、な、何故お分かりに……」

図星を突かれ、咄嗟に頷いてしまうと、有月は溜息をつく。

「最近、豪農達は何を考えておるのだ。やたらと娘の武家奉公を願い出る者が多い」

しかも藩主が若く、まだ子のいない多々良木藩への願いはことに多いようで、望みが透けて見えて嫌になるという。

「見初められ男の子を産んで、大層な出世をしたいのかの。芝居の見過ぎだ」

申し出が山になり、今の藩主である太守の耳にまで届き、驚かれているという。それでおひろを連れて現れただけで、吉之助の望みを見抜かれてしまった訳だ。

「太守は、藩主となられた時に決まった婚礼話が、先般やっと調った所なのだ。奥方は里の藩より、女中を多く伴われた。今、新たな奉公人など要らぬ」

きっぱり言われて、吉之助は溜息と共にうな垂れる。するとここで、有月と話した事もあるお奈々が、遠慮もなく口を挟んだ。

「申し訳ございません。うちの亭主、平十郎が叔父に頼みましたの」

おひろには、村に幼馴染み(なじ)の相手がおり、平十郎も承知していた。なのに突然、嫁入り前に妹を、武家奉公に出すと言い出したものだから、お奈々は亭主の頭を疑った。それで今日、付いてきたのだという。

「話がまとまらず、ようございました」

吉之助は姪に顔を向け、眉尻(まゆじり)を下げる。

「でもお奈々、もし上屋敷へのお勤めが無理であった場合だけど。平十郎さんから、中屋敷でもいいから、奉公を願って欲しいと言われてるんだが……」

「おや、私でもいいからとは。いや参った」

有月がからからと笑いだし、お奈々とおひろが顔を赤くする。すると有月は、身を縮こまらせた吉之助へ、苦笑と共に事実を告げた。

「吉之助、小牧村の若名主へ伝えておけ。武家奉公で、万一殿様の手がついたとしても、出世話にはなかなか繋がらぬと」

「えっ……そうなのでございますか？」

「勿論この江戸の世、大名の寵愛(ちょうあい)を受け男子を授かり、お部屋様と呼ばれ出世した娘が、いなかった訳ではない」

だが本当のところは。有月がすっと目を細めると、佐久夜が「ぽぽぽ」と鳴き、主の膝(ひざ)に丸くなって座った。

「仮に、大名が屋敷勤めの娘へ手をつけ、子が出来たとする。その後だが……多々良木藩ならば、多分子が生まれる前に、江戸詰の家臣が娘を、妻としてもらう事になろうな」

つまり生まれた子は、皆が殿のお子と承知の上で、その家臣の子として育つ訳だ。そして長男であれば、そのまま家を継ぐ。

「おや……」

吉之助だけでなく、お奈々とおひろも目を見開く事になった。有月はさもなければと、別の場合を語る。

「生まれた子だけが、殿のお子として藩内で育てられる事も多い。子を産んだ娘は持参金を付けてもらい、余所へ嫁ぐ事になる」

大名家では、母となった娘が奉公人であった場合、こうなる事がままあるそうだ。

そもそも、側室が先に男の子を産んでいても、後から正室が子を産めば、そちらが長男となる。

「奉公人が夢を見る事は、なかなか出来ぬようになっておる。正直な話、側室が山といる大名家の話とて、昨今余り聞かぬな」

奥向きには金が掛かる故と言われ、大名家へ金子を貸している吉之助は、納得せざるを得なかった。何しろ多くの大名家が、かさんだ借金に困っていると聞いている。お奈々も、有月が語ったような話は考えていなかったようで、夢から覚めたような表情を浮かべた。

「お大名はお子が多く欲しくて、ご側室も沢山おられるものかと思っておりました」

「確かに、国には跡取りがおらねば困る。だがな、もし病や災難で亡くなる事がないなら、男子が、ただ一人いれば良いのだ」

有月はきっぱり言った。だから正室の長男は別格の立場となる。万一を考え、次男も時に御控様などと呼ばれ、それなりに扱われた。

だが大名家でも三男以下は、そうはいかない。大名、旗本へ養子に行く事が叶えば良いが、家臣への養子先さえ見つからないとなれば、部屋住みの身のまま、生涯藩が養っていかねばならない。姫を嫁入りさせるのにも、大枚が必要であった。そこに側室までが加わっては、一層かかりはかさむ。

「だから、娘さんにお手がついてお子が出来ても、あっさり側室にはなれないのですね。知りませんでした」

おひろは、自分には向かぬと首を振り、吉之助も横で頷くしかなかった。

(さて、期待して待ってる平十郎さんへ、どう話したものかな)

考え始めた、その時だ。吉之助達の話し声以外、それは静かだった御殿の廊下から、足音が聞こえてきた。

「おや？」

吉之助が思わず表へ目を向けると、顔なじみの御付人、左源太が部屋へ現れる。そして有月の側へ素早く寄ると、耳元で何やら囁き、その後、眼差しを吉之助へと向けてきたのだ。

「先刻、侍長屋脇の小門から、吉之助の連れだと言う二人が、屋敷内へと入り込んだ」

中屋敷には人も少ないからか、家臣出入りの門では、気が緩みがちらしい。いつもの大名貸しの連れだと言うので、ついうかうかと中へ入れてしまったのだ。

「だが、その内一人は、かぶりものをして頭を隠しておった。おまけに立ち居振る舞いが、どう見ても武家であった。しかも伴ったのは、若いおなごだ」

豪農の連れとしては妙だとして、二人は捕まった。今、小屋へ押し込められているらしい。

（お喜多さんと菊岡九兵衛様だ）

吉之助達が御殿に通されて間もなくの事だと、左源太は続け、吉之助は総身が震えてきた。待っていろと言い舟に残してきたのに、二人は吉之助達を追って、大名屋敷へ入り込んでしまったのだ。

（有月様は、その騒動を承知していたんだ）

それで部屋に現れた時、九兵衛達の事をおくびにも出さない吉之助へ、不機嫌な顔を見せた訳だ。ご自分の方から話を出さなかったのは、吉之助達の腹づもりを確かめていたのだろうか。

「あの、二人は確かにあたしらの連れです。ですが有月様、お屋敷の外で待っている筈だったんですよう っ」

「一体二人は、どこの誰なのだ?」

左源太に問われ名は答えられたものの、奉公先の旗本が誰だか分からず、おひろに尋ねたものだから、左源太が思い切り顔を顰める。吉之助が慌てて、二人を舟に乗せた次第を語ると、お奈々が横から話を加えた。

「お二人は尋常ならざる事があって、お屋敷にいられなかったと言ってました。誰かから逃げてる様子だったから……舟の中じゃ待てなかったのかもしれません」

「尋常ならざる事? どういう事だ」

有月から問われたが、表で話せる事ではないと言われ、訳を聞いていないと吉之助が白状し、また溜息をつかれた。ここで有月は立ち上がると、上座からわざわざ吉之助の眼前へ来て膝を突き、顔を覗き込んでくる。整った面だけに、それは恐かった。

「九兵衛は、何かから逃げていたのだな。なのに何故わざわざ、多々良木藩へ入ってきたのだろうな?」

大身の旗本に仕える身であれば、勝手に他藩の大名屋敷へ入り込めば、どうなるかくらい、分かっている筈なのだ。吉之助は必死に言い訳を考え、口にする。

「お喜多さんが、妙な書き付けを見つけたと言ってたからでしょうか。五十とか、百五十とか、二千とか、数が一杯書いてあって、意味が分からない言葉があったとか。有月様、早く誰かに、その事を聞いて頂きたかったのかもしれません」

確かその書き付けが、この騒動の元になった筈であった。

ただ。ここで吉之助は、ふと首を傾(かし)げる。

「でもそういえば、川岸で九兵衛様と話した時、変な事をおっしゃっていたような」

これから多々良木藩へ行くと口にしたところ、急に、熱心に舟へ乗りたいと言われた気がしたのだ。

「もしかして、たまたま多々良木藩邸へ入り込んだのでは、ないのかな?」

そもそも吉之助を訪ねようとしたのは、大名貸しとして縁のある、多々良木藩へ来たかったからだろうか。吉之助は、目をぱちくりとする。

「おや、今気がつきました」

「間抜け!」

有月は立ち上がると、遠慮なく拳固(げんこ)を振り下ろし、今度こそ吉之助は、頭を抱えて涙をこぼしてしまった。

「さあて、大身旗本の屋敷で、二人は一体何を目にしたのであろうな」

数が連なった書き付けとは、何なのか。その為、どうして屋敷を出ねばと考えたのか。その数は一体何を表していたのか。そして二人は何故、多々良木藩を目指したのか。

「分からぬ。厄介事が飛び込んできたぞ」

有月と左源太は、その厄介を伴ってきた吉之助を、揃って見下ろしてくる。吉之助は、思わず身を震わせてしまった。

(ああ、お喜多さん達を乗せたら、ただじゃ済まないと思ったんだ。やっぱり、とんでもない事になってしまった)

目にまた涙が浮かび、その後ろでお奈々とおひろが、身を小さくしていた。

とにかくお喜多と九兵衛は、多々良木藩で捕まり、あっさり放免して貰う事は、叶わなかったのだ。

3

吉之助は、お喜多と九兵衛が引き起こした件のおかげで、走り回る事になった。多々良木藩邸から帰ると、翌日にはまず、お喜多の家、三津尾家へ顔を出し、事情を話す。

「儀之助さん、お喜多さんと、同じ旗本屋敷にいらしたお武家様が、無茶をしました。あたしの連れだと言って、断りもなく多々良木藩へ、入り込んでしまいまして」

今、藩邸内にある、鳥を世話する者の為の小屋へ押し込められていると話す。儀之助は腰をぬかさんばかりに驚いて、あれこれ問うてきたが、吉之助には答えられない事が多かった。

「お喜多さんが、そんな無茶をした訳？　存じません。とにかく儀之助さんは兄上なんだ。あたしが間に入りますから、明日、多々良木藩へ行って謝って下さいな」

一方、おひろの兄、岩井平十郎にはまず、おひろの奉公は駄目になったと報告した。そして。

「そのお願いに舟で行った時、おひろさんがお友達を拾いまして。で、そのお喜多さんと、一緒にいたお武家が勝手に、多々良木藩の中屋敷へ入っちまったんです」

お喜多はおひろの連れだと言って、中屋敷へ入ったのだ。

「だから平十郎さん、妹を武家奉公させたいなら、一緒に多々良木藩へ行って頭を下げてくれませんか。おひろさんの為です」

そして騒動から二日の後、儀之助や平十郎、それに詫(わ)びの品を持った奉公人達を連れ、吉之助はまた多々良木藩中屋敷へ向かった。吉之助も腹をくくり、甘藷飯(いももめし)もちゃんと持参している。

（やれやれ、今日で騒ぎが収まればいいが）

大名家の門をくぐった所で、産物を持たせてきた村の者達は、門近くに留め置かれた。

三津尾家の儀之助は御殿へ入ったものの、妹が心配なのか、御殿が連なる大名家中屋敷が慣れぬ為か、ずっと落ち着かない。

一方平十郎はおひろの奉公の件で、昨夜、お奈々から小言を喰らったらしく、眉間に皺を寄せていた。通された部屋で、儀之助が大名家の作法を小声で問うても、仏頂面であった。

「儀之助さん、お大名の事なら私より、三津尾の親戚、六之川さんに聞けば良かったんですよ。両替商で大名貸しだ。六之川は禄を貰っており、並の町人とは違うと噂を聞きましたよ」

すると儀之助は、頬を膨らませた。

「そんな事言ったってぇ。おれは亡くなった三津尾の、妻の甥だぁ。つまりちょいと前まで、並の百姓なんでねぇ。その上六之川も、上方にいた息子へ代替わりした所だし」

両家で始めた商いの事があるから、一応三津尾と六之川は挨拶を済ませてはいる。しかし三津尾よりぐっと金持ちの両替商、六之川は随分態度が大きいと、儀之助は嫌そうに言った。

「だから今度も、親戚なのに泣きつけなくてぇ。嫌ぁな顔、されるのがおちっていうか」

「へえ……やっぱり、お武家待遇の大名貸しは、尊大なんですね」

平十郎が益々眉間の皺を深くした時、大殿有月様自身が、広い部屋の上座に現れたので、吉之助は驚いた。今日は、詫びの言葉を申し上げに来ただけであり、大殿様がおでになる事は、ないと思っていたのだ。

一同へ声を掛けたのは、左源太であった。

「一昨日、東豊島村の名主高田吉之助達が、当、中屋敷を来訪した。その折り、三津尾家当主妹喜多と、旗本陪臣菊岡九兵衛が連れだと騙り、勝手に当屋敷内へ入りきたった」

大名家へ許しなく足を踏み入れるなど、やってはならぬ事だと、左源太の声は厳しい。左源太によると、お喜多と九兵衛は、鶏などを世話する者の為の小屋で、別々の部屋に入れられたらしい。

ここで儀之助が、畳に額ずいた。

「も、申し訳ないこって。考えの浅え娘っこのやったこって。深くお詫びいたしますんで、ご勘弁おねげえします。この通りです」

左源太は頷き、次に平十郎へと目を向けた。

「名主平十郎、喜多は、お主の妹ひろと親しいそうだ。喜多は旗本屋敷を勝手に抜け出し、当藩へ入り込んだ。お主は事を承知しておったのか」

「と、とんでもございません」

平十郎は急ぎ、お喜多とおひろは、あの日たまたま出会ってしまっただけだと言い立てる。左源太は、更に一つ問うた。

「昨今、武家奉公を願う豪農が増えておる。平十郎、お主はいかなる考えで、妹ひろの奉公を願ったのか？」

「それは、その……礼儀作法を心得、おひろに良き縁を得て欲しいからで」

しかしおひろには、村に相手がいるのではと左源太が訝っても、平十郎は己の考えを繰り返した。

「少しでも幸せにしてやりたいのが身内、兄でございます。妹には既に親がおりません。私があれの事を考えてやらねばと思います」

左源太は頷いたものの、今日の有月は無言で、それが吉之助には何とも落ち着かない。大殿様へお許しを願おうか迷った、その時。左源太は、とんでもない事を言い出したのだ。

「今回の件に関わりの者へ、知らせておく事がある。儀之助の身内、喜多と菊岡九兵衛は、昨晩小屋に入れられていた。するとその小屋から小火が出たのだ」

「は？　火事ですか？」

吉之助と儀之助、それに平十郎が顔を見合わせる。左源太によると、小屋では元々、寝泊まりする事はないらしい。それで、二人へ分厚い掻い巻きを渡しはしたが、用心の為、火鉢も蠟燭も運ばなかったという。

「火の気はなかった。戸にも窓にも、閂が掛かっていた。なのに何故燃えたのか、当家にも分からぬ」

儀之助が、しゃがれた大声を上げた。

「おっ、お喜多っ。妹は無事ですか？」

「火が出た時、直ぐに藩士が駆けつけた。戸を開け放ち、火を消しに掛かったのだ」

小さな小屋だが、大騒ぎとなったらしい。

「半分程焼け落ちて、火は消えた」

そして。

「気がついたらな、お喜多も九兵衛も、火事場にいなかったのだ」

「は？」

「安心しろ。焼け跡には、小屋の燃え残りしかなかった。つまり、誰も焼け死んではおらん」

小火で小屋が開けられたので、二人はこれ幸いと、藩邸から逃げ出したのだろうと、左源太は続けた。つまり多々良木藩は、不届き者に逃げられてしまったのだ。

そして。

「小火が出た事を声高に言うのも、当藩の為にはならぬ。お喜多の身元は分かっておる。

三津尾、二度と不埒な事をしてはならぬぞ」

「も、勿論でございます」

どうやら多々良木藩は、事を大きくする気はないようで、吉之助は一瞬、ほっとする。

だが直ぐに顔を上げると、左源太へ問うたのだ。

「それで……お喜多さんは、今、どこにいるのでしょう？」

「当藩が、知る訳がなかろう」

「………」

勿論、それはそうに違いない。だが。

（儀之助さんが心配してるって事は、お喜多さん、三津尾の屋敷へは、戻っちゃいないよな？）

この中屋敷と三津尾家は、随分離れてはいる。しかしおなごでも一晩歩けば、十分行き着く筈であった。

（逃げ出した旗本屋敷へ、戻った筈はないし）

九兵衛とて、主家を飛び出しているのだ。親の家へ、関わりの薄いお喜多と共に行ったとは、考えづらい。

「妹は、どこに行ったんだ？」

儀之助は呆然として、縋るように平十郎を見たが、首を横に振られた。

「うちに来るんなら、三津尾の家へ戻ってるよ」

「そりゃ……そうだが」

結局、有月は一言も口をきかず吉之助達はひたすら頭を下げ、多々良木藩を辞す事になった。門の脇から出ると、大きな不安を抱えた儀之助が、ぼそぼそとつぶやいているのが、吉之助の耳に引っかかる。

「親兄弟まで、必ず出世出来る方法があるって言うから。だからぁ、その気になって、妹さ武家奉公に出したら……この始末か」

妹は、どこへ消えたのか。村から出したりせず、さっさと嫁にやっておけば良かったと、儀之助が繰り返しつぶやく。

吉之助は、暫く慰めながら歩いていたが、程なく道を分かち、二人の背を見送る事になった。

4

多々良木藩中屋敷の、夜は暗かった。

空の月は細く、星明かりが頼りの夜だ。そんな中、御殿のある部屋では小さな声がしていた。

「大分遅くなってきた。そろそろ丑(うし)の刻(こく)参りの者とでも、鉢合わせしそうな刻限だな」

その部屋からは、いつぞや吉之助が寝かされていた庭にある小屋を、見る事が出来た。表廊下の雨戸は既に立ててあるが、今日はその戸を僅(わず)かに開け、内から眺められるようにしてあったのだ。

「有月様、本当に誰かが今宵(こよい)、中屋敷へ入り込み、そこの小屋へ来るんでしょうか」

灯りもない部屋内で、有月へ話しかけたのは、村に帰らず戻ってきた吉之助だ。左源太の横で、有月は分からぬとあっさり言った。

「だが、お喜多が見つけたという書き付け。それが本当に厄介なものであれば、来るだろうな」

事が本当に、二人が出奔(しゅっぽん)せねばならぬ程、とんでもないものだとしたら。勿論、二人を黙らせたい者が、いるに違いない。

「だが、お喜多と九兵衛は、行方(ゆくえ)知れずだ」

そうなると、多分気に掛かるのは、二人が多々良木藩で、何を喋(しゃべ)ったかという事だろう。だが今はそれを、確かめるすべがない。

いや、ない事になっている。

「私なら疑うな。大事を知ってしまった二人が、せっかく入り込んだ藩邸から、あっさり逃げ出したという話を」

だからこの藩邸に、まだ二人がかくまわれているのではないかと疑う。本当に小火などあったのか、どうかを疑う。

「何しろ、お喜多が見たものは、本当に剣呑なものかも知れぬからな。それを聞いて、九兵衛が考えついた事は、屋敷から逃げ出す程恐ろしいものだった」

表からの僅かな星明かりを受け、そう話す有月が、真っ直ぐ、小屋を見つめているのが分かる。

そして、ここで懐から書き付けを取り出し、僅かな星明かりが届く畳へ置いた。

「お喜多が屋敷で見つけたという、妙な書き付けの中身を、書き出してみたものだ。九兵衛にも、数字を見てもらっている。かなり確かなものになっているだろう」

聞いていた通り、書き付けには、五十とか、百五十とか、二千とか、数が一杯書いてあり、吉之助にはとんと訳が分からない。

「下とか、上とか、意味が分からない言葉もありますね」

すると有月と左源太が、一寸顔を見合わせた後、揃って笑った。

「そうか、吉之助は道場へ来ていたが、こういう話の事を、本気で考えた事はなかったのだな。私はすぐ、気づいたぞ」

「はい？」

「この数字、以前私が耳にしたものと、似ているのだ。何かというとな、武家の株を買う為の、値段と似ている」

「お武家を……買う？」

とんでもない話が出てきたと思い……しかし吉之助は、その言葉を呑み込んだ。ようく考えてみれば、軽い身分の武家へ、持参金付きで養子に行くという話を、結構耳にしていた気がしたのだ。

書き付けには数が一杯書いてある。二人にじっくり思い出して貰ったのか、吉之助が以前聞いた事より多くが書かれている。

数字の横に下とか上とか、言葉が並んでいる。それ以外にも数字の横に、たい、は、よ、ご、平という字がある。かなり離して、やなぎ、かり、きく、大という字も書かれていた。こちらの横には数字はない。

吉之助が驚いたのは、紙の隅に〝多々良〟の字が書かれていた事だ。

（もしかしてこの字を見たんで、九兵衛様は多々良木藩へ行きたがったのか？　事の委細を知ってる者が、ここにいると思ったのかね）

「私は兄を大勢抱えた身だったのでな、養子の値には興味があった。今は陪臣でも、九兵衛も多分、長男ではなかったのだろう。この値を、知っていたのだ」

以前、次男以下の冷や飯食いが集まっていた道場でも、武家の身分は、売り買いされているという話を、よく耳にした。

勿論、家格を金でやり取りした事を、おおっぴらに言う事は出来ない。さすがに、世に知られたら、家が潰れる。だから金がやり取りされた後、表向き養子という手続きが取られるのだ。御家人株などと言い、生まれの身分を越え武家の家格を売り渡す事が、今は珍しくもなく行われていた。

「〝ご〟の横に二百とあるのを見て、〝御家人〟株は二百両くらいであったなと、思い出したのだ」

禄によって値は上下する筈と聞いていたので、書き付けの中の、上下の字も、納得がいった。左源太も頷く。

「俗に、同心が二百両程、与力であれば千両出せば、養子になれると言われております」

〝平〟とあるのは、平士の事か。こちらは百五十の横に、上下の字が書いてある。有月は頷ける値だという。

ここに付けられた金を得る為に、家を他人へ渡してしまう武家がいるのだ。そして、この値を出せない次男、三男も、この世に多い。小屋から目を離さず、そう話す有月の声は、酷く静かだった。

「多分、そう思いついた所で、九兵衛は恐くなったのだろう」

何故ならその書き付けには、〝家〟という字も、書かれていたからだ。有月の眉間に、一瞬しわが刻まれた。

「九兵衛のいた大身旗本では、ある噂があったそうだ。何と江戸屋敷では最も地位の高い家臣、江戸家老が、その家格を金で売る気だと」

「えっ？」

驚いて、吉之助の口から思わず小声が出てしまった。慌てて、口を手で押さえる。

（そ、そんな事があるんだろうか。いや、この話を、あたしが聞いてもいいんだろうか）

しかし構わず、有月は話を進めてゆく。

「私も九兵衛から話を聞いた時、まさかと思った。家老職では、周りの者達が、身内の事まで知っていよう」

親戚まで含めれば、家老の家に、跡取りになる男子が、一人もいないとは考えにくかった。つまり。

「下手に他人から養子を取ったら、疑われかねん立場だな。大身旗本の家老だと、他家の者にまで、色々知られている事だろう」

万が一無法をして、旗本の家の柱ともなる家格を、金の為に売り払ってしまったら。

そしてその事が、お上へ知れたら。

「主家が取り潰されても、驚かんな」

売りました、買いましたで済む話ではなかった。

「九兵衛は書き付けを、本物でなければいいと思ったのだそうだ。しかし噂されていた金高と、書いてある数字が、ぴたりと一致したとか」

家老職の値を記した書き付けが、旗本の屋敷内にあったのだ。噂は真実であろうと考えた。

「そこで九兵衛は……もう屋敷にはいられなくなったという訳だ」

剣呑な書き付けを見てしまった。意味を知ってしまった。九兵衛が承知している事を家老が知れば、九兵衛をそのままにはしておくまい。お喜多も危うい。二人は、命が危ない事を知ったのだ。

「九兵衛は逃げた。そして途中、吉之助と出会い、多々良木藩の中屋敷へ、逃げ込んだという訳だ」

有月が、ふと笑った。

「さて家老は、突然いなくなった九兵衛達と、己の売買の話を、結び付けて考えるだろうかな」

若い二人の事は、男とおなごの情の話として、放っておくだろうか。それとも、どこまで話が漏れたものか、必死に探ってくるものか。そして、もう一つのやり方は。

「家老はきっぱり、売買など諦めるかもしれぬ。そうなったら、こちらはもう、手も足も出ぬ」

　とにかく、家老職を売る件は、今晩答えが出るに違いない。お喜多は早々に屋敷へ帰れる。もし、今の家にいるのも拙ければ、兄の儀之助は、遠方へ嫁にやる事を考えるだろう。

　そして有月も、知らせを待っているお方へ、会う事が出来る筈であった。

「ならば儀之助さんは、安心出来ますね。あたしも、ほっとします」

　この件が終わってくれれば、有月に、これ以上叱られずに済む。吉之助が頭を掻くと、有月は口の端をくいと引き上げた。

「ほっとする事は、まだ出来ぬかも知れぬな。何故なら書き付けには、もう一つ、字が書かれていた」

「はい？　字、ですか？」

　吉之助が首を傾げたその時、左源太がさっと書き付けを掴むと、懐へ入れた。暗い庭から、微かな物音が伝わってきていた。

5

「来た」

有月の小声を最後に、部屋は静まる。

じき、暗い部屋の内で、吉之助はぴくりとして顔を上げた。夜の中、多々良木藩中屋敷の庭に、足音が近づいていた。

辺りが闇に沈む中、屋敷の塀の上を白い鳥が舞い、それを見かけたのか、怯えたような声がした。

「燃えたっていう小屋は、こっちか？　吉之助さんは、こっちだって言ってたよなぁ？広すぎて、分かりゃしねえ」

足音は更に近寄ると、庭内にある小門の前で、行きつ戻りつを繰り返す。やがて門が開き、人が奥庭へと入ってきた。

「何とぉ。平十郎さん、今時の大名家は、門を閉めておかないもんかねぇ。さっき、表の戸も開いてたよなぁ」

長屋塀脇にある小木戸を、わざとらしくも開けておいたのは、有月だ。それでは疑われて誰も入ってこないのではと、吉之助などは思ったが、見事にやってきた者がいた。

しかも、それは……。

「儀之助さん、いくら何でも、妙だ。ここは引き返すか？」

すると儀之助は、一人でも、お喜多に会いにゆくと言ったのだ。

「火事があって、お喜多は逃げ出したって事だけど。こんなに奥にある小屋から、どうやって逃げたんだ？」

多々良木藩から家に帰り、儀之助は言われた事をよく考えてみた。けれどそれは、何ともおかしな話に思えてきたのだ。何より逃げたというお喜多が、家へ帰ってこない。

「もしかしたら……火事でお喜多は、亡くなったんじゃなかろうか」

しかし余所の村の者が、大名家の藩邸内で焼け死んだというのは、拙いに違いない。だからお武家は、お喜多の遺体を返さないのではないか。儀之助には、そう思えてきたのだ。

お喜多は若かった。一緒に押し込められていたお武家も、やはり若い方だったという。二人が逃れたのであれば、その後、行方知れずとなる筈がないではないか。

「おれぁ……お喜多を取り戻す！」

本当に、早く嫁にやっておくべきだったと、儀之助は繰り返している。

「実は実は、火事の時、お喜多達は小屋内で縛られていて、逃げる事も出来なかったんじゃないか？」

もしくは、本当は殴られでもして死んだのを誤魔化す為、たいして惜しくない小屋へ入れ、火を掛けたのではないか。小屋を目ざしつつ、儀之助のつぶやきは、段々、剣呑なものになってゆく。

「それで、この広い庭のどこかへ、お喜多はもう埋められていたりして」

儀之助は歩きつつ、何故だか妙な方へと逸れてゆく。だがじき引き返してくると、広すぎて分からないと言い、大胆にも提灯を掲げ、首を傾げ庭へ姿を現したのだ。

その光を受け、横で平十郎が、渋い顔をしているのが分かる。平十郎は、更に腰が引けているように見えた。

「ああ、場所が分からねえ。なあ平十郎さん、開いていた門が気にくわねえなら、帰るのは構わねえ。だが小屋の場所だけ、一緒に探しちゃくれねえか？」

儀之助の心細そうな声と、溜息が聞こえた。すると提灯の灯りが増え、二つが庭をふらふらと漂う。

「気にしないでくれ。おれだって、小屋は見ておきたいからね。九兵衛の居場所を知りたいんだ」

（おやま、何で平十郎さんが、九兵衛様の事を知りたがってるんだ？）

吉之助が首を傾げた時、灯りは小屋の方へと、揃って向かった。そして。

「おや、これは驚いた」

このとき有月と左源太が、顔を見合わせ立ち上がった。吉之助には分からなかったが、二人は夜の中に、更にもう一人、人の姿を見つけていたのだ。

「やれやれ。こりゃ、思いの外の者が、来てしまったようだな」

「さて、どういたしましょうか」

そこへ、戸惑う儀之助の声が、聞こえてくる。

「小屋はあるが、燃えちゃいないよ。ありゃ、ここじゃなかったのかね」

平十郎の声が続く。

「大きな鳥小屋が側にあるから、吉之助さんが言ってた小屋は、ここだ。つまり……どういう事だ？」

ここで吉之助が困ったような顔をして、有月達へ目を向ける。すると暗い部屋の中で、大殿様は何故だか、うっすらと笑ったように思えた。

「吉之助、あの二人に、事情を伝えてこないか？　別に入って来た者のことは気にするな。ああ、火事がなかったという事は、言っても構わぬ」

だがお喜多達が今、どこにいるかは、知らせてはならぬと言われ、吉之助は頷くと立ち上がった。

（有月様は、どうしてそれをまだ、隠しておきたいのかね）

足音を隠さず、庭へと向かえば、提灯の灯がこちらへ向いてくる。直ぐに吉之助と分かったようで、近づいてきた。

「吉之助さんだ。御殿にいたのかい」

「何で今頃、大名屋敷にいるんですか？」

吉之助はへへへと笑うと、火事などなかった事を、二人へ告げた。

「その……大殿様は、屋敷へ入り込んだ二人を、早くに解き放って下さったのだ。ただ、ね」

やってはいけない事をした者達を、訳もなく放つなど、上に立つ者は、してはいけないのだ。だから。

「まあ、二人が無事出ていった、訳を考えたというところかね」

「何と」

二人は一瞬、納得をした様子になる。ただ儀之助は、それならばお喜多は今、どこにいるのかと、吉之助に詰め寄った。吉之助が困って、思わずもごもごと、小声を出してしまった。

その時。いきなり御殿の板戸が引き開けられたと思ったら、左源太が現れたのだ。そして、驚いた吉之助が何を言う間もなく、庭の茂みへ飛び込んでゆく。

途端。

がっという重い音と共に、左源太が弾かれたように、一瞬後ろへ下がった。

「えっ？」

左源太が押される所など、見たのは初めてで、吉之助は思わず相手の姿を求め、闇へ目を凝らした。しかし影すらしかとは見えず、左源太は暗闇の向こうと、しばし睨み合う。

（一体、どういう者が入り込んだんだ？）

左源太は強い。それは稽古で身につく強さというより、人より何かで秀で、一生を己の手で何とか成していこうという、意志の強さのように吉之助には思えていた。

そういう点では、太刀筋は全く違うのに、有月の強さと似ているのかもしれない。二太刀目が合わされる事なく、左源太は闇を睨んでいる。睨み続けている。そして。

有月も姿を現した途端、張り詰めた糸のような緊張は、庭から消し飛んだ。賊が逃げたのだろう、左源太が駆け出し、有月の目が、その背を追う。

「この暗さだ。追いつくのは無理かな」

さて、何者かなと、有月は鋭い眼差しを、庭の向こうへ向けている。どうやら豪農達が、おずおずと奥へ入り込む後を、闇に紛れ込み付いてきた者がいたらしい。

（ということは……数字の書かれたあの書き付けは本当に危ないものなんだ。九兵衛様が、考えた事は、当たってるのか）

お喜多達の行方を話すなと、今し方言われた訳が分かった。二人は、闇の中に来た者が、お喜多達を捜しにきたと思っているのだ。

「さて、一人は逃がしたか。だが他の二人は、どうしようか」

そもそも、お喜多達は大名家へ勝手に入り込んだ故に、捕らえられたのだ。なのに儀之助、平十郎までが、懲りずに入り込むとはどういう事かと、有月は二人を見据える。

提灯の灯りが動き、平十郎はそっぽを向いた。そして儀之助は、大殿様を前にし、呆然と言った。

「でんもぉ、門、開いてましたんで」

「おお、それは確かに」

有月が苦笑いを浮かべた。それから豪農二人へ、心配せずともお喜多達は無事だと言う。ただ。

「平十郎、何故九兵衛の行方が気になるのか、まずそれを話してもらおう。儀之助へお喜多の行方を知らせるのは、その後だ」

有月が言うと、儀之助と吉之助が目を見開く。そして親しい豪農の姿を見つめた。

6

吉之助は、己の持ってきた甘藷飯が、中屋敷で出された御膳に、何で今日も載っているのか、さっぱり分からなかった。

昼時ではあるし、佐久夜と大殿様が、百姓家でも珍しくはないその飯を、好まれているとは承知している。だがしかし。今、吉之助が通されているのは、いつもの部屋ではなく、客用の立派な一間であったのだ。

そして何故だか以前お会いした、とんでもなく偉いお方も、その甘藷飯を金蒔絵の膳で一緒に召し上がっていたのだ。そういうお方が座にいる為か、有月が芋を一つ懐紙へ取り分けているのに、佐久夜は巾着から出てこない。給仕は左源太がして、他は人払いされているのも恐い。吉之助は、立派な膳を頂いているというのに、それを味わえないでいた。

すると。食事時の何気ない語らいを装って、客が先日の件について話し始めた。

「急な呼び出しだ。何ともややこしい事があったそうだの」

貝がたっぷり入った汁を美味そうに口にしながら、客人はそれとなく聞いてくる。有月の返事は短いものであった。

「加賀守様、お知りになりたければ、〝あれ〟をお返し下さい」

「ほお、何の事かな」

「私を殺した〝あれ〟です。分からなければ、話はここまでといたします」

後で困っても知りませんよと言いつつ、有月はしれっと膳のものを食べている。吉之助は一層緊張し、甘藷飯が喉につかえた。

(ころころ変わるって話の、官名で呼ばれてたって、さっぱり分からないけど。このお方……御老中で、あらせられるんだよね?)

なのにどうして今日、己がこの座に並んでいるのだろう。

（おまけに……有月様を殺した〝あれ〟って、何だ？）

するると、答えを吉之助へ示すかのように、加賀守が懐から書状を取り出す。左源太が受け取り、直ぐに有月が懐へと入れた。しかしそこへ加賀守が、一言添えた。

「以前は、御身の兄からの書状、その一通しか見せなんだが」

実はまだ他にもあると、加賀守はあっさり言う。

「病で先のない身だというのに、御身へ藩主の座を譲ったのが、余程気にいらなんだようだ。いや、残される側室の清心院と御身の関係が、気になって仕方がなかったのかな」

だから有月の兄は死ぬ前に、幕府の中心にいる加賀守へ、二人の不義を訴える書状を出すという、一度は藩主となった者なら、やる筈もない事をした。藩政治まらずという事で、改易や所領替えになりかねない口実を、幕府へ与えてしまったのだ。

「今の若き多々良木藩主の母御は、幕府親藩の姫御だ」

よって多々良木藩は、まだ若い有月が隠居し、次の藩主を立てる事で事を収めた。確かに有月は、藩主としての身を亡き者にされたと言っても良いなと、加賀守の言葉が続く。

（つまりそんな事があったんで……こんなにお若い隠居大名様となった訳だ）

それで有月は書状の事を、己を〝殺した〟ものと言った訳だ。芋が本気で吉之助の喉に引っかかり、苦しい。

「お主の隠居であの件が済んだ事に、礼を言って欲しいくらいだ。わしが前藩主の乱心だとして、事を収めてやったのだぞ」

だから。

「何があったのか早く言え。こちらの意に添う筋書きも、添えられているのだろうな」

「他のものも、頂きたい」

「話の後だ、有月！」

有月がようよう箸を置く。語り始めた。

「先日、豪農から旗本へ武家奉公に出た娘と、そこの陪臣が、屋敷から抜け出しました。いえ、手に手を取っての出奔ではございません」

吉之助には、三津尾家のお喜多が関わったあの話だと分かった。吉之助が呼ばれたのは多分、身内や知人、豪農が関わっているからだ。確かにあの一件はまだ、中途半端なままになっていて、吉之助も気にしていた。

「二人は旗本屋敷で、奇妙な書き付けを見たそうです。それには、書き付けを目にした陪臣、九兵衛という者が蒼ざめるような事が、書かれておりました」

つまりその紙が元で、二人は屋敷にいられなくなったのだ。その出奔騒ぎ自体は、有月が内々に事を収めた。加賀守が関わるのはこちらだと有月が言うと、ここで左源太が皆の前へ、その書き付けを広げる。

　吉之助は既に、それを目にしていた。

「この書き付けは、お喜多という娘が奉公先の旗本屋敷で見つけ、九兵衛と共に見たものです」

　似せて書いた品だが、ほぼ同じだと左源太は言う。

（そういえば有月様は、あの書き付けに、まだ気になる事が、おありのようだった）

　その話も途中になっていたと、吉之助は今更気がつく。そして、もう一度書かれている数字へ目を向けると、有月が加賀守へ、五十とか、百五十とか、二千とか、剣呑な書き付けの数字を示していた。

　加賀守が、数字と、その横の字に首を傾げる。

「わざわざ見せたのだから、余程大事な数なのだろうな。何なのだ、この書き付けは」

　すると有月が苦笑を浮かべ、やはり御身には、お分かりになりませんかと、加賀守を見る。

「若い頃、私達は、剣術道場へ通っておりました。次男以下の、冷や飯食いが集まっていた道場でしたが、そこである事を耳にしました」

　低い武家の身分は、売り買いされているというのだ。すると、加賀守が頷く。

「ああ、それくらいは、ご承知でしたか」

生まれの身分を越え武家の家格を売り渡す事が、今は珍しくもなく行われている。ただ。

「大身旗本の屋敷で、最も地位の高い家臣は、家老です。その方が、家格を金で売る気になったのは、拙うございました」

「それが、今回有月が関わった騒動か。ついに、大身旗本の家老職まで売り買いされたというのか」

加賀守は、唇を引き結んでいる。吉之助は、身を小さくした。

（そ、そんな話を、あたしが聞いてもいいんだろうか）

しかし構わず、有月は、細かい事情を話してゆく。

「九兵衛はその事を知り、己の身が危ういと逃げました。そして多々良木藩と関わり、命を拾ったという訳です」

しかし。

「武家の家格売買は、加賀守様もご存じであったように、今時珍しくもありませんな」

大身旗本の家老が、その身分を売れば、加賀守は眉を顰めるに違いない。だが、これしきの事で有月に呼び出されたかと、後で文句を言うだろうとも思うのだ。

「おや、お主はそう思うのか」

勘が良いなと言われ、有月は口元を歪めている。吉之助は胃が痛くなってきた。

「だが、話はここで終わりません。家老職が、売りに出されている。その事は、納得して頂けましたよね？」

つまり、これらの話は、本当なのだ。そして、だ。

「この話には、続きがあるのです」

書き付けには、まだ字が幾つも残っていた。加賀守が急ぎ紙を覗き、目つきを鋭くする。

「千両以上となっておる〝は〟は、旗本か。そういえば……まあ、旗本にも色々あるからな」

御家人と変わらぬような小さな旗本も、いないではない。加賀守は紙を睨む。だが。

「〝たい〟は、二万両超えから購(あがな)えるらしいぞ。これは、大身旗本自身の事ではあるまいな？」

静かに話しながらも、加賀守のこめかみに青筋が浮かんでいる気がして、吉之助は座っているのが辛(つら)くなってきた。

（本当に……こんな話を聞いて、あたしは無事でいられるんだろうか）

するとここで有月が、首を出した佐久夜を撫(な)でてから、更に恐ろしい事を言い出したのだ。

「大身旗本で怒っておいでですと、書き付けの他の言葉の意味は、まだ分かっておられぬようだ。まあ、考えたくもない事でしょうが」

言われて加賀守は、眉間にくっきりと皺を寄せる。それから紙にある、〝やなぎ〟や〝きく〟、〝大〟の字を見つめた。

「この字を名に持つ者達が、話を受けようとしておるのか？　もしや既に、入れ替わっておる者の名ではあるまいな」

「いえ……奇妙な養子縁組の噂は、まだ聞きませぬ。一応今は、その心配はないと思われますが」

ただ、この話は九兵衛が考え怯えた事より、もっとずっと大きな話であったのだ。

「大身旗本の家老職は、陪臣身分。その売買の話を確かめるにしても、いきなり家老の主と会う事は叶いませぬ。ですから私は、諸事に詳しい各藩の江戸留守居役と会い、噂など聞けぬものかと考えたのですが」

「……が？」

有月が言葉を切ったので、加賀守が身を近づけるようにして、先を促す。有月の秀麗な面に、厳しい表情が浮かんでいた。

「その時、〝やなぎ〟や〝きく〟、〝大〟の字の意味が、分かりもうした」

それは。

「江戸城中での、大名達の伺候席の名だと思われます。石高や家格、譜代、外様などで分かれている、控席の部屋の名ですよ」

「は……？」

惚けた声を出したのは、加賀守であった。

「そこもとは、もしや……大名の身分すら、売りに出されていると言いたいのか？」

「これから売り買い出来るようにしたい。そう思っている者がいる。まだ、そこまであると思いたいですな」

今はまだ大名家から、妙な相続の噂は聞いていない。よってこの事はまだ、成っていないと思われた。

有月がそう言ったところ、加賀守が大きく息を吐いてから顔を赤くし、出来る筈がないと言い切る。

「大名家の血筋でない者を、どうやって、誰が主に迎えるというのだ。売る？　それこそ幕府に知れたら、取りつぶし間違いなしだわ」

すると、その声がうるさかったのか、巾着から佐久夜が顔を出し、「ぽぽぽ」と剣呑な声で鳴き始めた。有月がひょいと手に取り、膝へ乗せる。

有月はここで加賀守へ、これは己の勝手な思いつきだと断ってから、ある話を始めた。

7

「噂を聞きました。吉之助達豪農の間では、昨今、娘を武家奉公へ出すのがはやりだとか」

吉之助は名を呼ばれ、危うく飛び上がりそうになった。有月は隣の者へ、豪農の事を調べていたなと、言葉を続ける。大名貸しが関わっていたからだが、思わぬ話にも、繋がっていた訳だ。

昨今の豪農の娘達や大商人の娘らは、大名家などへ行儀見習いに行く。そして、だ。

「もし大名の家格が、大金で売られたとしたら、ですね」

買った者の娘は、奉公に出た先で、直ぐ殿様の目に留まる事になる。

「ええ、そこで不思議と、その娘はすんなり側室になれるのです。昨今では、珍しい話ですな」

その後、更に珍しく、娘の親族も家中へ迎えられるのだ。しかも殿と繋がりがある者として、かなり良き身分に迎え入れられる。ここで町人、百姓が侍に化ける。

加賀守の目つきが、身を引きたくなる程、剣呑なものになった。

「それから侍になった本人か息子が、殿の身内などの養子になります」

何しろ側室の身内だ。奇妙ではない。

「それから今度こそ本丸、大名本家への養子縁組という、手筈になると思われます。つまり、大名の親類が大名になるだけ。そういう形になる訳です」

加賀守が声を失って、ただ有月を見つめる。吉之助は儀之助の言葉を思い出し、小さく「あっ」と声を漏らしてしまった。

「そ、そういえば、言ってる者がいました。〝親兄弟まで、必ず出世出来る方法がある。だから妹を武家奉公に出せと言われ、その気になった〟と」

つまり儀之助のつぶやきは、そういう話だったのだろうか。ここまで大きい話だと、豪農達は本気で考えていたのか。少なくとも三津尾と平十郎は、話に絡んでいると知り、吉之助は着物を握りしめた。

（いや……信じた者はいたんだ。話を知って、恐いと思った者もいた筈だ）

随分前から有月が訝って、調べていた事だ。その調べと豪農が亡くなった事が、吉之助と有月の縁を繋げたと言ってもいい。多分、うっかり剣呑な話を詳しく知ってしまい、断ったあげく、命を縮めた豪農がいたのではないか……。

（く、首が幾つあっても、足りない気がする）

恐い、恐い話であった。

「それでも大藩であれば、大名家の売り買いは、信じられぬ話ですが。しかし昨今、数万石にも満たぬ藩の中には、借金が積み重なり、本当に苦しい所も多いと聞きました」

大名貸しからの借り入れがかさみ、藩士からの俸給借り上げ、つまり俸給金の減額が続いている。そしてその借金すら、これ以上大名貸しが続けてくれるかどうか分からない程、膨らんでいるのだ。

「藩が本当に危ないとなった時、皆が、藩主の家格を売る事を否と言うかどうか」

一国を傾け、もし幕府へ返上するとなれば、その藩主に明日があるとは思えなかった。勿論藩士達の目の前には、浪々の日々が迫ってくる。潰れた藩の藩士に、今、次の仕官の当てがある筈もなかった。

「そんな事になるくらいなら、藩主と家臣一同、お互い承知の上で、家格を大金持ちへ売ろうとするかもしれませぬ。金持ちから養子を取り、藩主の首をすげ替えてしまった方が、全てを失うよりも良いと思う。そういう所が出てきても、おかしくないかと」

まあ、藩の借金を肩代わりする事になろうから、余程の大金を藩へ積まねばならぬだろうが。だが全くない話ではなかろうと、有月は思ってしまったのだ。

しかし。

「絵空事だ!」

立ち上がった加賀守が言い切った。その目は、光を放っているかのようであった。

「古くから土地を守ってきた名家の、偉いお方だと思うから、民は殿様に頭を下げる。

従うと思うか？」

税も払うのだ。隣に住んでいた商人、百姓が、明日から殿様面をするとなったら、皆が
そんな事になったら、武家の家格は軽くなり、身分は崩壊してゆくだろう。税など払わなくても良いと、勝手を始める者が増える。日々を支える暮らしの元が崩れてゆく。

「じき、力の強い者が世を仕切り始めるぞ。力こそ全てとなる。徳川が世をまとめる前の、戦国に逆戻りしても驚かぬわ」

斬り合いで土地をぶんどる。殺し合いに勝った者が、負けた者を支配する。弱い者は真っ先に死んでいく。加賀守が有月を睨んだ。

「大名、旗本を養子が継ぐ事は、当分禁止にせねば。どうでも跡が続かぬ場合は、幕府が詳しく詮議の上、跡を決める！」

すると有月が、そんな大事を幕府が沙汰するには、時が掛かろうと言い出した。

「それより各藩の江戸留守居役達を、疾くお屋敷へ集める事です。そこで、それとなく伝えておけば良い。不埒な件があったにつき、当分、血筋以外からの大名、旗本の養子には、承諾が下りぬと。それで一息つけます」

江戸留守居役らは幕府との間を繋ぐ立場上、藩主と近しい。よって内々に、妙な養子縁組への危惧の念が、各藩主へ伝わる筈であった。

「ああ……そうだな」

加賀守はほっと息を吐くと、ここで何故だか、吉之助を睨むように見てきた。これだけの大事を動かす為の一手が、豪農の娘と聞き、面白く思えないのに違いない。

首をすくめていると、加賀守は大きく肩を上げ下げしてから、また座ると、有月へ抑えた声で問うた。

「それで、誰なのだ」

「はい？」

「金で、世を変えようとしている者がいるようだな。誰かが仕切っている筈だ。誰だ」

武家に成り代わろうとする当人よりも、その誰かこそが、今の世を崩す元凶に違いない。

「有月、誰なのだ。身分を売ろうとした江戸家老は、誰が間に立ったと言っておる？」

早急にその者を捕らえ、厳罰に処さねばならない。この話の恐ろしい所は、もし一旦高い身分まで売り買いされてしまえば、同じ手段で後に続こうとする者が、他にも出始めかねない点だ。そうなってしまったら、最初に始めた者を罪に問うても、止めようがなくなるかもしれない。実際既に武家の低い身分は、売り買いされているのだ。

「有月、元凶の名は？」

「その……まずは、九兵衛の行方を知りたがっていた、豪農に聞きました。何故、九兵衛の事を気にするのかと」

どうやら、豪農の娘の武家奉公を持ちかけた者がおり、その者が、出奔した九兵衛の事を気にしていたらしい。平十郎に、九兵衛の行方を摑めたら、特別にすぐ、おひろの武家奉公を叶えると言ってきた者がいたのだ。

多分その男が、家老職を売買していた者に違いない。有月らの動きを気にして、先日の夜、儀之助らの後から屋敷へ入りこんだのも、この男かもしれなかった。

「その者の名を、聞き出しました」

有月は平十郎から、無理矢理聞き出したらしい。どんな手を使ったのか、平十郎は有月を恐がっているように、吉之助には思えた。

「おお、分かったのだな？」

頷いた後、有月は何故か薄く笑った。そしてその者を、この場に連れてくる事は出来なかったと加賀守へ告げる。

「その者は……名を榎本と申します。いや、申しました」

「言い換えるか。どう違うのだ？」

「榎本は随分前にこの有月と斬り合いましてな。もう駄目だと覚った時、己の腹を刺しました」

その場で絶命した。どう考えても元凶本人ではないと言うと、加賀守は一瞬絶句した。拳を握りしめる。

「名を隠している訳か。成る程元凶は、人に知れたらただでは済まぬ事をしていると、ようく承知しているのだな」

かなり用心深く利口者のようだと言い、加賀守は有月を見た。それからまた何通かの書状を取り出し、有月の亡き兄が寄越した書状はこれで全部だと言って、左源太の手へ渡す。

「先払いだ。全ての力を貸せ」

加賀守の目が鋭い。

「この江戸を合戦(かっせん)の場にしたくなければ、その〝偽榎本〟を捜し出し、事を鎮めねばならん。墓の中の骨ではない榎本を捜すのだ」

ここで加賀守が、吉之助を見た。

「豪農達は、今まで何人も襲われてきた。身分を買い取る為の金は、実はお主ら豪農から出ていたからではないかな」

そういう人には言えぬ金が動くと、揉(も)め事が起きる。人が殺(あや)められても、不思議ではないかもしれなかった。

「大名貸し、お主も持てる全ての力で、我らに力を貸すのだ。さもなくば、襲われても放っておくぞ」

「ひえっ」

吉之助の目に涙があふれ、横で有月が一寸苦笑を浮かべると、つぶやく。

「事を起こした者は、本当に、金で世の理を越えられると思っているのでしょうか？ならば……何と強い」

それとも他に、まだこちらが摑んでいない事でもあるのだろうかと、有月がつぶやく。

春が過ぎ行くのか、散る花びらが空を舞う。それを見た佐久夜が、主の膝の上で首を傾げた。しかし今日は、「御吉兆」とは鳴かなかった。

五

佐久夜の初泳ぎ

1

上野は不忍池の畔で、吉之助は北の方へ目を向け、大きく手を振った。道の向こうに、待っていた二人連れの武家を見つけたのだ。

「有月様、左源太様、ここでございます」

「おお、こちらから呼び出したのに、待たせたな」

ゆったりと歩み寄り、気軽に話しかけてきたのは有月だ。はっと目を引く程見目が良いが、木綿もののなりは地味で、連れの左源太もそれにならっている。

今日も他に供はおらず、相も変わらず気楽な他出だと、吉之助は僅かに苦笑を浮かべた。すると有月が「どうした」と問うてきたので、思わず正直に答える。

「有月様を、多々良木藩の隠居大名様だと分かる御仁は、まずおるまいなぁと思いまして」

思わず笑みが浮かんだと言うと、横から供の左源太が口を出してくる。

「そりゃ、吉之助とて同じだぞ。蓮池の側でうろうろしているお主の事を、大名家へ金子を貸している、大名貸しだと思う者はいまい」

「左源太様だって、一時は藩の江戸留守居役を、やっておいでだったのでしょう? 江戸城中で、ご活躍だったと聞きましたが」

だがやはり、そのようには見えないと言うと、当人は笑っている。吉之助は二人を誘い、人を待たせてある場所へと歩き出すと、つい本音を付け足した。三人は身分こそ違え、随分昔からの知り合いであったからだ。

「若かりし頃、冷や飯食いのあたし達は、養子先を探してましたね。何とか嫁を貰える立場になりたいと、不動下道場でいつも話してたもんです」

あの道場には次男以下、継ぐ家のない者達が集まっていた。不安と夢が皆を結び付けていた場で、吉之助は有月や左源太と出会ったのだ。

その後、長き年月が互いを遠ざけていたのに、三人はまた巡り会った。有月が柔らかい声で言う。

「人の縁というのは、本当に分からぬ」

だが、その出会いは懐かしさだけでなく、凶事を連れてきた。吉之助は我知らず声を潜め、つぶやく。

「本当に、とんでもない事が起こったもんです。金で、大名家を名乗ろうとするなんて。そんな事を考えつく者がいるとは、思った事もなかったです」

「確かに。おまけに、こちらがまだ摑んでいない事が多くある気がする」

それを何としても、これから知らねばならないのだ。不忍池の畔を歩きつつ、有月は顔を顰めている。急に心細くなった吉之助は、今日もまた泣き出しそうになった。するとと左源太が、吉之助の背をぽんと叩く。

「泣くな。泣いても始まらぬ」

何しろ、武家身分簒奪の企てに豪農が絡んでいる事を、もう老中へ知られてしまっている。つまり有月だけでなく吉之助も、今や逃げられぬ立場なのだ。

「ならば頑張って、この一件を片付けるしかあるまい」

「そうですね。この恐ろしさから逃れる為には、まず、事を始めた元凶を捕らえねば」

だがその犯人については、榎本の偽者としか明らかになっておらず、どこの誰かも知れなかった。有月が顔を顰める。

「榎本に死なれたのは、痛かったな」

偽者は、死んだ榎本を身代わりにし、上手く文を使い事を運んでいたのだ。身分の買い取りを持ちかけた相手の武家にも、豪農達にも、顔を知られていなかった。

よって今も相手が誰かは分からず、万一その〝偽榎本〟に屋敷が見張られていても、こちらには分からない。だから有月は今日、多々良木藩中屋敷ではなく、遠いこの上野の地へ集まる事にしたのだ。

「こちらの動きが〝偽榎本〟に筒抜けになっては、たまらぬからな」

有月はそう口にした後、ふと横を指した。

「おお、見ろ。蓮の花が綺麗な時期だ」

寛永寺周辺の上野界隈は、江戸庶民が楽しみを求め、行楽に出かける地であった。広小路には、大道芸などの見世物が数多並んでおり、今日も賑わっている。春は桜の名所となり、そして夏の今は、蓮の花が大勢の人々を呼んでいるのだ。

「蓮といえば、不忍池には名物があったな。まだ食べた事はないが」

「ああ、蓮飯の事ですね。葉を刻んで、飯に混ぜたやつです」

話の種に、今日は話の後でその飯を、皆へふるまいましょうと吉之助が言う。すると、有月が今日も腰に下げている巾着から、真っ白い鶉が顔を出し、「ぽぽぽ」と機嫌良く鳴いた。

「おや、佐久夜も食べるつもりなのか」

笑い出した左源太の横で、吉之助が池の方を指さす。

「ああ、見えて来ました。待ち合わせの場所は、あそこです」

上野には寺や花の他にも、大層名を馳せているものがあった。賑わう道の先に並ぶのは、不忍池の畔に並ぶ出合茶屋だ。ここで吉之助は、ちらりと隣の二人を見る。

「出合茶屋は男とおなごが、人には言えぬ逢瀬の為に使うと言いますが」

そういう茶屋だから、男女が別々に出入り出来るよう、戸口が何カ所かあったりする。よって密やかな集いには都合が良く、それも、有月が上野を選んだ訳の一つだ。吉之助はここで、分からぬ事があると言い出した。

「そのですね、男とおなごの密会には、暮れた後の、月下を選びそうなものです。でも実際、出合茶屋が賑わうのは、丁度今時分。つまり真っ昼間だとか。何故でしょう」

この問いに、左源太が笑い声を返す。

「お江戸じゃ、おなごが一人で遅い刻限、出歩く訳にもいかんからな」

そもそも、吉之助の住む東豊島村とは違い、江戸市中だと夜四つになれば、町中にある木戸が閉まってしまう。夜の江戸は、道を歩く事すら不自由な場所なのだ。

「つまりな吉之助、茶屋の客達は、昼間っから来るしかないのだ」

「なるほど……」

「それにしても、これだけ沢山の出合茶屋があるという事は、男もおなごも、大いに使っているという事だな」

有月が苦笑を浮かべ、三人は不忍池に張り出した弁天島を目ざしてゆく。

鳥居をくぐり、島へと続く太鼓橋を渡ると、その先にある小さな島の周りにも、ずらりと茶屋が並んでいた。吉之助が、橋から一番遠く、茶屋の中でも端にある一軒へ誘うと、直ぐに心得顔の年増女が出てくる。そして、お連れさん方はお待ちですよと言い、大層愛想の良い顔を見せた。

「どちらさんも、良い時期においでになりました。夏の池には、まだ蓮根掘りの舟はおりません。今なら窓の障子を開け放っても、部屋を覗き込まれたりしませんよ」

「い、いやその」

意味ありげに、並んだ三つの部屋へ案内され、吉之助は気恥ずかしさに顔を赤くしてしまう。一方、左源太は落ち着いた様子で、年増女に素早く金子を握らせ、声を掛けるまでは邪魔をしてくれるなと、くれぐれも頼んだ。女は心得ていると笑みを浮かべ、早々に部屋の前から姿を消す。

「その、左源太様は慣れておいでですね」

「吉之助、阿呆を言ってると、拳固を喰らって泣く事になるぞ。さっさと部屋へ入れ」

本当に拳を見せてきた左源太の脇で、有月が口元を歪める。

「さて、我らの逢瀬は、いかなる結末へと行き着くかのう」

襖が開けられると、池に面した窓が、大きく開いていた。そして退屈そうに蓮を眺めていたおなごが三人、一斉に振り返る。

「叔父さん、遅いです。待ちくたびれてしまいました」

真っ先に口を開いたのは、今は小牧村名主、平十郎の妻となっている、吉之助の姪お奈々だ。横にはその義理の妹おひろ、その友で、豪農三津尾家当主の妹お喜多がいて、少し張り詰めた表情で有月らを見てくる。有月は、吉之助がぴしりと叱られたのを見て、急ぎ皆へ声を掛けた。

「済まぬ、私が悪いのだ。いや今日は、中屋敷を出るまでに一騒ぎあってな」

すると、その涼しい面を見たおなご達は優しく頷いたものだから、今朝から姪に何度も小言を喰らっていた吉之助が、口を尖らせる。

「有月様、色男は得でございますね」

「今更、当たり前の事を言うな」

「……はい」

有月は笑いつつ、身軽に動いた。まず隣部屋がある左端の間を空にし、間の襖を閉める。そして他の二間を開け放つと、話を聞かれる心配がないその角部屋に、皆は腰を下ろした。有月が巾着を外し畳に置いている間に、左源太が皆へ話を始めた。

「今日は、集まって貰ってかたじけない。事情は、吉之助から聞いておるな？」

問われて、おなご達が顔つきを引きしめ、頷く。金を払い、大名の身分を手に入れたいと、無謀を働く者が出た。そして大名貸しとなっている豪農が、その話に巻き込まれているると、おなご達へは伝えてあった。

「つまりその企みは、もはや、武家にとっての一大事というだけでは済まぬ」

無謀を始めた者にとって、事の露見は、己の破滅を意味するに違いない。その為か、誘いに乗らなかったからか、最近、急に亡くなる豪農が多く出ているのだ。

その上、今回の事は既に、身分ある方の耳に伝わってしまっている。つまり。

「関わった武家や豪農は、下手(へた)をすると罪に問われ、己の家を滅ぼしかねない」

心配げな顔が、部屋に並ぶ。有月はここで、何としても早々に、騒ぎの張本人、偽榎本を捕まえねばならないと口にした。だから。

「一度、こちらから仕掛けてみる事にしたのだ」

ただ。

「それを成すには、おなご達の助力が必要だ」

有月が、おなご達を正面から見つめつつ言う。

「我らは今回、偽榎本を誘い出す気でいる。お主達に力添え願いたい」

是非、頼みたい。しかし。

「やれと命じる事は出来ぬ。今回の相手は、何度も人を襲っている。おなごとはいえ、危うい目に遭うかもしれぬ」

それでも力添え願えるだろうかと、有月は問うたのだ。寸の間(ま)部屋の中が、静かになった。

吉之助は緊張したまま、ふと窓の外へ目を向ける。揺れる花ではなく、老中と出会った日の事が頭を過(よぎ)った。

2

老中が、多々良木藩中屋敷を訪れた、先だっての事。

加賀守と呼ばれていたそのお方は、墓の中の榎本ではなく、事の元凶、生きている榎本を捜し出せと言い置き、屋敷から帰っていった。よって後に残った有月と左源太、それに吉之助は、中屋敷の立派な一室で、ある決断をする事になったのだ。

「あの御老中は、事の解決をゆったり待っては下さらぬ。そういう方だ」

有月は断言した。つまり偽榎本の件が早々に片付かない場合、老中が撒き散らす怒りの火の粉が、多々良木藩や豪農達に降り注ぐのだ。

「こうなったら是非もない、少々力任せの手に出るぞ」

「あの、有月様、何をするおつもりで？」

何となく恐い気がしてきて、首をすくめた吉之助へ、有月が顔を近づける。

「偽榎本を直ぐに捕まえる手立てなど、思いつかぬ。ならば、あちらから来てもらい、己が元凶だと言わせるしかなかろう」

「は？　自分が犯人であると、偽榎本が言ってくれると？」

犯人が、そんな馬鹿をする事などあり得ない気がして、吉之助は黙り込む。しかし長年仕えている左源太は、有月の意図が分かったようで、目を見開いた。

「有月様……罠を仕掛けるおつもりですか」

「は？　罠、ですか？」

一層分からなくなり、吉之助は呆然とする。その間に有月は、さっさと語り出した。

「偽榎本は豪農達の耳に、甘い夢を吹き込んできた。己の言う通りにすれば、生まれとはかけ離れた身分になれると言った訳だ」

だが、老中の加賀守が事に関わったのだから、事はこの先、偽榎本には不都合に動く。当分の間、豪農の娘は武家奉公すら出来なくなるに違いない。

「そういう話は驚く程早く、豪農達の間を巡るだろう。元々大枚が必要な上、おなご達の一生が変わってしまう話だ。今までとて、話を信じなかった者もいようよ」

その上、事が動かなくなれば、身分越えはじき、法螺話と言われるようになる。偽榎本は豪農達から、相手にされなくなる訳だ。つまり偽榎本の大博打は、失敗と言われる時が近づいて来ている訳で、心の内では焦るに違いない。

「そこに、餌を撒く」

有月の声が、一瞬低くなった。

「偽榎本が待ち望んでいたような話を、こちらから流すのだ。そう、例えばどこぞの大名家の奥で、急ぎ、武家奉公するおなごを求めている。そういう話だな」

おまけにその藩はたまたま、大層大きな借金を抱えているのだ。都合の良い話だが、今時借り入れのない藩などほとんどないから、借金高を増やして噂にしても、妙に思う者はいないだろう。有月の言葉を聞き、横から左源太も一言加える。

「更に、その藩は最近幕府より、大きなお手伝い普請を言いつかった事にしましょう。嘘八百ですが、あれは一気に大枚が必要になりますから」

ここでようよう、吉之助が頷いた。

「なるほど、娘が武家奉公する機会があり、その奉公先を、青息吐息、借金すら重ねられぬ状況の藩だとするんですね。となれば、偽榎本はその藩へ娘を送り出す豪農へ、声を掛けたくなる訳だ。金と娘を差し出す事で、高い武家身分を手に入れたくはないかと」

豪農が興味を示し、偽榎本と話がつけば、絶好の機会が巡ってくる。恐ろしい程の大枚が動く話だけに、さすがに文のやり取りだけで金を出す豪農など、いる筈がないからだ。名を借りた榎本本人が亡くなった今、偽榎本は、自ら豪農の前に姿を現すしかない。

ただ。中屋敷の客間で、有月は一寸言葉を切った。

「この罠を進めるには、他から力を借りねばならん」

偽榎本の勧めに乗ったふりをする豪農や、武家奉公してくれる娘が、必要になるのだ。そして大名家の奥へ、男は入れない。

「出来れば武家奉公するおなごは、二人いるとありがたい。二人が同じ屋敷にいれば、偽榎本が現れても、身を守りやすかろう。片方が知らせにも行ける」

有月はそう言うと、吉之助の目を見てきた。

「それで、お主を頼れるか?」

詳しい事情を全て、加賀守の事まで知っている豪農は、吉之助しかいないのだ。だが吉之助は腕組みをすると、考え込んでしまった。

「あたし自身は、とうに一蓮托生(いちれんたくしょう)の立場と思っております。ですが、しかし……」

高田家には今、武家奉公をするような年頃の娘がいないのだ。姪のお奈々は丁度、嫁にいったばかりであった。左源太が問う。

「先に縁のあった、三津尾家のお喜多や、岩井(いわい)家のおひろは、どうだろうか」

「岩井家や三津尾家は既に、偽榎本の舌先三寸に乗せられかけてました。身分高きお武家様になれるかもと、夢を抱いちまったようで」

話はまだ形にならぬ内に、有月らが潰(つぶ)してしまったので、表沙汰(おもてざた)にはなっていない。しかしお喜多は既に武家奉公へ出ていたし、おひろも出そうとしていた事を、有月達は承知しているのだ。

「だから今回力をお貸しする代わりに、やっちまった馬鹿を見逃して頂けるんなら、当主達は喜びましょう」

ただ。役目を引き受けた場合、危険な目に遭いかねないのは、馬鹿をした当主達ではなく、実際に武家へ奉公する娘達だ。多々良木藩中屋敷の客間で、吉之助は有月達を真っ直ぐに見た。

「あたしは身内じゃないんで、この場での返答はしかねます。有月様、話は通しますから、ちょいとお待ち願えますか」

「承知した。お喜多など、妙な書き付けを目にしておるし、薄々、剣呑な話が絡んでおる事を察しておろう。娘達には、大まかな事情を話しておいてくれ」

その上で、武家奉公をするかどうか決めて貰いたいと言われ、吉之助は頷く。

「おひろさんに言うんなら、お奈々にも言っとかんと。義理だが、お奈々は姉だしなぁ」

きっと話は伝わってしまう。有月は頷くと、左源太と細かい事を決め始めた。

そして。その話し合いから十日も過ぎた今日、吉之助はお奈々、おひろ、お喜多を待たせていた、不忍池の畔へ来たのだ。

もし偽榎本をおびき出す為、力を貸すと承諾すれば、おひろとお喜多は早々に、有月の用意した奉公先へ上がる事になる。一度、偽榎本に釣られかけた三津尾や、平十郎には任せられないから、二人とまめに会い、助ける里の役目は、吉之助が担う事になっていた。

やはり恐いと思うのか、娘達はなかなか返事をしないので、寸の間、部屋は静かだった。有月は答えを急かすような事はせず、ただ待っている。

すると。

「ぽぽぽぽ」

この時優しい声がして、畳の上に置かれていた巾着から、佐久夜が顔を出したのだ。お奈々やおひろ、お喜多は、現れた丸っこい鶉を見て、ほっとした様子で声を上げた。

「まあ、佐久夜を連れてこられてたんですね。今日も可愛いです」

褒められた事が分かったのか、佐久夜は機嫌良く鳴いて外へ出る。しかし有月は、珍しくも厳しい眼差しを己の鶉へ向け、巾着で大人しくしていろと声を掛けた。

「全く、好きな時に鳴きおって。皆に言うが、今日遅れたのは、実はこの佐久夜のせいなのだ。いや、夜明け時に一騒動あってな」

まだ暗い中、上野へ出かける為、有月達はこっそり中屋敷から出ようとしていたのだ。側役に他出を告げようものなら、事情を承知していない大勢の供を付けられ、困るに決まっているからだ。

するとまさにその時、佐久夜が大声で鳴いた。おかげで小姓が飛んできた上、他出を側役の左門に知られ、嫌みと説教を聞く事になった。おまけに偽榎本に対し考えていた企てを、幾らか変えざるを得なくなったと、有月は眉間に皺を寄せる。

「佐久夜、お前あの時、わざと鳴いただろう」

忍んでゆく出合茶屋で、鶚の声を響かせる訳にはいかないと、有月が最初、鶚巾着を置いていこうとしたからだ。佐久夜はそれを知り、怒ったに違いないと言う。

「遊びに行くのでは、なかったのだぞ！」

有月が巾着へ戻そうとすると、佐久夜が逃げた。まずは窓枠へ飛び乗り、次に左源太の手から逃れる。それから何と表へ飛び出し、池に広がる蓮の葉へ下りたので、有月が慌てた。

「おい佐久夜、無茶をするな。お前、鶚ではないか」

ころりとした身を、蓮が支えられるのかと言っている間に、佐久夜がよろけた。そしてやはりというか、葉が裏返ったのだ。

「あ、落ちた」

有月が溜息をつき、部屋の者達が悲鳴を上げる。佐久夜は池で羽をばたつかせていた。

「おい、早く葉に乗らぬか」

主の言葉が聞こえたのか、その内何とか葉に上がったが、身を震わせて水を弾いた途端、また転がり落ちる。しかし蓮池へ助けに行く事は出来ず、皆はただ、部屋から佐久夜の名を呼ぶしかなかった。

やがて有月の声が、厳しいものになる。

「佐久夜、お主は鳥だろう。どうにか飛び上がって、戻ってこい」

すると。

ばしゃりと水音がして、ずぶ濡(ぬ)れの鶏が、池から舞い上がった。ふらふらと飛び、何とか部屋までたどり着くと、落ちるように畳へ転がったので、有月が急ぎ手拭(てぬぐ)いで鶏を拭う。吉之助も手伝おうとしたが、濡れて酷(ひど)く細く見える佐久夜に、手を突(つつ)かれてしまった。

だが。

「戻ってこられて、良かった。頑張ったわね」

お喜多が優しく濡れた頭を撫(な)でると、佐久夜は大人しくしていたのだ。

「何でだ？　あたしの方が付き合いは長いじゃないか」

膨れる吉之助の横で、お喜多が有月へ目を向けた。今の騒ぎの間に、心が決まったらしい。

「大殿様、私は以前、菊岡九兵衛(きくおかきゅうべえ)様と共に、奉公先のお屋敷から逃げました」

お喜多と菊岡は妙な書き付けを見てしまい、屋敷にいられなくなったのだ。

「ですが……実は私、その前からお屋敷を出たいと思っておりました。兄に言われて行った武家奉公でしたが、何か妙で」

男は顔を出さない、屋敷奥での奉公だと思っていたのに、変に何度も家老と会う事になったのだ。正直、嫌であった。しかし一旦奉公に出た者が、勝手に里へ帰る訳にもいかない。兄も、帰ってきていいとは言わない。日々、言葉に出来ぬ不安がどんどん募っていった。

「そんな時、御家老様の持ち物に、妙な書き付けを見つけたんです」

それは余程危ういものであったらしく、見せた途端、陪臣の菊岡は顔色を変えた。

「でも最初、菊岡様は書き付けを手に、ただ黙り込んでおいででした」

あの書き付けは、確かに妙なものであったのだろう。だが、それが分かっただけに、菊岡は、話せないでいるのだと思った。書き付けがあったのは、家老が忘れていった持ち物の中だ。一方菊岡には、家中に親兄弟がいた。菊岡は、己の先々も考えたに違いない。

だが菊岡は書き付けを、簡単に握りつぶす事も出来ないでいた。あれは確かに、剣呑な品であったのだ。

お喜多の不安は膨れあがり、もう屋敷に留まる事は、出来なくなった。

「私はあの日、一人でお屋敷から、逃げ出そうとしたんです」

何とか里へ帰りたいと、お喜多は願ったのだ。だがそれを菊岡に見つかり……彼に腹を決めさせる事になった。

「あの時はまさか、こんな騒ぎになるとは、思いませんでした」

おかげで菊岡まで巻き込んだあげく、大騒動になってしまったが、事が収まった後、お喜多はようやく里へ戻る事が出来た。いったん有月がかくまっていた菊岡も、今は元の勤めをしている。事情を承知された大身旗本の殿より、お許しを頂いたと聞き、お喜多はほっとしているのだ。

書き付けにあった危うい話故に、家中のどなたかが蟄居したと聞いたが、その事は気にしないようにと、吉之助から言われている。そのお人はお喜多の件がなくとも、いずれただでは済まない事に関係していたと聞いた。

「でも、私は周りのお方に、ご迷惑をおかけしました。助けられもしました」

つまり、だから。お喜多は佐久夜をもう一度撫でてから、しっかりと口にした。

「また私のように、恐い思いをする人が出ないよう、願ってます。大した事は出来ませんが、その為に働きます」

すると、おひろやお奈々も、後ろで頷いている。

「おお、皆、手を貸してくれるのか」

途端、五万五千石の大殿様が、百姓の娘に頭を下げ、吉之助が目を見張る。それは、田舎の道場で養子先を探していた、有月だからこその振る舞いかもと思った。だが、それでもあり得ぬ事に思えて、吉之助は総身に震えを走らせる。

有月は、そんな思いなど知らぬげに、懐から書き付けを取り出し、娘達とこれからの話を始めた。

「よろしく頼む」

有月が改めてそう言うと、皆が蓮の花に背を向け、部屋の中程に輪を作った。

3

不忍池での集まりから半月も経(た)たぬ内に、おひろとお喜多は武家奉公に出た。

二人の奉公先は、とある松平(まつだいら)家が当主をされている藩の上屋敷だ。松平姓の家は多い。だから偽榎本を捕らえる為、空話を流すには好都合だと、わざわざ加賀守が他の老中と謀(はか)り、用意してくれた先であった。

藩の石高は一万石だ。大名としては最も小さく、嘘を重ねなくとも、既に十分な程藩の懐は行き詰まっているらしい。今回松平家は、加賀守の頼み事を引き受ける代わりに、この先数年、金のかかる、お手伝い普請を免ずるとの約束を貰った。故に、おひろ達を喜んで受け入れたのだ。

そしてさっそく、今、二人の親代わりを称している吉之助が、村特産の漬け物を携え、上屋敷へ挨拶（あいさつ）に伺った。

　おなご達が大名家などへ奉公する時、しっかりした躾（しつけ）をして頂く代わりに、給金などは貰わない事が多い。いやそれだけでなく、裕福なる里方は奉公先の屋敷へ、あれこれ付け届けを持参したりするのだ。

　吉之助が会った上屋敷の武家は、沢庵（たくあん）漬けの樽（たる）を見て、満面の笑みを浮かべた。

「漬け物の大樽とは、ありがたい。いや、気が利くのお」

　すると武家はさっそく、しばし話もあろうと、おひろ達を呼んでくれた。二人は他の奉公人達と同じく、ちゃんと働いているから、吉之助へあれこれ報告するにしても、まずその為の機会を作る必要があったのだ。

　人に話を聞かれるのは恐いので、三人は塀脇に並ぶ土蔵の陰へ移る。すると、やっと落ち着くことが出来た。

「急な奉公だったけど、二人とも元気にしてるかい？　古参に、いじめられたりしていないか？　足りないものはないか？」

　吉之助は、偽榎本の話などそっちのけで、まずは里方の役を引き受けた者として、細々（こまごま）と心配を始めた。おひろとお喜多は笑い出し、二人共、何とかやっていると口にする。

「ここの上屋敷では若い娘が少ないので、皆様お優しいですわ」

それにお喜多は、既に武家奉公をした事がある。二人は助け合いつつ、新たなお屋敷でそつなく働いていたのだ。

ただ。おひろ達は一寸顔を見合わせ、吉之助へ言った。

「奉公に上がって直ぐ、ちょっと驚いた事がありました」

今回は、有月が間に入った訳ありの奉公だから、二人の親代わりは高田吉之助と決まっている。平十郎や三津尾の名は出しておらず、藩の者達もそう心得ている筈であった。

「ところがお奈々さんから、妙な文が来まして。それによると兄の平十郎へ、知り合いから問い合わせがあったとか」

最近急に、娘達の武家奉公が難しくなっている。そんな中、おひろが武家奉公に出た事を耳にしたが、どうやったのかと聞いて来た人がいたのだ。

その問い合わせは、二人が奉公した後、随分早くに来た。お奈々もおかしいと思ったようで、噂の出所を聞いてみるつもりだと、文に書いて寄越したという。

吉之助が、両の眉尻を下げた。

「一体、どこから話を聞いたんだろう。早々に、気になる事が起こったな」

帰ったら、有月様へ報告しておくと吉之助が言うと、大殿様はもうこの話はご存じだと、お喜多が返した。

「おや、また、どうしてかな」

まさか、大名家の大殿様へ文を送ったとも思えず、戸惑う。するとお喜多が御殿へ目を向けた。

「あの、有月様は今日、お連れの方と一緒に、松平のお殿様を訪ねておいでです。お屋敷に入られる前、外の道に呼ばれ、少しお話しする機会がありました」

「何と、そうだったのか」

吉之助が今日、こちらの屋敷へ顔を出す事は、勿論あらかじめ松平家へ伝えてある。

(有月様は松平家からそれを聞き、わざわざ同じ日においでになったかな)

もしや偽榎本の事が、何か動いたのかと問うたが、娘達は何も知らない。他に話はなかったので、吉之助は小遣いを幾らか渡すと、二人を帰し土蔵脇を離れた。

「さて、有月様がおいでとあれば、お目にかかっていきたいものだ。だけど、どこへ行けばいいのやら」

松平家のお屋敷は初めてだ。石高も違うし、田舎にある多々良木藩中屋敷より、こちらの上屋敷の方が狭い気がしたが、どのあたりが客を通す御殿なのか、とんと分からない。勝手に内へは入れないので、吉之助は話せる相手を求め、庭をうろつく事になった。

すると。

「およっ？」

突然、見知らぬ武家に目の前を塞がれたのだ。吉之助よりぐっと若く見えるが、随分と態度が大きい男であった。

「何者だ。町人が何故、屋敷内をうろついておる」

吉之助は慌てて頭を下げ、名のった。この度武家奉公した娘達の里方の者で、ご挨拶の品を持ってきたと言うと、若い武家は目を見開く。

「お、そうか。あの件に関わりの者か」

(おや、この方は、今回の事情を承知しておいでらしい)

幕府のお手伝い普請が絡んだ内々の話を、藩主が家臣に触れ回る筈はない。だが一人で、藩の大事を決めるとも思えない。

(江戸家老様など、藩内でも上の方だけが、事情をご承知の筈だ)

つまり眼前の武家は若いが、藩内では結構、高き地位にいるのだろう。それで吉之助は思い切って、こう頼んでみた。

「あの、今日はこちらの上屋敷に、多々良木藩の大殿様がご来訪ではないでしょうか。手前は多々良木藩の、大名貸しを務めております。一言ご挨拶が出来ればと思うのですが」

話を通して頂けましょうやと問うと、その武家は一瞬口元を歪め、じっと吉之助を見つめてきたのだ。そして何故だか、返事とは別の話をしてくる。

「ああ、お主は大名貸しをする程の、豪農なのだな。昨今、大商人顔負けに、金を動かす豪農がいると聞いた」

若い武家は、ここでそろりと辺りを見回した。もっと賑やかかと思っていた屋敷内は、意外と人の姿も少なく、目を向けてくる者もいない。

すると武家は、己は用人の石上安長だと名のった上で、吉之助は色々承知していそうだと、反対に問いを向けてきた。大名貸しとはいえ、わざわざ他家の先代藩主に目通りを願うなど、並の立場とは思えないというのだ。

「先だって大名家の養子に、幕府が懸念を示された。更には最近急に、娘らを武家奉公に取る事は、暫く遠慮すると話が回った」

だがそんな時にもかかわらず、おひろとお喜多は、大名屋敷へ奉公に上がったのだ。娘達の背後には多々良木藩先代藩主がおり、受け入れた松平家は何と老中から、ありがたい約束まで頂戴している。

「つまり」武家は、ぐぐっと顔を寄せてきた。

「つまり、おひろやお喜多の武家奉公を引き受ける時、当藩が聞いた話は、本当なのだな？」

庭先でするような話ではなく、吉之助が黙り込むと、武家は顔を顰めた。己は江戸家老の遠縁だと言い、声を潜め問うてくる。

「武家奉公におなごを差し出し、大枚を出し、身分を越えようとした豪農がいるとか。信じられぬが、本当の事なのか」

吉之助が黙り続けていると、石上の話は、吉之助が知らぬ事にまで及んでいく。

「例えば……そうこれはたとえ話、噂のようなものと思ってくれ。その、昨今どこの藩も金繰りには苦労しておる」

そんなご時世であるから、大名貸しが生まれるのだろうと言われ、僅かに頷く。

「小さき藩でも、借金は多い。正直に言うと、二万両を超えていても誰も驚かぬと聞いた。いや、もっと多いかもしれぬ」

(に、二万両？　それは凄い)

石上の言葉に、吉之助は思わず目をしばたたかせた。それから拳をぐっと、握りしめる。

(大枚がかかった企てと思ってはいたが……豪農が関わった話に、そこまでの金子が絡んでいたとは！)

小さいといえば、一万石の藩など一番小さい。つまり多分……この藩の借金も、それくらいなのだろう。

(いや二万両というのは、今回の件じゃ、最低の借金かもしれない。一万石に満たない大名など、ないんだから)

大名身分を購(あがな)う金高とは一体、どれ程のものなのか。吉之助の驚きを余所(よそ)に、石上は話を妙な方へ進めてゆく。

「という事は、だ。今の豪農達は、二万両を超える金を用意出来るという事だな。金があるから、無茶を思いつくのだろう？」

吉之助達豪農は、一体どうやって富を築いたのかと、石上は真剣に問うてくる。更に、娘を武家の側室にと願うのは、釣り合う豪農の相手が少ない為かとも言われたのだ。

「はい？」

吉之助は思わず苦笑を浮かべ、やっと口を挟んだ。

「あの、我が家には、そんな金子はございませんが」

「は？　しかし、お主も豪農なのだろうが」

「石上様、豪農といっても、それぞれなのでございましょう」

例えば、高名な近江(おうみ)の両替商などは、確かに思いもよらぬ程の大身代(おおしんだい)だと噂されていた。だが、しかし。全ての商人が、同じ程大金を持っているとはとても思えない。

豪農とて同様だ。いや、大商人と比する程の金持ちは、余程少ないに違いない。豪農が大名貸しになったと耳にし始めたのは、そんなに昔からの話ではなかった。

だが、吉之助が本当の事を言ったにもかかわらず、石上は明らかに不機嫌な様子を見せてくる。

「それがしが聞いた話と違うぞ。ならば何故、おひろ達が当藩にいる？　里方は何を考えておるのだ？」

「おひろやお喜多は今回、大殿様のお考えで働いているのでございますよ」

吉之助は眉尻を下げた。

（まあ最近は、百姓だか商人だか、分からない豪農もいるからねえ。あたしなんかも、田畑を耕しているだけじゃないし）

出入りの大名家から禄を頂き、大したものではないが、武家身分の御仁までいる。豪農が妙な者に見えても不思議ではないのだ。実質どう働いているのか分かりづらくなっており、つまり真の懐具合も、表からは見えない。

（偽榎本は、だから多くの豪農を、そそのかしたのかもしれないね）

豪農の娘が側室となった時、本当に大名家の借財を返せる程財があるかどうか、見えてくるだろう。吉之助はふと、そこまで豊かな豪農が、このお江戸近くの地にいるのか、知りたくなった。

（借金を返すだけで、最低でも二万両要るとなると……あたしじゃ到底無理だ。岩井でも、最近の六之川でも駄目だろうて）

しかし、筋書きを思いついた偽榎本の話を、絵空事ではないと思う者がいた筈だ。だから、老中までが関わる騒動に化けたのだ。

ここでまた、石上が問う。

「当藩に来た娘達は、お声が掛かれば側室になっても良いと思って、武家奉公したのだろうか」

「いえいえ、まさかでございます」

きちんと答えはしたが、石上は今度も納得した様子を見せない。吉之助はその繰り返しが、段々気になってきていた。

（石上様は、今回の騒動に、興味津々のご様子だ）

万一偽榎本に会えたら、大喜びしそうな気までしてきて、吉之助は一寸ぞくりと身を震わせる。

（もし、だよ。この松平家が借金の山で、本当に立ちゆかぬとなったら。このご用人様は己から、偽榎本を捜すかもしれないな）

藩の為だと言って。そして己達が明日、浪人にならぬ為に。そう思いつくと、益々うかつな事は言えず、吉之助は言葉少なになる。

すると石上は段々、青筋を浮かべ始めたが……しかし急に黙ってしまった。この時突然、すぐ側から声がしたのだ。

「吉之助、ここにいたのか」

馴染みのある声に横を向くと、何と左源太が姿を見せていた。藩の者から吉之助の来訪を聞き、有月が居場所を尋ねたので、探しに来たという。吉之助は慌てて頭を下げた。

「あの、大殿様がおいでと聞き、ご挨拶したいと思っていたのですが」

ただ伺う先が分からず、こちらの石上様へお聞きしていたと言うと、左源太は頷き、素振りで付いてこいと促してきた。吉之助が急ぎ石上へ礼を言うと、用人は黙って頭を下げ二人を見送る。

（気になるお方だ）

だが、吉之助が一寸抱いた心許ない気持ちは、直ぐに頭の中から吹っ飛んでしまった。二人になると、左源太が小声で話しかけてきたからだ。

「吉之助、事が動いたぞ」

「は、はい？」

「昨日、おひろの本当の里、岩井平十郎から知らせが来た。怪しき文が届いたそうだ」

妹が、無事武家奉公出来た事を祝っていた。そして以前と同じく、当主が武家身分に興味がないか、問い合わせてきたという。この時期故、多分偽榎本からの書状に違いない。

「しかし、こうも早くに、おひろの武家奉公が分かるとは、どういう事か」

「左源太様、岩井家には知り合いから、武家奉公についての問いもあったとか。里方と決まっているのはあたしなのに、妙でございますね」

偽榎本は以前、岩井家とやり取りをした事があるから、妹の名がおひろだという事は承知しているだろう。しかし、おひろという名は、良くあるものであった。吉之助が、別のおひろという娘を奉公に出しても、全くおかしくない。

「気に掛かるな」

とにかくそれで今日有月は、松平家当主志摩守(しまのかみ)と話をする為、この屋敷を訪れたのだ。この後大きく事が動く気がして、吉之助は左源太を見た。その表情が厳しい。

「事が進むぞ。偽榎本を捕らえる時は、存外早くに来るかもしれん」

おひろ達にも、やってもらう事があるかもしれないが、まさか奉公中の者を、日中から殿様の御前へ呼ぶ訳にはいかない。だから代わりに吉之助が話を聞き、二人へ伝える訳だ。

(早くも、勝負の時が来るのか)

足早に他藩の上屋敷内を歩む左源太に、吉之助は遅れぬよう付いていった。

4

十日の後。

松平家では、藩主御生母が病気快癒した事を祝い、急に宴(うたげ)を催す事になった。

もっとも内々の祝いであるから、派手に役者などを呼ぶ事はない。まずは殿とご一門、それにお客人に、剣の試合をご覧頂き、次に、心得のある奉公人達が歌舞音曲を披露する。その後、酒と料理が皆にふるまわれるというので、藩士達は朝から嬉々として支度をしていた。

東の庭に、藩の紋が染め抜かれた幕が張り巡らされ、床机が幾つも並べられた。庭に面した御殿は、表の障子が全て外され宴席となった。御前で優れた力量を見せた者は、褒美を頂戴出来るとの話が聞こえ、美しい奉公人達や剣術自慢の藩士らが、張り切る声を上げる。

それは、客人が通された部屋にまで伝わり、吉之助が部屋の隅から、上座に座る有月へ目を向ける。今日吉之助は、多々良木藩の大名貸しとして、隠居である有月の供の一人に加えて頂き、宴の端に連なっているのだ。

「華やかな事でございますね。この宴に掛かる金子は、有月様がお出しになられたので？」

すると、今日は珍しくも絹物をまとっている有月が、口の片端を引き上げる。

「他藩で行う宴の代金を、我が多々良木藩が出す訳などなかろう。他出を止められてしまうわ」

かの御老中が、出して下さった訳でもないらしい。

「では、借金を随分抱えていると聞きますのに、松平家御当主、志摩守様が出されたので？」

驚いていると、有月が笑いながら首を横に振った。

「金子を出したのは、実は豪農達だ。例えば先に、偽榎本の言葉を信じそうになった、あの間抜け達だな」

三津尾や、お奈々の夫、岩井平十郎の事だと分かり、吉之助は首をすくめる。先だって岩井や三津尾の当主達は、半信半疑のまま、大名になれるという偽榎本の誘いに、乗りかかっていた。まさか本当に大名にはなれまいが、妹達を武家奉公に出した時、偉い武家に見初められたら儲けものという、心づもりであったらしい。

当の妹達は、実際側室になった訳ではなかったし、まだ金は動いていなかった。よって、豪農達は偽榎本の話を聞いた事はあるが、実は信じていなかったとして、有月は皆を庇った。罪に問う事を避けてくれたのだ。

名を表沙汰にすれば、首が胴から離れてしまい、大名貸しが何人も失われるからと、加賀守とも内々に話をつけてくれた訳だ。よって知り合いの豪農達は皆、無事、いつもの暮らしに戻っている。

（天下のお大名が、お奈々の亭主を助けてくれた！）

吉之助は先だっての騒ぎの後、姪の連れ合いを斬り捨てずにいてくれた事に感動し、畳に額をすりつけ礼を言っていた。

だが……やはりというか、有月は平十郎達を、ただで許しはしなかったらしい。

「ふふふ、頼りに出来る豪農の金主が何人も出来て、ありがたい事だ。今回のように、多々良木藩から金を出せぬ事も、結構あるからな」

つまり大殿様はこれからも、彼らの紙入れを、当てにするつもりらしい。首代は、大層高いものであるようだ。

「……あ、ほお。六之川も金を出したんですか」

やはり、冷や飯食い上がりの殿様は逞しい。吉之助が苦笑いを浮かべていると、その時廊下から声が掛かり、奥の襖が開けられた。現れたのは藩主の志摩守で、まずは有月と礼を交わすと、生真面目な様子で問うてきた。

「して日向守殿、今日の宴は、このようなもので大丈夫であろうか。上手く偽榎本を、おびき寄せられようかな」

急に日向守と言われ、吉之助は目の前の有月を見てから、目をしばたたかせる。

(そ、そうだった、有月というのは、冷や飯食いの時の名。隠居大名様であられるんだから、今は官位も立派な御名もあるんだ)

確か、浅山日向守有正という馴染みのない名であったと、吉之助は今更ながらに思い出す。

（だけど……御老中加賀守様は、有月と呼び捨てにしておいでだったが。何でだ？）

日向守である有月が、向かいで頷いている。

「この度は志摩守殿のお力添え、感謝いたしております。いや、素早く今日のような宴を開けるとは、上屋敷内の藩士が、いつも鍛錬を怠らぬ故かと。ご立派な事です」

「いやいや。嬉しきお言葉だ」

有月は続いて、つい先頃豪農岩井家へ、偽榎本から文が来た事を話した。有月は返答を作り、先方の指示した、ある寺の軒下へ置きに行かせたのだ。

「おお、当家の仕掛けが役に立ったのですな」

志摩守が身を乗り出す。だが。

「その文を寺へ出しに行った時、取りに来る姿を見ようと、中間を見張りに付けたのですが。相手は用心深き男で、しくじりました」

何と寺へ向かう途中、橋の袂で待っていた船頭が、使いだと言い、文を受け取ったのだ。船足は速く、岸から追った中間は程なく舟を見失ってしまった。

「何と、知恵の回る奴ですな。小面憎い」

だがとにかく、その時の返答の文は、偽榎本へ渡ったのだ。

「まずは文の主の名がないが、以前話を寄越した榎本殿かと、問わせました」

更に、おひろの奉公先を告げ、そしてその上屋敷で、程なく宴がある事を加えた。

その折りであれば、人の出入りも多く、奉公人の縁者として、付け届けを持ち上屋敷に入る事が出来る事。おひろにも、里方の者にも会って話が出来る事も書き示した。

「よって、本当に大枚の掛かった大事な話をしたいのであれば、その日にこの上屋敷へ来るべし。そう書き送りました」

志摩守が深く頷く。

「屋敷内へ入り込もうとする者がいた場合、止めず、中へ入れれば良いのですな？」

「はい。まずは偽榎本の顔を確かめ、本名を知らねば」

有月は今回、それを一番に考えているのだ。だから藩内に偽榎本が入ったら、まずは騒ぎ立てず、おひろとその身内、吉之助がそっと会う事になっていた。平十郎を呼ぼうかという話もあったが、話が広がれば漏れる事も多いと、有月は良い顔をしなかった。

「どこの誰かを確かめたい。分かれば万一当人に逃げられても、後は何とでもなる故」

正体が割れれば、偽榎本は今の暮らしも、蓄えているものも、全て失う事になる。大名身分の簒奪を企てた罪がどれ程重いものか、偽の名を使う当人が、一番知っているに違いない。たとえ逃げて名をまた変えても、年格好は変えられない。地縁、血縁もなくなる。

「そうなれば、もはや企てを成せる筈もない故」

志摩守は頷くと立ち上がり、襖を開けた。すると隣の部屋の障子が開いていて、その先で宴の支度をしている藩士達の姿が、目に入る。志摩守はそれを、生真面目な表情で見つめた。

「しかし正直に申せば、それがしには分からぬ。この身も大名だが、例えばそれがしと成り代わりたいなどと、どうして願うのだろう」

まるで宴の催しについて話すかのように、さらりと小声でつぶやく。

「徳川の世が定まる前の戦乱であれば、考えられぬ事ではない。男は栄達を望むものだ。それに戦国ならばおなごとて、力強い男と添うた方が、己も子も生き延びられたろう」

だが、今は太平の世であった。

「商人は昔より余程栄えておる。百姓とて新田を開墾し、江戸の初めよりも、ずっと田畑を多く持っていると聞くな」

しかも新たな検地は行われていないから、差し出す年貢は、大して変わっていない筈であった。つまり百姓達の実入りは、昔より増えているのだ。

「唯一、得る金が増えていないのは、武家だ。いや、金に窮しておる大名、旗本の家では、俸禄の借り上げが行われておる。だから実際には、武家達は昔より、入るものが減っておる訳だ」

そして大名自身とて楽ではない。己の藩など、大商人、豪農達から借金をせねば、立ちゆかぬと志摩守は続けた。

それでも藩を背負う身であれば、数多の藩士達の生涯を支え続けなければならない。その重さが堪らぬといって、ある日、放り出す訳にもいかなかった。

「大大名であれば暮らしぶりも違おうし、話も別なのだろうが。しかし誰にしろ、さすがに大大名とは入れ替われまいよ。藩の借金を払わねば地位は手に入らぬが、その額が、余りに大きかろうからな」

いかに豪農とはいえ、何十万石の大大名を買えるとは思えぬと、志摩守は口にする。大名であれば、察しはつくのだ。

だから偽榎本とやらは多分、小さな外様大名へ声を掛けるだろう。だが、万一成り代われても、金で簒奪した事を他に知られた途端、首が飛ぶ。藩も潰れる。死の後までも、心配は消えぬ訳だ。

「やはり分からぬ。何故、偽榎本の言葉に乗る者が、現れたのだ」

すると。この時有月が持っている鶉巾着から鶉の佐久夜が顔を出し、何故だかじっと吉之助を見たのだ。有月が気がつき、僅かに笑った後、問うてくる。

「同じ豪農である吉之助ならば、少しは気持ちが分かるか？」

それで、正直に言ってみた。

「はい、少しは」

途端、有月と志摩守に、食い入るように見つめられた。

「有月様は今回、罠を仕掛ける為、力をお貸しすると言ったおひろ達に、頭を下げられました。あの時あたしはそれを見て、魂消たんです」

大名とはそんな所作一つで、驚かれる立場であった。だから前に不動下道場で、有月が大名になったと話が出た時、皆、声を上げて驚いていたのだ。

有月が元々大名家の生まれで、跡を取る事自体、妙な事ではなかったにもかかわらず、そうであった。

「つまり偽榎本がそそのかした者達は、自分も一度、そんな風になってみたかったんじゃないでしょうか」

誰も、大名の窮屈な暮らしも、藩を続けてゆく為の日々の苦労も、肌で感じてはいない。ただ目に映るのは、どこまでも続く大名屋敷の塀や、江戸城への登城時、大名達が連れている数多の家臣達だ。

知らぬから、ただ憧れる。本当に成り代われる気がしないから、軽く話に乗り、一時熱にうかされたのだ。

「多分、間抜けをした豪農達も、突然大名になって、藩で金のやりくりに、頭を痛めたかった訳ではないと思います」

本当に大名に成り代わったとしたら、驚く程の大枚が借金で消えたあげく、直ぐに次の借金がかさんでゆくのを見る事になるのだろう。だが、本心からそんな事をしたい者など、いる訳もない。あけすけな吉之助の言葉に、有月が笑った。

「おまけに、武家のしきたりも分からず、上屋敷で日々、胃の腑の痛い思いをするだろうな。家臣達は、殿をただ、敬うだけの奴らではなかったぞ」

登城日には江戸城内で、更に恐ろしい思いをする筈だ。

「お大名の着物を着たという喜びも、数多の家臣を従える誉れも、一瞬で吹っ飛ぶに違いない」

江戸城の御殿内に入れる臣下は、江戸留守居役しかいないし、おまけに留守居役の控えの間は、藩主と別なのだ。周りに人は大勢いるが、身分、地位により呼ぶべき名は決まっており、気軽にものも聞けない。そこをいい加減にして声を掛けようものなら、無礼だという話に化け、下手をすれば、藩を揺るがす大騒ぎになりかねなかった。志摩守も笑った。

「武家の所作すら身についていない新米大名が江戸城へ行ったら、どうなる事か。騒ぎを起こさず、下城出来るかどうかすら分からぬのぉ」

「恐いです」

吉之助が笑った。

「下々の事をご存じのようで、有月様が田畑の仕事を知らぬのと、似ておりますな」

「わ、私に百姓仕事は分からぬと申すか。ううむ、そうか……確かに鍬を持ち、米を作った事はないな」

戸惑う有月を見て、吉之助は泣きたいような、笑いたいような気持ちになった。夢は夢でなくなった時、恐ろしいものに化けるらしい。よって今日は笑う事にし、また宴の支度へ目を向ける。

「そろそろ、いつ偽榎本が現れても、おかしくない刻限になってきましたね」

見慣れぬ者が門を通った時は、知らせをくれるよう頼んであるが、まだ一報はない。皆の目が、宴の用意で多くが行き来する庭へと向いた。

5

志摩守が挨拶と共に去ると、入れ替わりにお喜多が、目通りを願ってきた。おひろとお喜多はこれから、上屋敷の宴で、三味線と踊りを披露する事になっている。

急な話に驚いていたようだが、そもそも武家奉公する娘は、芸事の一つも出来るから不安はない。

「きっと、美しい出し物になりますね」

早(はや)、支度も整った故、挨拶をしたいのかと、皆が二人を待つ。しかし驚いた事に、部屋に現れたのは、蒼(あお)い顔をしたお喜多一人きりであった。有月達の顔を見ると、涙をこぼしそうな顔で話し出す。

「あの、その、おひろちゃんが急に、いなくなりました」

「は?」

有月、左源太、吉之助は言葉を失った。

「さっきまで、一緒に出し物の話をしてました。なのに、私が支度の間から少し離れたら、部屋から消えてたんです」

捜したが、いつもの部屋や厠にはいない。御門へも行き尋ねたが、外へ出た様子もない。知り人に聞いても、姿を見た者はいなかった。

「おひろちゃん、どこへ行ったんでしょう」

元々、偽榎本が何かしてくるのではと心配していたから、お喜多は恐がっている。有月は眉を顰め左源太に問うた。

「門から、素性の知れぬ者が入ったと、知らせはあったか?」

「いえ、まだでございます」

未だ、文一つ届いてはいない筈と、左源太が戸惑いの声を上げる。入りやすい門があるのに、偽榎本がわざわざ他から忍び込んで、おひろに手を出したとも思えなかった。

今日は宴の日で、皆、藩邸内を動き回っているのだ。塀から藩邸内へ忍び入った所を藩士に見つかったら、捕まるか斬られるか、とにかくただでは済まない。

「なのに誰かがおひろを、支度の間から連れ出した。さて、どうにかして偽榎本が上屋敷へ来ていたのか。いや、別の件なのか」

何故、今なのか。

「引っかかるな」

有月は、一瞬厳しい表情を浮かべた後、まずは大丈夫だとお喜多へ声を掛ける。それから吉之助と左源太を側に寄せ、おひろの居場所について話し出した。

「おひろは踊りを披露する為、華やかな格好をしているのだ。そんな娘が人目につかぬ場所を、探らねばならん」

そして一寸考えた後、腰の巾着から佐久夜を取り出すと、お喜多の姿を見せた。

「佐久夜、上野でこのお喜多と一緒にいた娘、おひろを捜しているのだ。こういう華やかな娘を、空から見つけてくれ」

窓へ歩み寄り、ぽんと放り出すと、佐久夜は気持ち良さそうに飛んでいく。

「鶉とは、人捜しが出来るのですか」

お喜多が座ったまま目を見開いたので、そんな器用な真似は出来ないと、有月が笑った。ただ。

「だがあいつなら、おひろの顔は覚えているかもしれぬな。気が強い故、飛んでいった先で、おひろが誰かに虐(いじ)められていたら、相手を突く事くらいはするだろうさ」

　ここで有月は、左源太と吉之助を促し、今から己も、おひろを捜しに行くと告げる。吉之助とお喜多は、目を見合わせた。

「あの、後少しで宴が始まりますが」

　これから捜しに行っては、客人として招かれた大殿様が、宴にいないという事になりかねない。しかし有月は、志摩守がどうとでも言いつくろってくれるだろうと言い、さっさと御殿を出ていく。

「そもそも、偽榎本を嵌(は)める為に開いた宴なのだ。その宴に振り回されて、どうする」

「そうでございました」

　身を縮める吉之助の前で、身軽で気軽な大殿様は、あっという間に庭先へ下り、空へと目を向けた。青一面の中で飛ぶ真っ白い鶚は、やがて一旦御殿の瓦(かわら)屋根の先に、ちょんと留まる。それから久しぶりに、一声鳴いた。

「御吉兆ーっ」

　その後直ぐに飛び立った鶚を、有月が追う。左源太と吉之助も続くと、佐久夜は庭の周囲にある竹塀を越えていった。

「おや、上屋敷の内にも、塀があるんですね」

　吉之助が間抜けな声を出している間に、有月は木戸門を抜け土蔵脇へと駆け出た。右側の先に、大きめの長屋があるのが見え、左源太が横でつぶやく。

「あの辺りは江戸定府の、家臣達の住まいか」

その内佐久夜は、長屋の隣、厩とおぼしき建物の屋根へ留まった。庭というしつらえではないが、周囲には木々が多く、長屋脇に小さな畑があるのも分かる。

すると。

佐久夜がまた屋根から飛び立ち、そのまま木々の間へ突っ込んでいく。

「おや?」

吉之助が目で佐久夜の姿を追ったその時、いきなり悲鳴が聞こえてきたのだ。

「うわっ、何だ? いたたたっ」

聞き覚えのある声であったが、誰のものだか、吉之助は直ぐには思い出せない。有月達がそちらへ駆けていくと、まだ若い男を、佐久夜が遠慮もなく突き続けていた。

だが男は吉之助のように、ただ佐久夜から逃げてばかりではいなかった。顔に怒りの表情を浮かべると、脇差しを鞘ごと抜き、それを振り回して佐久夜を殴ろうとしたのだ。

佐久夜は飛び上がって逃げたが、男は直ぐに石を拾い、丸っこい鶉に投げつける。

飛ぶ鶉には当たらなかったものの、佐久夜ときたらふらついたあげく、転がり落ちるように、地面へ下りてしまったのだ。

「はは、鳥のくせに、飛ぶのが下手な奴だ」

男が脇差しを振り上げ、佐久夜を打とうとした。有月が慌てて駆け寄っていくが、とても間に合わない。

「ひえっ、佐久夜が危ないっ」

吉之助の目から、涙がこぼれ落ちた。

すると。

かつんっと堅い音がして、脇差しの先が、木の枝で打ち払われたのだ。

見ればそこに何とおひろがいた。木の枝を必死に構え、佐久夜を庇っていたのだ。男はその姿に心底驚いた様子で、おひろへ怒りを向けた。

「そこをどけっ。おなごが男の邪魔をするでないわっ」

声と共に、男はおひろの手にある枝を、簡単に叩き落とした。

だが、その僅かな間が佐久夜を助けた。迫ってくる足音に気がついた時、男は有月に拳固を喰らい、左源太に投げ飛ばされていたのだ。驚いた佐久夜がまた飛び立った時、男は近くの木の根元で身を打ち、気を失った。

その後、佐久夜はゆるゆると空から下りてきて、主の肩に留まる。

木の根元で伸びている男を見て息を吐くと、有月が己の鶏へ声を掛けた。

「佐久夜、よくおひろを見つけたな。お手柄だ。後でご馳走を用意しよう」

だがしかしと、有月の声は続く。

「しかしなぁ、お主は鳥なのだ。池に落ちたり、地に転がったりでは、格好悪いぞ」

すると、佐久夜は着物を伝って巾着へ戻った。そして、まるで言われた言葉が分かったとでも言うように、中でぐるぐると不機嫌な声を上げる。有月は苦笑を浮かべた後、転がっている男は誰なのだと問うた。

この時、おひろではなく吉之助が、口を開いた。

「この方は……何とこちらの藩の御用人、石上安長様だとお見受けしますが」

前に藩邸内で出会い、やたらと偽榎本の事を聞いてきた男であった。

「この御仁、偽榎本と繋がりがあったのでしょうか。いや、ひょっとしたら、この男が偽榎本なのか」

まさか侍とは思わなかったが、どんな事でもありそうに思えてきて、吉之助は言葉を失う。有月と左源太が、ひっくり返っている男を、鋭い眼差しで見つめた。

だが。ここでおひろが首を傾げたのだ。おひろは先程用人に庭へ呼ばれ、宴での歌舞について、あれこれ聞かれたという。しかし。

「その、石上様のお話は何と言うか……妙にずれていたというか」

石上は、偽榎本の話を知っているようであった。ならば、偽榎本の件で用が出来たのかと身構えると、全く偽榎本の話にはならなかった。

「石上様は、宴で認められ、殿様からお声が掛かったらお受けするつもりかと、そればかり聞いておられました」

今回は、有月に力添えする為の奉公で、直ぐに里へ帰る事になる。そう言ったのだが、しかし石上は納得しなかったのだ。

話は段々、男とおなごの縁（えにし）についてに変わり、その内おひろの手まで握ってきたので、早く宴の支度へ戻りたくて腰が引けた。お喜多が心配している故、戻ると言ってみたが、石上は許さなかった。

「するとそこへ、佐久夜が助けに来てくれました」

真っ白い姿が大層頼もしかったと、佐久夜は一の英雄として、若い娘から感謝されているのだ。

「何と、格好よい所は全部、この佐久夜が持っていっちまいましたか」

吉之助が羨ましげに言うと、有月が笑い出す。石上は直ぐには起きず、何故、偽榎本を呼ぶ為、罠を仕掛けた日に馬鹿をしたのかは、後で問うしかない。

「左源太、石上を担いできてくれ」

庭での試合が、じき始まる。一同は急ぎ、御殿へとって返した。

6

日も傾いた頃、武芸の試合も歌舞も終わり、上屋敷ではかがり火が焚（た）かれ、皆に酒肴（しゅこう）

がふるまわれた。

志摩守からお褒めの言葉と金子を頂いた者達は、仲間に囲まれ、楽しげなひとときを過ごしている。一方有月達は屋敷の奥で、志摩守と内々の酒宴を開いていた。志摩守が有月へ銚子を差し出す。

「いや、偽榎本は現れませんでしたな」

せっかく罠を張ったのに、残念であったと言われ、有月は酒を頂くと眉尻を下げた。

「こちらには大層ご助力頂いたのに、策が成らず、お恥ずかしき限りで。お騒がせ申した」

「日向守殿、当藩はお手伝い普請を、当分逃れられたのだ。今日の宴程の事、造作もござらぬ」

左源太や役目を終えた二人の娘達、それに吉之助も部屋の隅で膳を頂いている。しかし畳へ額をすりつけている者がいるので、何ともいえない緊張感が部屋に満ちていた。

志摩守が苦笑を浮かべ、ひれ伏す石上安長へ声を掛ける。

「石上、顔を上げよ。日向守殿も、もう良いと申されているではないか」

先程、佐久夜に突かれたあげく、伸された石上は、担ぎ込まれた部屋で、有月達の問いを受ける事になった。刀を取り上げ、眼前に不機嫌な佐久夜を突きつけると、石上はあっさり降参した。

そしておひろを呼び出したり、偽榎本の件にいたく興味を示した訳を、白状したのだ。

「いや、おひろ殿の事を、好ましく思うておったとはな」

志摩守が笑っている。石上は武家故、おひろとは身分が違うが、おひろの里方は裕福な豪農だ。だから仮親を立てるなど、いかようにも出来ると思っていたらしい。

しかし今回、おひろ達の奉公には偽榎本の件が絡んでおり、用人である石上はその事を承知していた。そしてその企みには、娘が側室に入るという点が、欠かせない事も知っていた。

そんな時、宴が開かれ、おひろ達が殿に歌舞を披露する事になったのだ。

「やはり若い娘達は、殿のお目に留まりたいのかと思い……」

おひろが気になっている石上は、正直に言えば、面白くなかったのだ。それで宴へ出る前に、おひろへあれこれ確かめておこうと決め、呼び出したらしい。

だが真剣なる話の途中、何故だか飛んできた鳥に突かれ、石上は思わずかっとなって、脇差しの鞘で払ってしまった。

「その鳥がまさかお客人、多々良木藩の大殿様が飼われている鶉とも存じ上げず、申し訳ありませぬ」

石上は平伏したまま謝っている。有月は、巾着から出て、主の膝の上で丸くなっている佐久夜を撫でた。

「まあ、佐久夜の事は良い。活躍して褒められ、機嫌が良くなったしな」

黙っていれば大層可愛らしいものだから、志摩守からも褒め言葉を貰い、料理の豆を分けてもらって、珍しくも大人しい。

「ところで石上、一つ聞きたいが。お主はどこで、おひろを見初めたのだ」

おひろは上屋敷に奉公したばかりであった上、しかも奥勤めだ。皆、藩士と娘達に縁があるなど、考えていなかった。吉之助など、石上から、娘達は側室になるつもりがあるのかと問われていたのに、色恋の話は思い浮かべもしなかった。

すると石上が顔を上げる。

「最近道場で親しくなりました、さる旗本の陪臣がおります。その男が、お屋敷へ武家奉公に来た娘の事を、気にしておりました」

男と歩いている時、たまたまその娘を見かけたというので、名を教えてもらった。

「娘の名は、お喜多殿と言いました」

「あら」

お喜多が驚いて、隅から小さく声を上げる。

「その時、お喜多殿と一緒にいたのが、おひろ殿でした」

男はお喜多の友である、おひろの名も知っていた。二人とも並の武家よりも余程裕福な、豪農の娘だと聞いた上、綺麗な娘だったので石上は気になった。するとその後、何という偶然か、お喜多とおひろが、己のいる上屋敷へ武家奉公に来たのだ。

「それで、おひろ殿は自分と縁ある相手だと、勝手に思ってしまいまして。そうなると
その、皆の前で芸事を披露するのすら、どうも気に入らなくなり……」

まだ会ったばかり、縁談すら申し込んではおらず、勝手な考えだという事は分かって
いた。しかし、道場仲間とお喜多の方は上手くいっていると聞き、差が付いたようで悔
しかったと言う。

ここでお喜多が箸(はし)を置き、真っ直ぐに石上を見た。

「あの、私を知るというお旗本の陪臣とは、どなたの事なのでしょう」

「それは……菊岡九兵衛殿と申される」

歳(とし)は吉之助程だと言うと、お喜多は目を見開き、きっぱり首を横に振った。

「その方は、私が奉公していたお旗本の陪臣、菊岡九兵衛様とは違います。菊岡様は、
二十歳を少し出た程のお歳でした」

「は？」

「それに菊岡様には、許嫁(いいなずけ)がおいでです。菊岡様から望まれた御縁だと聞きました。

そして私は菊岡様に、おひろちゃんの里の事を、話した覚えはありません」

「………」

戸惑う石上へ、有月は菊岡と名のった男の見た目を尋ねた。すると、何とも頼りない

返答があり、座の者達は顔を見合わせる。

「さあ……しっかりした体つきだとは思いましたが、道場には同じような者は多くおりました。顔は平凡というか、頭に残らぬ感じで」

要するに、どこにでもいる感じの男らしい。

「やはり、本物の菊岡とは違う」

有月は、溜息を漏らした。

「そういえば今回おひろが武家奉公に出た事は、早々に余所へ漏れていたのだったな」

今思えば武家奉公について、小牧の里へ問い合わせが入った事も怪しい。事を承知して、周りに喋った誰かがいたのだ。

「参った。こちらの動きを読まれていたようだ」

有月の表情が厳しい。

「石上と会った男こそ、偽榎本かもしれぬ。つまりあ奴、とうにこの宴と関わっていたのだ」

ただし、今日姿を見せたのではない。偽榎本は、以前声を掛けた豪農の娘達がどう動いているかようく知って、先に動いたのだ。そして何日も前から一騒動起こす気で、石上を己の駒として動かしていた。

「やられたな」

吉之助は驚き、寸の間黙り込んでしまう。だがじき、何故だか有月の膝の上の佐久夜と目が合い、じっと見つめられ焦る。すると、気になる事を黙っていられなくなり、おずおずと有月へ問うた。

「あの、今回どうして、偽の菊岡様が現れたんでしょうか」

偽榎本が事情を掴み、罠を嫌って上屋敷へ現れなかったのは分かる。だが小牧村と文のやり取りをしたり、偽菊岡として石上の前に現れるなど、余分な動きではないか。

「勿論、石上様が会った菊岡様の事を、実は偽榎本だったと気づかれない事もございましょう。しかし今日のように分かってしまい、顔立ちなどが漏れる事もございます」

今まで、亡き榎本との繋がりしか分からなかった男について、幾つかの事が知れた。

三十程の男だという事。

偽榎本は特徴のない面をしている事。

何故だか、豪農達の動きに詳しい事。

気がつけば少しずつ、偽榎本とはいかなる男かが集まっている。

「物事に関われば、幽霊じゃない限り、なにがしかの跡が残ります故」

今まで表に出てこなかった偽榎本が、今回どうしてわざわざ姿を現したのか。吉之助には分からないのだ。

すると、しばしの後、有月がゆっくり口を開いた。

「今回偽榎本は、己の代わりに石上が、上屋敷で騒動を起こすよう仕向けた。罠を張っていたから、我らは石上の件に関わり、しかし偽榎本ではなかったと、一つ安心をする」

だがしかし。本当に気を緩めて良い時なのだろうか。有月は己に問うている。

「旗本の家老が、身分を売ろうとして責を問われた後だ。偽榎本としては、今までと同じように構えていては、事を成せないと分かっているだろう」

となれば、事を諦め逃げるか、大勝負に出るか、二つに一つではないか。

「今回の件、目くらましかもしれぬ」

幾つもの出入り口のある、出合茶屋と同じだ。一方の口ばかり見ていると、他から抜け出た人影を見失う。

座に集まった者の眼差しが、有月に集まる中、話は静かに続いた。

「偽榎本は今、他で大勝負をしているのではないか」

だから有月達が邪魔をせぬよう、小さな事を起こし、その目を逸らしたのだ。気を緩めるよう仕向けたのだ。

座が静まりかえった。

六　江戸の合戦

1

「大名身分の簒奪。吉之助、あの件が大きく動くぞ」

多々良木藩前藩主にして、今は大殿様となっている有月が、ある日、吉之助をわざわざ中屋敷へ呼び、そう語った。大殿様の横には、今日も御付人の左源太が控えている。

今、有月達も吉之助も、大事に巻き込まれているのだ。豪農や町人生まれの娘達は、武家奉公に出る事があるのだが、それを悪用し、大名に成り上がろうという者が現れていた。

「先日、悪事を企てた偽榎本を捕らえるべく、事を仕掛けた。だが相手に逃げられたな」

しかし、得た事もあった。向こうがあれだけ素早く逃げられたという事は、こちらの動きを疾く知った証だと、有月は言う。

「偽榎本は、思いも掛けぬ程、我らの身近におるのかもしれぬ」

ならば、打つ手も変わってくる。別のやりようもある。薄く笑った有月の顔は、整った面である分、何とも恐ろしげであった。

「江戸は一見静かで、いつもと変わらない毎日が、続いているように思える。だがな」

既に人死にが出ている。名なしの犯人は下克上を図ったのだから、己の命を賭ける覚悟で、事に臨んでいるだろう。

「吉之助。今、江戸は間違いなく、天下分け目の、合戦のさなかにあるのだ」

だからと、有月は続けた。

「お主も用心しておけ。命を落とさぬようにな」

とうに覚悟していたのに、震えが走った。吉之助は顔を強ばらせ、有月へ問う。

「それで……有月様はこれから、何をなさるおつもりなのですか?」

「お主には言わぬ」

「は?」

「今、言ったであろう。悪事の大本、偽榎本は、存外身近におる者やも知れぬと分かった。よってこれからは、こちらが打つ手の話を、漏らさぬ事にした」

「有月様、あたしは大事を、余所で話したりいたしませんよぅ」

吉之助は口を尖らせたが、有月は首を横に振る。そして、心づもりを話す代わりに、これはお主の命の綱だと言って、袋を一つ、吉之助へくれたのだ。

だが、これは何ですかと聞いても、身につけていろと言うだけだ。吉之助は仕方なく頷くと、早々に中屋敷を辞した。

　帰り道、脇の田畑へ目を向ければ、そこには目に馴染んだ、のんびりとした光景があるばかりだ。いつもと何一つ変わりなく、穏やかな風が吹いてゆく。

「本当に今、江戸は関ヶ原以来、もっとも大きな合戦をしてるのかね。天下分け目の時なんだろうか」

　首を振って考えを払った。考え込んではいられない。東豊島村に帰れば名主として、日々の用があれこれ待っているのだ。

「みんな、忙しいよねえ。なのにどうして偽榎本は、剣呑な騒ぎを起こしたんだ？　今ある暮らしを放り出し、別の何かを求めた気力の元は、何なんだ？」

　未だに分からない。だから吉之助は、己も変事に深く巻き込まれているのに、こうして田舎道を歩んでいる時は、夢でも見ている気持ちになった。誰かが大名に成ろうとしている事が、不思議な、絵空事のように思えてくるのだ。

「やれ、本当にあたしも、用心しなきゃいけないんだろうか」

　これから、どんな嵐が来るのか。吉之助は道端でふと立ち止まり、後にした中屋敷の方を振り返る。しかし風の中の道に立っても、答えが得られる筈もなかった。

村の者総出で、新たな商い用に大根を漬け、一息ついていた日の事。昼も過ぎた刻限、吉之助は己の名主屋敷で、久方ぶりの客を迎えた。

「これは、岸様。いつぞや軍鶏を分けて頂いたおり、不動下道場でお会いして以来ですな」

気軽に庭へ入ってきた男を見て、吉之助は嬉しげに笑みを浮かべ、板間の囲炉裏端へ藁座を出す。すると道場の同門であり、かつて御家人でもあった岸は、そつなく手土産だと言って、藁づとに包んだ卵を十も差し出してきたのだ。

「ああ吉也さん。今更岸様は止しておくれ。聞いただろう、おれは多津川家へ養子に行って、吉也さんと同じ百姓になったんだ。いやお前さんも名を変え、今は高田吉之助さんか」

やれ頭に浮かぶのは、一緒に剣を習っていた若い頃の立場、名前ばかりで困ると、多津川は苦笑を浮かべている。

「そういえば昔、武家から百姓身分になった時はなぁ、口のきき方に困ったよ」

百姓として、馬鹿な言い方をしないようになるまで、多津川は随分苦労したらしい。

「だが懐かしい顔を見ると、未だに駄目なようだ」

明るく言われて、吉之助は分かると頷いた。

「あたしも、昔の癖は直ってないんですよ。この歳になってもまだ泣き虫と言われ、時々からかわれております」

「はは、それは相変わらずなのか」

吉之助は頷いて眉尻を下げると、茶を淹れて多津川へ差し出し、一旦言葉を切った。昔の話は懐かしかったし、多津川の気安さは快くもあったが、少しばかり首を傾げてもいたのだ。

(さて、多津川さんは今日、何の用で来たのかね？)

多津川家のある村は、東豊島村より、ずっと東にあると聞いている。近くに住む訳ではなし、日頃の行き来もない。何か心づもりがあっての来訪に違いなかった。

すると吉之助の戸惑いを察したのか、多津川は早々に、囲炉裏の向こうから用件を切り出してきた。

「そのね、吉之助さん。今日顔を出したのは、女房の姪の為なんだ」

実は義妹がその娘を、武家奉公へ出したいと言い出したらしい。

「武家奉公？　これからですか？」

「確か吉之助さんの縁者に、武家奉公へ行った娘御がいると聞いた。で、色々相談に乗っては貰えないだろうか」

少し前までなら、豪農の娘が武家へ奉公するのは、そんなに難しい事ではなかったと、多津川は続ける。よって、そのつもりでいたのだが、姪の奉公先が決まらない。慌てて知り人に尋ねたところ、何故だか今、娘の武家奉公は大層難しくなっていたのだ。

「姪のせいではない。ただ時節が悪い。暫く待てと言う人が多かったんだ。でも義妹は、早く何とかして欲しいと、おれに言うのさ」

多津川が渋い顔つきになっているのを見て、吉之助は囲炉裏の前へ、湯飲みを置いた。

(きっと姪御はお武家へ奉公し、礼儀作法や芸事を身につけて、良き縁談を望んでいるんだろうね。だから無駄に待って、歳を食うのが嫌なんだ)

おなごは二十歳になれば、年増と呼ばれてしまう世の中であった。

(でも今は本当に、奉公など無理だ)

吉之助は眉尻を下げ、何と言って断ったらいいものかと悩んだ。奉公出来ぬのは分かっているが、事情を話す事も出来ないのだ。

(武家の身分を欲しがる百姓町人が、現れたんですよ。で、その企みに使われそうな娘達は、武家へ奉公出来なくなりました)

もし本当の事を言ったら、多津川は今更何をと、首を傾げるだろう。当節、町人の娘達が武家へ嫁入りしたり、御家人などの身分が株として、売り買いされる事は並にあると、皆、承知していた。低い身分であれば、武家という立場は既に、他人へ売り渡されているのだ。

しかし、それとて表向きは売買ではなく、武家が養子を取るという形を取っている。

その上お上から、身分を越えた養子を否とする禁令も、出されていた。

(でもねぇ、何度もそんな御禁令が出てるって事は、武家身分の売り買いが、続いてるって事だ)

金に困り、身分を売りたい武家と、身分を越えたいと願う者達。互いに実情を知りつつ、形を整え目を逸らし、御禁令をすり抜けている訳だ。

だが今回、武家身分を欲した〝誰か〟は、とんでもないものを狙ってきていた。

(大名の身分……)

この一言は、話せなかった。話せば多津川を、身分の根幹を揺るがす大騒動に巻き込んでしまう。剣呑な企みは、今や老中までが承知しており、もうお目こぼしに与る事も、見逃される事もないと決まっているのだ。

するとと。

吉之助が黙り込んでいるものだから、答えずとも返事が分かったのだろう。多津川は炉端の向こうで、口を尖らせた。

「どうして、うちの姪は駄目なんだい？」

「だから、時節が悪いと……」

「でも噂を聞いたよ。吉之助さんなら多々良木藩との御縁を使って、何とか出来る。それで先月も二人の娘御を、武家奉公へ出したって」

「ああ、親戚(しんせき)のおひろ達の事ですかね。でもその奉公も、すぐ駄目になりました」

まさか偽榎本を捕らえる為、おひろ達を使ったとは言えない。しかし多津川は、首を横に振った。

「いや、別の娘さんの話だ」

「えええっ」

突然の話に、吉之助は目を茶碗のように見開いた。

「そ、そんな話は知りません。初耳ですよ」

「だって随分噂になってるよ。本当だ」

「馬鹿な……」

総身に震えが走った。

つい先日も有月から、今は天下分け目、戦いの時だと聞いたばかりなのだ。こんな折りに吉之助が、禁じられた娘の武家奉公を口利きなどしたら、間違いなく大事になる。

(あたしは敵方に回ったのかと、有月様から疑いを掛けられるかもしれない。冗談じゃあない。恐い、恐いよ)

涙が出た。気がつけば旧友は、とんでもない厄災の噂を、吉之助に運んできていたのだ。有月という多々良木藩の大殿様は、見目は麗しいが、気性の方は麗しくない。

「あの、武家奉公が叶(かな)ったという娘さん達は、どこのお屋敷に行ったんですか?」

試しに聞いてみると、驚く程はっきりした返事が、多津川から返ってくる。つまり、ただの法螺話ではなさそうであった。

「姪の知り合いの娘さんは、今度、黒羽藩上屋敷へ上がると聞いたよ」

そしてもう一人、そちらとは縁がないが、確か麻生藩上屋敷へゆく娘もいるとの話だ。それで多津川の義妹は、娘も何とか出来る筈と、引かぬ構えなのだという。

「でも本当に、あたしはそんな口利き、していないんですよ」

吉之助の頭の中で、今聞いたばかりの話がぐるぐると走り回った。

(こんな奇妙な事が起きるなんて。ああ今は間違いなく、合戦の最中なんだ)

きな臭い話であり、早く有月へ、この事を知らせねばならないと思い立つ。そして、子細を知る多津川を、ぜひ多々良木藩中屋敷へ伴いたかった。吉之助では、今回の武家奉公の噂について、ろくに話せないのだ。

(でも、どう言って、同道してもらえばいい？　詳しい事情は言えないぞ)

多分一つしか方法はない。吉之助は涙を払い、唇を引き結ぶ。

「多津川さん、姪御が奉公出来るかどうか、有月様に伺ってみましょう」

吉之助がそう言うと、多津川が満面の笑みを浮かべた。とにかくこれで多津川は、姪の奉公を大殿様へ頼む事が出来、吉之助は多津川を、多々良木藩へ伴えるのだ。その後どうするかは有月が決める事だと、腹をくくった。

「多津川さん、有月様は隠居されてるから、今は中屋敷にお住まいだ。そちらへ伺いますが、よろしいですね？」

多津川は大きく頷いてから、しかし直ぐに首をひねった。

「あ、そうか。大名家じゃ、屋敷を幾つも持ってるんだよね」

生家は御家人であったから、勿論屋敷は一つきりだったと言い、多津川は苦笑を浮かべつつ頭を掻いている。

「大名屋敷は山と見てきたのに、思い浮かばなかったよ。やはり大名家というのは、並の武家とは違うな」

その屋敷で働き、行儀作法を習うだけで、娘には良き縁談が来る。そういう相手なのだ。

「多津川さん、うちの方が、おたくの村よりずっと中屋敷に近い筈です。今日、これからでも多々良木藩へ行きますか？」

気が急いた吉之助は問うてみたが、さすがに直ぐでは手土産もないからと、多津川が眉を顰める。よって二人が有月を訪ねるのは、明後日の事に決まった。

2

二日後の夕刻、吉之助は多津川と、不動下道場へ顔を見せた。

しかし旧友らに会いに行ったのは、懐かしさの為ではなかった。多津川の姪の武家奉公は、結局、決まらなかった上、吉之助が傷を負ったからだ。

額に向こう傷をつけた吉之助は、中屋敷からの帰り道、泣き続けていた。それで、とにかく手当をしようと、多津川が、馴染みの道場へ連れてきた訳だ。

「道場には、良い傷薬が置いてある」

一声掛け、山崎師範に来訪を告げた後、多津川は道場脇にある板間の囲炉裏端へ、吉之助を座らせる。それから勝手知ったる様子で、脇の棚から薬を取り出し、あちこちを突かれた吉之助の手当を始めた。

だが塗られた薬が大層染みて、吉之助が悲鳴を上げると、道場の方から笑い声が聞こえてくる。じきに道場主の山崎師範と、元旗本の坂上が、囲炉裏端へ姿を見せた。

「おい吉之助、いい歳をして、相も変わらず泣き虫だな。何があったんだ」

師範が笑うように問うたが、吉之助は涙を止め答える事が出来ない。それで多津川が代わって、二人へ子細を話し始めた。

「実はおれのせいで、吉之助が有月……様の、怒りを買ったのだ」

吉之助は今日、大名家との取引を、危うく止められそうになってしまった。

「実は姪が武家奉公をしたいと言うんで、つい吉之助に無理を言った。有月様を頼ろうと、多々良木藩中屋敷へ行ったんだ」

師範らへ語る、多津川の口調が硬い。

「ところがなぁ、ろくな話にならなかった」

多津川は頭を下げ、有月へ自分の姪の、武家奉公をお願いしたのだ。

だが。ここで多津川が大きく息を吐いた。

「大殿様ときたら、怒っちまった」

どうやら今、若い娘の武家奉公を頼む事は、禁句であったらしい。よって多津川や、わざわざ多津川を連れていった吉之助までもが睨まれた。吉之助は、藩邸への出入りを禁止するぞと脅されたあげく、さらなる災難に見舞われたのだ。隣にいたのに、多津川は止める事も出来なかったと話す。有月はあの時、吉之助の巾着へ声をかけたのだ。

「巾着？」

師範と坂上が、揃って首を傾げた。

「すると中から、真っ白くて丸いものが現れた。おや鳥だ。可愛いではないかと思った途端、とんでもない事になった」

現れたのは、佐久夜と呼ばれた鶉であった。鶉は巾着から飛び出すと、一声も鳴かぬ内に、いきなり吉之助を突いた。

「ほら、吉之助の額に、向こう傷が見えるだろう。あれがその時の傷だ。鳥は、逃げ出した吉之助を部屋中追って、何度も突き回した」

「な、何と」

突然の事に、多津川は呆然としてしまい、吉之助を助けられなかった。何しろ、鶉とは戦った事がなかったのだ。

佐久夜は存分に吉之助を突くと、姿を消してしまった。大殿様は、魂消て声もなく座っていた多津川へ、武家奉公の話をきっぱり断った。そして二人は、大殿様と共にいた左源太に、中屋敷からさっさと出されてしまったのだ。

「見れば吉之助は、随分あちこちを突かれていたのに、手当もしてもらえなんだわ」

じき、吉之助は泣き出してしまい、多津川は傷薬を借りる為、道場へ来たのだと話をくくる。師範は、とんだ一日だったなと言い、気の毒そうに古い弟子へ目を向けた。

「吉之助、こういう時はしたたか飲んで、嫌な事を頭から追い出すに限る。酒は弱いと？　今日くらいは酔いつぶれる気で飲め。どのみち稽古の後、酒盛りをするつもりだったのだ。遠慮するな」

少々早いが、今日の稽古はお終いだと言いつつ、師範が道場へ戻ってゆく。門弟達が帰り支度を始めた中、坂上と多津川が横の板間で、酒の肴を作り始めたものだから、吉之助が驚いて涙を止めた。

「あのっ、お二人ともお武家の生まれですのに、料理などされるんですか」

「わはは、最近我らはよく、この道場で酒盛りをするんでな。簡単な肴を用意出来るようになった」

「おお、味噌を塗った田楽を作るのですか。それ、あたしも大好きです」

多津川は手早く、切った豆腐を串に刺すと、囲炉裏の五徳に網を掛け、並べて焼いてゆく。坂上は、囲炉裏の自在鉤へ鍋を掛け湯を沸かすと、ぶつ切りにした軍鶏肉を、大根などの野菜と共に放り込んだ。板間に戻ってきた師範は吉之助へ、酒をちろりへ注ぐよう言いつけ、己は皿や箸を囲炉裏端へ並べている。

やがて煮えた鍋へ味噌を溶き入れ、唐辛子を振った頃、既に弟子達の姿は消えていた。昔馴染み四人で、田舎家の囲炉裏端にくつろぐと、大名屋敷での件が、まるで昨日の事のように感じられてほっとする。

その内、田楽の豆腐も焼け、酒が注がれると、皆が吉之助の今を聞いてくる。大名貸しの事を真っ先に問われたが、まだ大した金高ではなく、利も多くはなかった。それより漬け物の商売を始めたと語ったところ、最近の百姓は本当に手広くやっていると、師範が笑い出した。

「世の中変わったな。もう商人と大百姓の違いなど、大してないように思えてくるわ」

「本当に。おっ、そろそろ軍鶏も煮えたか。ほれ、鳥への敵討ちだ。吉之助、食べろ」

多津川が椀によそってくれた味噌煮が、それは熱くて美味で、酒が進む。吉之助は気持ち良く酔いつつ、三人へ目を向けた。

「皆さんは稽古の後、こんな楽しみを持たれてたんですか。ならば剣は下手でも、道場を続けていれば良かった」

吉之助が本心から羨ましげに言うと、師範が豪快に酒を飲んだ。

「いや、こういう集まりを、昔からしていた訳ではない。吉之助がいた頃は、なかっただろうが」

まめに酒盛りをするようになったのは、かなり最近の事なのだそうだ。ここで師範がちらりと、多津川や坂上の顔を見てから言った。

「実は酒好きだった、師範代の榎本が始めたのだ。あいつ、急に姿を見せなくなってな。吉之助は、榎本の噂を何か知らぬか」

気を緩めた席でいきなり問われ、咄嗟に言葉を失い、目を泳がせてしまった。さっと表情を険しくした師範に詰め寄られ、吉之助は仕方なく、何とかぼかしつつ榎本の事を話すはめになった。

「榎本さんは、その……軍鶏の縁で、有月様の暮らしぶりを知り、腹を立てられたようなのです」

多分、改めて相手の事を思うと、己とは違う運の良さが、我慢出来なかったのだろうと、吉之助は話を進めた。それである日榎本は、何と、どこぞの道で有月に斬りかかったのだ。だが、供をしていた左源太に阻まれたらしいと、吉之助は伝聞の形で語り、それから話を必死に、事実とは別の方へ逸らす。吉之助が勝手に事を語ってもいい話では、なかったからだ。

「榎本さんは、斬りつけた場から姿を消されたそうで。有月様は、事を表沙汰にするなと言われたとか」

もし榎本が、隠居大名へ斬りかかったなどと他に知れたら、大事になるからだ。家の者も、師範代を務めていたこの不動下道場も、ただでは済まなかったかもしれない。よって有月から、黙っていろと命を受けた事にして、吉之助は榎本の話を終えた。

「上方へでも、逃れられたのでしょうか。榎本さんのその後は、あたしも知らないんです」

「そうか……でも、文の一つも来ないな」

師範達が静かに言ったので、吉之助が下を向くと、横から坂上がまた酒を注いでくる。ありがたく飲んでいると、見かけによらず酔っていたのか、坂上は妙な話を始めた。

「お大名相手に、榎本は馬鹿をしたものだ。しかし大名がらみといえば、榎本は変わった噂話をしていたな」

「噂？　坂上さん、どんな噂ですか？」

吉之助は首を傾げ、酒を勧めつつ問うてみる。すると坂上は、軽い調子で大事を告げたのだ。

「お主、多々良木藩の大名貸しだろう。大殿様へは言うなよ。榎本の戯れ言だったかもしれんから」

驚くような話だったと、坂上は続ける。

「あいつは何と、大名という立場まで、売り買いされそうだと言ったんだ」

「おい坂上、悪く酔ったのか。変な事を言い出すな」

多津川が、坂上の肩を摑み止めた横で、吉之助が目を大きく見開いた。

（えっ……榎本さんは酔って、その話を漏らしていたのか）

だが坂上は、話を止めなかった。

「こんな事も聞いたぞ。実は身分を売りたいという大名も、既にいる。もう借金すら難しくなってきたある藩など、藩を潰すくらいならと話しているそうだ」

酔っ払いは何が可笑しいのか、けらけらと笑った。

「阿呆。一国が金で買えるものか！」

うんざりとした声を出したのは、師範の山崎で、全く酔ったようには見えなかったが、やはり声が大きくなっている。吉之助は魂消て息が出来なくなり、慌ててぐいと酒を飲み干した。

（も、もう、売買の話が進んでいるのか？）

有月は、まだ入れ替わった大名など、いない筈だと言っていた。しかし、見落としがあったのだろうか。

(い、一体、どこの藩が……)

坂上が、榎本はその売買に関わっていたらしいとまで言い出した時、多津川が拳固(げんこ)を喰(く)らわした。そして吉之助の事も睨んでくる。

「酔っ払いの戯れ言だ。一々相手にするな」

頷きはしたものの、落ち着かない。

(どこの藩の話なんだ?)

知りたかったが、三人は榎本から、それ以上は聞いていないと言い、話を変えてしまう。吉之助は、またぐいっと酒を飲み、そしてふらふらし始めた。

(どうしよう、この話は、急ぎお知らせするべき事なのか?)

酔った頭が上手(うま)く働いてくれない。酒が回って温まり、まぶたが重くなってくる。有月が榎本へ問えばいいと思いついたが、そういえば榎本は既に、死んでいる。

(榎本さんは、何を、どこまで道場で話してたんだろうか)

だがじき酔いに包まれ、考える事すら出来なくなってゆく。吉之助は程なく、不動下道場の板間に転がってしまった。

するといつの間に戻っていたのか、腰の巾着から、不機嫌そうな「くるるる」という声が、聞こえてきた。

3

村に帰った後、吉之助は初めて会う客を、何人も東豊島(ひがしとしま)村の屋敷へ迎えた。おかげで忙しく、中屋敷へは行きたくても行けなかった。

客は皆、知り合いのつてを辿(たど)って来ていたので、むげには断れなかったのだ。だが、困った客達であった。吉之助ならば、娘の武家奉公を世話出来るという例の噂が広がっており、その件で多津川と同じく、世話を頼みにやって来ていたのだ。

「いえ、そんな事は、無理でございますよ」

吉之助は断るのに一苦労であったが、困り事の元は噂であったから、封じる事が出来ない。反対に客へ、噂の出所を尋ねてみもしたが、既に大勢が知っている話だとみえて、はっきりした事は摑めなかった。吉之助は客を帰した後、囲炉裏の前で溜息(ためいき)を漏らした。

「ああ嫌だ。噂っていうのは、本当に恐いもんだ」

有月は吉之助の事を信じてくれていると思うが、ちょいとばかり心許(こころもと)ない。噂を広めたのは、偽榎本かと考えてみたが、証がある訳ではなかった。

すると。

ある日の暮れ六つ時、東豊島村を訪ねてきたのは、いつもの豪農ではなく、人目を憚るように笠を被った、武家であった。

「おや、有月様からの使いだろうか」

吉之助が急ぎ男を囲炉裏のある間へ招くと、思い違いで、男は中屋敷にいる知り人ではなかった。そして驚いた事に武家は、ある藩の使いで来たと言ったにもかかわらず、その藩名を告げず、己も名のらなかったのだ。

吉之助はぐっと唇を引き結び、鉄瓶の向こうにいる武家を見つめた。

「お武家様、どんなお話があって、当家へおいでになったのか存じませんが」

名も名のらぬ者に、まともな返事が出来るとも思えないと、きっぱり言ってみる。すると武家は一寸、背筋を伸ばした。そして辺りを静かにうかがってから、それは小さな声で、吉之助へこう問うてきたのだ。

「確かめねばならぬ事が、あったのだ。東豊島村の高田吉之助殿。お主は本当に……一国の借金を返す力があるのか？　いくら豪農とはいえ、お主が大名貸しとして多々良木藩へ貸している金子は、大した額ではない。だが実は、大枚を隠し持っているのか？」

一瞬、吉之助は、相手が何を言い始めたのか、全く分からなかった。どうして藩の借金を、吉之助が返さなくてはならないのだろう。

「一体、何を言っておいでなのです？」

ところが、武家へこう問うた途端、返事も貰っていないのに、答えが思い浮かんでしまった。

(あれだ！　一国の借金を返済するのと引き替えに、大名の身分を得るという、あの話だ……)

目の前の武家の生国(しょうごく)は、借金で余程切羽詰まっているのだろう。目を付けられ、多分偽榎本から危うい話を持ちかけられたに違いない。そして武家は話の真偽を確かめる為、わざわざ、この東豊島村までやって来たという訳だ。

だが……だが。

(何であたしに、金があるのかと問うんだ？)

吉之助は一寸、首を傾げてしまった。しかし、その内段々、顔が強ばってくる。気がつかぬ間に、いつの間にか、自分はとんでもない者だと思われていたのか。眼前の武家は今、問うたではないか。

(一国の借金を返す力があるのかって)

つまり。

(このお武家、あたしを、大名家を買い取ろうとしている豪農だと思ってるんだ。つまり……偽榎本の仲間だと目されているのか？)

いや、事を始めた本人だと、思っているのかもしれない。有月や御老中までが追っている、偽榎本。江戸を、身分そのものをひっくり返そうとしている大悪人だが、吉之助がその人だとしているのだ。

どくんと、心の臓が跳ねた気がした。

（あたしは有月様らと共に、偽榎本を追ってるんだよ。それだから、何度も襲われたのに）

なのに。思わず叫びそうになった。

（い、いつの間に？　このあたし自身が、その悪人だって事に、なったんだ？）

それは、この男一人の考えであろうか。それとも既に、吉之助が偽榎本だとの噂があり、それを聞いた武家が、高田家へ訪ねてきたのか。

（大変だ……）

総身が細かく震えてきて、吉之助は唇を嚙みしめる。涙が溢れてきそうになったが、それは、必死に堪えた。今は、今だけは、泣いている暇などなかった。

（な、何とかしなきゃ。早く何とかしなきゃ、この命が危うくなる）

吉之助は突然、本当に危ない立場に立たされている事を知った。直ぐに拳を握りしめると、必死に顔を上げる。

（な、何を暗く、考え込んでいるんだ。あたしは偽榎本じゃあないんだ）

試しに武家へ、そんな話、どこから聞いたのかと問うたが、やはり噂を耳にしたと言うのみで、はっきりしない。ならばと武家へ、もう一度名を聞いてみたが、無駄だった。

(ならば、この妙なお客には、早いとこ帰ってもらおう。そして有月様に、話を聞いて頂こう。中屋敷へ行かねば!)

既に辺りは暮れかけており、多々良木藩まで歩いていけば、帰りは酷(ひど)く遅くなるかもしれない。だが、それでも出かけた方が、心が安まるに違いなかった。今日は月が明るい筈だから、提灯(ちょうちん)があれば夜道も何とかなる。

吉之助は腹に力を入れ直すと、先程の武家の問いへ、やっと返答をした。

「なんで当家の金箱が気になるのか、存じません。ですが正直に言えば、高田家には今、そう多くの金は残っておりませんな」

高田家は、丁度大根漬けの商いに加わり、樽(たる)代や舟代の為、大金を払った所なのだ。吉之助は名主だから、肥代など、毎年まとめて必要な金子は、残しておく必要がある。

「つまり、一国の借金を返す力など、全くございません」

「……それが答えか。分かった」

武家はあっさり引くと、結局名前一つあかさず、藩の名前も言わず、名主屋敷から帰っていった。吉之助は直ぐに出かける支度をすると、家の者に、帰りは遅くなると言い置いて、暮れてきた田舎道へ足を踏み出した。

だが幾らも行かぬ内に、草の匂いがする道端で、「くるるる」という声が聞こえてきたとき、急に足が止まった。大事な事が頭から吹っ飛んでいたと、気がついたのだ。

「さっきのお武家、奇妙な事を言われなかったか？」

高田家に金があるかどうか気にした時、確か変な事を言っていた。

「あたしが多々良木藩へ、大名貸しとして貸している金子。そいつは大した額ではない。そう言ってたよね？」

吉之助は自分へ問うようにつぶやく。

「そりゃ、まだ藩との付き合いは浅いし、金額も積み重なっちゃいない。でも、さ」

あの武家は、どうしてその事を承知していたのだろう。藩へ貸した金の額など、余程近しい者しか知らない筈なのだ。

「とすると、もしかして……」

あの武家が仕えている藩は。

「多々良木藩、なのか？　知らぬ顔だから、あのお方、上屋敷にいるお武家か？」

大殿となった有月は、既に藩政に関わってはいない。今の藩主は実の甥御で、しかも大層若い筈だ。

「もしかしたら借金に苦しんでいる家臣達が、殿様にないしょで、勝手に身分の売り渡しを進めてるんじゃなかろうな……」

まさかとは思う。思うが、しかし。吉之助は唇を引き結ぶと、また急ぎ歩き始めた。

「早く、中屋敷へ行かなきゃ」

だが、しかし。先に橋が見える所までは行ったが、渡る事はなかった。暮れてきて、もう人通りもない道で、吉之助は突然後ろから、着物を引っ張られたのだ。

「へっ？」

だが叫び声は上げなかった。武家の着物が目の端に見え、先に帰ったお武家が、現れたかと思ったからだ。

「暮れたんで、道に迷われたのですか？」

吉之助は確かにそう問うた。

しかしその後の事は、何も覚えていなかった。

4

不忍池の東南に、忍川に架かる三橋がある。その橋を南へ出た広い場所は、下谷広小路と呼ばれていた。

東叡山寛永寺黒門前にある火除地であり、周りには商家が連なっている。しかし、道の南、神田川との間には、大名家が幾つも屋敷を構えており、町屋を挟んだ東側には、御家人の組屋敷が広がっていた。そして広小路の北側には、東叡山をはじめ、数多の寺が並んでいる。

その地に今日は、武家達が多く集まっていた。三日程前、いよいよ偽榎本が動いたのだ。噂されていた通り、ついに大名家へ手を伸ばしてきた。

ある大名家へ怪しき書状が届けられ、中には、借金を返す手伝いをさせては頂けぬかと、へりくだった言葉が書かれていた。しかし届け先の藩主に対し、もし金を受け取るならば、側室を迎えて欲しいとも書いてあった。よく読めばその書状は、積もり積もった藩の借金返済と引き替えに、藩主の地位を求めていたのだ。

それは直ぐに老中へ届けられ、話は多々良木藩中屋敷の、有月のもとへも伝えられた。

「偽榎本から書状が届いたのは、坂東(ばんどう)にある吹上(ふきあげ)藩と、大田原(おおたわら)藩か」

その小大名二つが、誠に神妙な振る舞いをしたのには、訳がある。丁度、偽榎本が狙(ねら)いそうな小藩であった故、留守居役を通し、有月があらかじめお上の懸念を、大げさなまでに教えてあったのだ。

「借金をなくすはいいが、その事で国までなくなってしまったら、元も子もなかろう。そう御老中は、おっしゃっておいでだ」

誠に分かりやすい話であった。江戸も初めの頃と違い、大名家の改易は少なくなっているが、なくなった訳ではないのだ。

よって、簒奪者の望みは露見した。返答の受け渡しが行われるまでの三日の内に、偽榎本捕縛の為、加賀守はしっかりと手を打った。偽榎本が、大名家からの返答を貰う約束の地には、山と武家が詰めているのだ。

今日この下谷広小路には、吹上藩の使者が呼び出されている。一方大田原藩は、浅草御門近くを指示され、両国橋西詰も近い賑やかな地に、家臣らを向かわせていた。

「偽榎本は、大名家の者を、わざと二手に分けたのだな」

有月の言葉に、左源太も頷く。どちらも人通りが多く、町屋の側であり、人に紛れて逃げやすい地なのだ。広小路で待ち構えている武家達は、総身から火花を散らしているように見える程、気を張っているらしい。

そして。

有月と左源太は、己達の選んだ目立たぬ小屋の内から外へ目を向けつつ、道を通る者がないか見張っていた。

双方、木綿ものの簡素な着物で、既に股立を取り動きやすい格好になっている。左源太も今日ばかりは落ち着かぬ顔で、主へ言葉を向けた。

「有月様。本当に今日こそ、偽榎本と対峙出来るのでございましょうか」

何故だか信じられぬという言葉を聞き、有月が少し笑う。

「いよいよ偽榎本には、余裕がなくなったのであろう」

そろりと事を進めていた筈が、肝心の、娘達の武家奉公が思うに任せなくなった。それで、一気に動かざるを得なくなったのだ。

「今、隠れたままでいると、大名が誰も本気で考えなくなる。事を成す力のない者が、空言を言っていると思われかねない」

直ぐに偽榎本が動けたのは、都合良く、借金を払う豪農と組めたのか、初めての今回は、自分が金を用意するつもりなのか。偽榎本自身も、富裕であるという事だろう。

「左源太、今日、きっちりと事を終わらせるぞ。そしてあの厄介な御老中との腐れ縁も、ここまでにしたいものだ」

有月が表へ目を配りつつ、低い声で言った。すると左源太が、笑い顔で咳払いをする。

「そういえば加賀守様とは、学問所へ通われていた頃からの、御縁でございますな」

「おかげで未だに、こちらを呼び捨てにしてくる。だが御老中になられたのでは、話一つするにも気が抜けぬわ」

おまけにその縁故に、多々良木藩は偽榎本と、正面から対峙するはめになったのだ。ここでもし偽榎本に逃げられようものなら、多々良木藩にどんな災難が降ってくるか、分かったものではなかった。

「老中職の知り人など、迷惑なだけだ」

「その割りには、よくお会いのようですが」

「知らん」

有月はここで不意に話を変え、偽榎本が狙うだろう大名家を、自分達は上手く当てられたなと口にする。左源太は笑みを浮かべたまま頷くと、また窓の外へ目を向けた。

前回、仕掛けた罠から、偽榎本に逃げられた。それで有月と左源太は、中屋敷でもう一度、偽榎本について根本から考えたのだ。以前、一度考えた事なども、改めて紙に書き出してみた。

「死んだ榎本と、偽榎本は繫がっていた。そして彼らは吉之助や私を襲った。亡くなった豪農達もいるが、皆、江戸近くの村の者だ」

という事は、つまり。

「偽榎本も同じ辺り、江戸か、その近在に住む者なのだろう」

そんな偽榎本と組んで、共に大名の身分を簒奪しようとする金持ちは、やはり江戸辺りにいるのではないか。そして。

「大名は参勤交代をする。つまり、本当に大名に成り代わった場合、妻子はこの江戸にいられるが、己は一年おきに、江戸と自領を行き来せねばならん」

大枚を出すのだ。大名に成り代わろうとする者は、それくらいの事は調べた筈だ。だが江戸生まれが、馴染みのない大雪の降る地へ行くのは、気が進まないだろう。

また、遥か離れた西の地、西海道も、選ばないだろうと有月は言った。参勤交代の旅が長くかかる。にわか殿様は道中長く、人目にさらされる事になるからだ。

次に、大大名も狙われる先から外す。そんな相手では、たとえ豪農でも、抱えている国の借金を払い切れない。

老中など、特別な役職にいる相手も、成り代わる事は無理であった。

勿論、大した借金を抱えていない大名家には、相手にされないだろう。

将軍家の姫などを、奥方として迎えている藩も、下手に近寄るのは危うい。

こうして書いてみたところ、不思議と次に狙われる大名が見えてきた。

「一番に危ういのは、所領が江戸に近い者だ。勿論石高の少ない大名達だな」

有月達は、まずは坂東にある小大名から藩を選び、老中の言葉を伝えておいたのだ。

「今回、偽榎本が狙ったのは、坂東にある吹上藩、大田原藩でございました。お考えが当たりましたな」

左源太の言葉に、有月が頷く。だが左源太は、少し不安そうな顔を有月へ向けた。

「最後には大名に成ろうというのです。よって御老中に簒奪の話が知れた時点で、事は失策に決まったと思っておりました」

しかし。存外、そういう訳でもないのではと、左源太は思い始めたと言う。

「今回、偽榎本は、己の本気を大名達に示しました。これで捕まらずに逃げ切れれば、暫く身を潜めていた後、また、事を起こせる気がしています」

それで捕まらぬよう、大名達から返答を貰う場を、分けたのではないか。つまり偽榎本には、共に動いてくれる仲間がいる。何人もいるのであれば、多分加賀守よりも長く時を待てるだろう。老中職は替わってゆく。時が経てば、誰の気も緩む。その後、今度こそそろりと、入れ替わりを成せばいいのだ。

有月も頷いた。

「加賀守様も、分かっておられるよ。よって今日は、きついご指示が出ておるそうだ」

あちらが舟を使おうが、足の速い飛脚に持たせようが、今度こそ偽榎本を見失うなと言うのだ。

「金と人を多く掛け、川も道も塞いでしまえと言われたとか。町ごと囲ってしまう気だ」

刀で邪魔する者が現れたら、斬って捨てよ。そうも言われたとかで、老中ともなれば押しの強い手も使い慣れていて恐ろしい。

「さて、どういう日が出るかな」

この時、表から鳥の大きな鳴き声が聞こえてきた。すると有月は、ふと思いついたように問うた。

「ところで、まだ吉之助は見つからぬか」

左源太は、未だ知らせがないと言う。

「東豊島村の者達だけでなく、近在の村、縁者達も、捜しているようにございますが」

吉之助は、己の名主屋敷へ武家の客を迎えた後、行方知れずになっているのだ。多々良木藩中屋敷へ行くと言い置いて屋敷を出たので、高田家から藩へ問い合わせが入り、居場所が知れぬと分かった。有月が、しようのない奴だと言って、大きく息を吐く。

「道に迷った訳ではあるまいよ。あれだけ用心しろと言っておいたのに、今度こそ我らがいない場で、凶事に巻き込まれたな」

いや、こんな騒ぎのさなか、豪農が姿を消したのだ。

「これでは、逃げたのではと疑われかねん。偽榎本は、実は吉之助であったという、妙な話が湧いて出かねぬぞ」

何しろ吉之助は豪農であり、有月達の側にずっといて、色々事情も承知していた。つまり、いよいよ調べの手が迫ったので、消えたという話が描けるのだ。下手をしたらあっさり、天下の大罪人とされてしまう。

「有月様、そのお話、冗談にならない所が恐く思えますが」

すると有月は、更に恐い話を重ねた。

「左源太、時が時だ。吉之助へ手を出したのは、偽榎本に違いない。あの泣き虫、邪魔だからと、消されてしまったのかもしれぬな」

「有月様っ、それでは余りに……」

「戯言だ。左源太、そんな顔をするな。死体が道端に、残っていた訳ではないのだろう？　ならばまだ生きているさ。吉之助にはいつも、味方がおるのだ」

その時であった。二人がいる小屋へ、小走りの足音が近づいてきた。

「失礼をいたします。吹上藩、大田原藩の件で、急ぎの知らせが参りました」

馴染みの小姓が、窓の外から早口で言う。

「下谷、両国、どちらの場所へも、偽榎本は現れなかった由にございます。近くの町屋の子供が使いとなり、新たな文を大名家へもたらしました」

それによると、大名家側が、剣呑な面々を場へ連れてきたのは遺憾だ、よって今日は、約束を果たせぬという事らしい。同じ文が二カ所へ届けられ、両大名家の者は、待ちぼうけと決まったのだ。

「おやおや、やはりな」

ここで有月が、にやりと笑う。

「姿を見せれば、捕らえられる事間違いなしの場だ。捕まる気のない者が、そんな所へは行かぬよなぁ」

そして、その二カ所へ人が集まれば、余所には目が行かなくなる。

「偽榎本はこんな時、吉之助を攫った。こっそり大名家の使者と会う気なら、必要のない事だ」

その時小屋の外から、言い合う声が聞こえてきた。有月が戸口へ向かい、軽く押して木の戸を開く。すると。

そこには田畑と里山が続く、田舎の風景が広がっていた。そして草の茂る道で、供を連れた武家が先程の小姓達に捕まり、あれこれ問われていたのだ。

「偽榎本達が大名家の使者と会うとしたら、ここを選ぶ気がした」

東豊島村。吉之助が名主をしている村であった。

5

有月と左源太は、こちらこそ、待ち合わせの本命の場所と踏んで、江戸から村へ向かう道沿いの小屋に、朝から詰めていたのだ。

そして、その博打（ばくち）は当たった。大名家からの使者と覚しき武家を、一人捕まえたのだ。

だが藩から何を言われているのか、武家は頑として名のらない。何の用で、この道を歩いていたかも言わない。使者はもう一人現れる筈だが、そちらの姿はまだなかった。

有月は老中の名を出し、問答無用で使者を小屋へ押し込める。

「そろそろ我らは村へゆくか。使者の到着が遅いと、偽榎本が逃げるやも知れぬ。もう一人が通りかかったら、ここで止めておけ」

有月はそう言い置くと、左源太と、村へと続く道へ踏み出した。しかし目に映る東豊島村は、ただただのんびりとしている。

「江戸近くの村々は、御府内に売る野菜を、それは多く作っておると聞く。本当に、豊かな眺めだな」

道の脇には、広い田畑が広がっていた。この辺りの村は、播磨にある多々良木藩の村々より、一段余裕がありそうだと、有月が羨ましげに言う。この豊かさが豪農を生み、大名貸しを生み、やがて大名身分の簒奪という、とんでもない欲を育てていったのだろうか。

左源太が行き合った村人に、村名主の家の場所を問うと、道なりに行った先、左手にある大きな屋敷だと言う。男は笑った。

「お武家様、名主さんの見舞いに来たのかね。名主さん、何日か姿が見えんと騒いどったが、昼前に屋敷へ帰ってきたとな。良かったねえ」

「おお、吉之助は無事であったか」

有月達は素早く目を見交わすと、村人へ礼を言って歩き出す。するとじき、御家人の住まいなどより遥かに大きな、茅葺きの屋敷が目に入ってくる。左源太が片眉を上げた。

「なるほど、豪農と呼ばれるだけの事はありますな」

くの字に曲がった広い母屋があり、そこには大きな蔵も見える。更に脇には、小さめの建物が二つばかり建っていたのだ。

そして遠目で見ても、屋敷に多くの者達が集まっているのが分かった。左源太が笠に手を掛け、少し首を傾げる。

「両大名家は、下谷や両国で会い損ねたと見せて、実はこの村で仕切り直し、偽榎本へ返答をする気だったのですよね？　つまり両家は、藩の借金を返してくれるという話に、興味があるのでは……？」

しかし、村には多くの人がいる。見られて、老中に知れたら、どうするつもりだったのだろう。有月は顔を顰めている。

「どうせ大名家は、証の残る書状など書いておるまい。一旦、会う事を拒まれた後、怪しい文を貰った。よって確かめる為、村へ人をやった。私なら、そう申し開きするかな」

二度も騒ぎを起こせなかったと言えば、通る話かもしれない。

「なるほど。大殿様なら、そう持っていくのですか」

「しかし偽榎本は、この村のどこで使者と会う気かの。吉之助はどう関わるのだ？」

先程の使者一人以外、誰も小屋脇を通っていない。偽榎本は、まだ村に現れていないのか、それとも……。

その時、名主屋敷の庭にいた者が、見慣れぬ武家達が来るのを見つけて、声を上げた。

二人が近づいてゆくと、屋敷の障子は開け放たれており、外廊下や囲炉裏端に、多くの者達が集まっているのが分かる。行方知れずとなっていた吉之助が見つかったので、知り人達が見舞いに来ていたのだ。

ここで真っ先に寄ってきたのは、以前目通りを許した事のある、岩井平十郎であった。

「これは何と。多々良木藩の大殿様ではありませんか」

吉之助の姪の婿だから、隣村の名主は、集まった面々を接待していたらしく、切った漬け物入りの碗を抱えていた。

「わざわざ様子を、見にきて下さったのでございますか。何とありがたい。はい、吉之助さんは無事でございます」

大名家の大殿様がおいでになったと伝わると、名主屋敷にいた面々がわっと沸いた。

「おお、本当なのか」

「さすがは高田家。大名貸しだ」

目を向ければ外廊下や庭にいる大勢の中に、六之川や三津尾もいる。それに山崎師範や多津川、坂上など、不動下道場の面々の顔も見えた。

板間の囲炉裏端には、やっと帰ってきた吉之助が、ちょこんと座っていた。己の家にいるのに、何故だか顔が少し強ばっている。そして有月が、沓脱ぎの所から姿を見せると、その顔は、はっきり蒼ざめたのだ。

　平十郎が、急ぎ有月らの足をすすぐ水を下働きに持ってこさせ、まずは屋敷へお上がり下さいと勧めてくる。だが吉之助が挨拶もなく黙ったままなので、急ぎ、代わりに事情を話してきた。

「吉之助さんときたら、夜道で物取りに出会っちまったんだそうで」

　いきなり頭から布を被せられ、転んで気を失った。それで襲ってきた相手の顔も、見ていないそうだ。紙入れの金を盗られ、使っていない古い土蔵に転がされていたという。

「しかし、こうして戻ってこられました。無事が一番と、皆、ほっとしております」すると。

　黙って平十郎の話を聞いている吉之助を、有月は見つめた。そして草鞋を脱がぬまま、表から静かに問うたのだ。

「平十郎は、お主がいなくなっていた訳を、物取りのせいだと申しておる。それに相違ないか？」

　吉之助の身が、僅かに動いた。それからゆっくりと顔を上げ、囲炉裏の向こうから有月を見てくる。

　首を、横に振った。

「いいえ。実を言いますと、物取りに出くわしたのではございません」

「は？　吉之助さん、でも私にゃあ……」

　平十郎が驚きの声を上げたが、左源太がその腕を摑んで止める。吉之助は囲炉裏にかかった鍋を睨むようにして、言葉を続けた。

「先日、中屋敷へ伺おうとしていたところ、夕暮れ時の道の途中で襲われました」

　気が遠くなり、気がついた時吉之助は、古い土蔵のような所で転がっていた。それは、平十郎へ話した通りであった。暫く放っておかれたが、土蔵には水の入った瓶が置いてあり、腹は減ったが渇きはしなかった。

「助けを呼びましたが、誰も来てくれません」

　そしてかなり疲れ切った頃、上の方の小窓から声が聞こえてきた。その話しっぷりから、吉之助の金を盗った者だと分かった。

「しかし、です。口元を布ででも覆っていたのか、声は、はっきりしませなんだ」

　また声を聞いても、誰だか分からないと言う。名主屋敷に集まった者達は、今や呆然として、吉之助の話に聞き入っていた。

「ただ小屋の外にいる男が、あたしに何をさせたいのかは、直ぐに分かりました。使いを頼むと言ったんです。書状を送ってあるので、その返事を聞いてきて欲しいと」

　何故、吉之助に白羽の矢を立てたのか、この時分かった。会えと言われた相手は、大名家の者であったのだ。吉之助は大名貸しだ。新たな出入り先を探し、他の大名家の使者と会っても、疑われない立場であった。そして、持ち帰るのは言葉だけであり、何の証も残らない。

「疑われる恐れはない。心配せずに力を貸すよう、その男は言ってきたんですよ」

　ここで板間に座り込んだ平十郎が、裏返った声を出した。

「疑われる？　誰に、です？　その使いって、何を聞いてこいって言われたんです？」

　吉之助は、そのまま話を続ける。

「でも、優しく言われたその後、しっかり脅されました。うんと言わなかったり、承知したふりをして逃げたら、仕返しをするって言うんです」

　しかし当人が逃げた後、何が出来るというのか。吉之助が思わず問うと、返事は考えの外であった。

「仲間にならなかったら、本当の事とは反対に、あたしが声の主の仲間だと、恐いお方に噂を流すと言われました」

　吉之助は声の主を知らないが、あちらは吉之助の名も、住まいも、皆、承知していた。大名貸しである事も、分かっていた。

「で、そうなったら、あたしは必ず捕まって、調べられるんだそうです。出入り先の大名家を失い、下肥を百姓達へ回せなくなり、金も失う。多分、始めたばかりの商売も、続けられなくなるだろうって言ったんですよ」

　既に以前一度、噂を流した事があるという。吉之助ならば、止められている娘の武家奉公を成せると言い立てたのだが、都合の良い話であった為か、皆信じた。今度の噂も、きっと信じる。吉之助は全てを失うのだ。

「だから、黙って言う事を聞け。その声は、そう話をくりました」

吉之助が返事をする前に、土蔵の戸が開いた。すると直ぐに、外から「ぎゃっ」と押し殺した声が聞こえたのは、幻か夢であったのだろうか。

「で？　吉之助さん、それからどうしたんだい？」

今度は多津川が声を掛ける。皆、吉之助が巻き込まれた思わぬ話を聞き、呆然としていた。

「勿論、土蔵から逃げましたよ。中にいたって、一層腹が減るだけです」

だからよろよろしながら歩いた。随分歩いてから、やっと人に出会った。詳しい事を語る気力もなく、金を盗られたと言った訳だ。

「それで言いつけられた通り、大名家へ使いに行ったのかい？」

また板間から誰かの声がして、一寸、吉之助は話を切った。それから顔を上げると、有月を真っ直ぐに見る。

「あたしは、行けと言われた大名家の事など、全く知りませんでした。でもね」

最近、大名と豪農の名を絡め、剣呑な話が語られている事は承知していたのだ。そして、吉之助を土蔵に閉じ込めた者は、今、自分で堂々と出来ない事を、人にさせようとしている。そういう事をしている者の名は、一つしか思い浮かばなかった。

それは。

吉之助の総身が震える。しかし、もうためらう事はなく、背筋を伸ばすと、きっぱりとその名を言い切った。

「娘達の武家奉公を勧めつつ、危うい話まで囁(ささや)いてきた者だ。土蔵の近くにいたあの男は……偽榎本です！」

拳を握りしめる。

「ええ、あたしは使いになど、行きませんでした」

その時、吉之助ははっきり、偽榎本を敵に回したのだ。

6

「よく言った！」

有月は大きく笑うと、すっと腰の刀へ手を掛けた。

「偽榎本は、吉之助を、己の身代わりにしたかっただけであろうよ。この後、大名家に何か動きがあれば、疾く、全てが調べられる」

江戸近くの豪農など、真っ先に目を向けられる。大名貸しであろうと、豪農がこそりと動く事など、出来る筈もなかった。

　ここで吉之助が涙を浮かべ、情けない顔で有月を見た。

「あたしは、偽榎本の言葉を聞かなかった。こうして炉端に座っているのすら、恐いです」

す」

　こちらには、偽榎本が誰だか分からない。だから何をされるかと、恐ろしさが募る。

不安で腰が抜けそうだ。吉之助はじき、盛大に泣き始めた。

「精一杯、頑張りました。だから……有月様、助けて下さいようっ」

　有月は左源太と顔を見合わせた後、口の端を引き上げた。吉之助へ問う。

「おい、お主には味方を付けておいたであろうが。頼りの相棒は、どうした?」

「頂いた袋へ入ってきた、佐久夜の事ですか。それは……土蔵の戸が開いた途端、袋から飛び出したんです」

　有月は相棒の鶉、佐久夜が慣れた袋を渡し、ずっと吉之助の守にしていたのだ。そして土蔵で、偽榎本が近くに来たと分かった時、佐久夜は素早く表へ飛び出たという。有月は頷いた。

「でかした。吉之助、佐久夜は我らより先に、偽榎本を見たに違いない」

「で、でも、有月様」

　佐久夜は鶉なのだ。誰が偽榎本なのか教えてはもらえない。吉之助が泣きべそをかきつつ言うと、有月は大きく笑った。

「何を言う。教えてくれるさ」

ここで有月は、さっと左手を高く上げた。そして通る声で、相棒の名を呼ぶ。

「佐久夜、ここにいるか？ 私はこの場で、偽榎本を捜しても良いのか？」

すると。

ぱさりと軽い羽音がして、真っ白い塊が名主屋敷の庭へ下りてきたのだ。主（あるじ）の手に留まると、久方ぶりの再会だと分かるのか、佐久夜は機嫌良く「ぽぽぽ」と鳴いた。

「ひえっ、いつぞやの鶉っ」

途端、以前多々良木藩中屋敷で、佐久夜にしたたか突かれた事のある平十郎が、頭を抱えて逃げ出す。すると、いままで泣いていた吉之助が、ぴたりと泣き止（や）んだ。

「有月様、土蔵の所で別れたのに、佐久夜は何でここにいるんでしょうか？」

「さてそれは……その時からずっと、佐久夜は離れずにいたからだろうよ」

誰といたかと言えば、それは。

「偽榎本と、だな」

途端、左源太が鋭い眼差（まなざ）しを、場にいた全ての者へ向ける。

すると。

吉之助は、その時手をゆるゆると、己の眉間（みけん）に当てた。佐久夜ときたら、先だって機嫌が悪い時、そこへもの凄い一撃を喰らわしてきたのだ。いっそ見事な程の恐い突きで、吉之助は避けようもなかった。

「そういやぁ、佐久夜が飛び出して行った後、土蔵の外から、ぎゃっという声が聞こえました……」

吉之助の目が、集まっていた男達を静かに見ていった。するとじき、有月と左源太もよく知るある顔で、目が留まった。一瞬顔が歪むと、また目に涙があふれてくる。

その額に、突かれた後が、隠しようもなくあったのだ。

「偽榎本は……お前様だったのか」

左源太がすっと、有月に寄り添った。訳の分からぬまま、身を引く者がいた。

「多津川、お前か！」

有月の声が響いた途端。今度は不動下道場の面々、山崎師範と坂上が多津川の所に集まったのだ。見ればその二人にも、あちこちに小さな傷が付いていた。

「ああ、そういう事か。偽榎本は一人ではないと思っていたが……同門の仲間が、共に動いたのだな」

始めたのは多分、佐久夜に額を突かれた多津川だろう。土蔵脇で話していた当人だ。

「道場の者達が、揃い踏みとは。なるほど、あそこには武家も豪農も町人もいる。あちこちの事情を知っている筈だ」

次男以下、恵まれた身分には縁のない者達が、多く集う道場であった。そういう身の上だから、若い頃有月も左源太も、吉之助までが、あの道場へ行っていたのだ。

「こいつは参った……」

考えてみれば誰よりも、上へ上へとの気持ちを持っている面々に違いない。まとめて疑うべき者達だった。多津川は今、養子に行き豪農になっており、無茶をする金がある。周りには、満たされぬ者達がいた。

「だが……多分、疑いたくなかったのだな、私は」

有月がうめく。まだ何者でもなかった時、仲間であった面々なのだ。今でも懐かしい、昔馴染み達であった。

「おまけに揃って、強いときてる！」

笠を払うと、有月は刀の鯉口(こいぐち)を切る。左源太が平十郎へ、場にいる者達を逃がせと急ぎ命じた。

やり取りを見聞きしてしまった者達は、逃げねば危ういのだ。もし有月らが斬られた場合、この場にいた者も、口封じに斬り殺されかねない。そして、相手が不動下道場の面々では、百姓達を庇(かば)いつつ戦う事など、出来る筈もなかった。

「行けっ、逃げろっ」

「ひぃっ」

六之川達が庭から駆け出ていくのを、坂上の剣呑な眼差しが追う。だがその前を直ぐに、左源太が塞いだ。

「困ったな。坂上さんは見た目より、ずっと腕が立つお人だった」

「左源太、お主が師範代の榎本を倒したのだな？　昔から強かった」

その言葉が終わらない内に、二人の刀が正面からぶつかり合い、痛いような音が名主屋敷に響く。すると、二対一になった事を見て取った師範、山崎が、一声出す間もなく有月に迫り、刀を突き入れてきた。

「ひっ」

炉端に残っていた吉之助が、悲鳴を上げた時、しかし有月は刀の先にいなかった。風にあおられた草の葉のように、柔らかに躱（かわ）す。そして……すれ違いざま、腰の刀を抜き放った。血しぶきが真っ直ぐ、壁に散った。

師範の体が倒れ、重い音が板間を揺らした。太股（ふともも）を斬られ、動けなくなった師範を見て、多津川が眉を引き上げた。

「魂消た。有月、お主は左源太より、ぐっと腕は落ちると思っていたが」

すると歩けずとも身を起こし、刀を手にした師範が、有月の邪魔にかかる。

「多津川、有月は昔と太刀筋（たちすじ）まで違うぞ」

その時、囲炉裏にあった太い薪（まき）へ手を伸ばすと、吉之助が、刀を離さない師範の頭を、必死に叩いたのだ。伸びた山崎師範の手から、今度こそ刀が落ちる。

すると多津川が問答無用で、先に吉之助を斬り捨てようとした。だがその時、多津川の顔に真っ白い塊が飛びつき、足を止める。吉之助は悲鳴を背に、辛うじて表へ逃げのびた。鳴き声が響いた。

「御吉兆ーっ」

多津川は直ぐに鶉から逃れると、今度は有月と向き合う。こうなれば一対一で、互いになかなか動けない。左源太達の戦いとは違い、睨み合ったまま、刀を合わせる事もない時が続く事になった。

するとそこに横からいきなり、刀が飛ばされてきたのだ。二人は一瞬、身を引いた。坂上が、転がっていた師範の刀へ飛びつき、構え直すと、左源太とまた打ち合ってゆく。

多津川がここで、こんな場にしては驚く程落ち着いた声を出した。

「不思議な事だ。有月、道場で覚えなかった剣を、どこで身につけたのやら」

だが、その目は有月を見据えて離さない。その覇気は強く、ほんの一瞬で斬り倒されそうに思えてくる。

間が、詰まる。

更に、詰まる。

ぎりぎりの所で、止まった。有月が声を掛ける。

「多津川、そうして話す気があるなら、刀を下ろしてくれぬか」

今でなければ、二度と話せないと分かっていた。

だがその声が、二人を動かした。そして多津川が、一瞬早かった。全てを二つに斬り裂くべく、刀が有月の体を薙ぐ。

「殿っ」

左源太の声が響いた。

しかし。

多津川は、目を見開く事になったのだ。斬った筈の一撃は、有月に届いていなかった。まるで刀が起こした僅かな風が、有月をあおって、刀の届かぬ先へ遠ざけたようであった。

そして。多津川が構え直したその一瞬に、有月は相手の間へ飛び込んでいた。

上段から、斬り下げる。

多津川が、ゆっくりとくずおれていった。そして板間に転がると、二度と目を開けなかった。

7

騒動から、一月程の後。吉之助は、今まで足を運んだ事のない場所で、緊張して座っていた。

例えば大名家の中屋敷であれば、既に大分、馴染みあるものになっている。だがしかし、今日の御殿は千代田(ちよだ)の城の、堀と石垣の内、ずしりと大きな御門の中にあるのだ。

当然というか、吉之助はそんな場所へ来た事などない。遠かったので、昨日は江戸市中の店に泊まり、有月のお供をさせて頂く為、朝、多々良木藩上屋敷へ向かった。

町屋を抜け橋を渡った先に、大きな石垣で周りを囲まれた、広場のような門があり、そこを出ると、更に不思議な場所が目に入った。

門の内に町があった。道の両側に、江戸の町を幾つもまたぎそうな程、長く長く、どこまでも続く塀があったのだ。暫く歩いて、やっと御殿の門へ行き着き、大名屋敷の中へ入る。するとこれまた、のんびりとしている多々良木藩中屋敷とは、随分違った。御老中の役宅とかで、多くの武家が、畳が敷き詰められた廊下を、忙(せわ)しげに行き来していた。顔が強ばる。

(今日は、大事がある訳じゃあないよね。偽榎本の件が無事片付いたので、その件の子細、申し上げに伺っているんだよね？）

有月は、そう張り詰めた顔をせずとも良いと、先程、吉之助に言ってくれていた。御老中は、とうに詳しい事をご存じだ。

「一応、そういう建前になってはいるが、あの件から一月も時が経っている。御老中は、とうに詳しい事をご存じだ」

つまり大事に関わり、無事の終わりに一役買ったという事で、有月達は今日、労いのお言葉を頂けるらしいのだ。

それでも手ぶらで伺う事は出来ず、吉之助は漬け物の樽を持参したが、それはあっさりお武家が受け取って下さる。有月も今日は、左源太に大きな風呂敷包みを持たせていた。

奥の一間に通され座っていると、じき、いつぞやお目にかかったお方が、姿を現す。直ぐに出てきた御膳を見て、吉之助は少し目を見開いた。持参した漬け物が、さっそく載っていたのだ。

酒も付けてあったが、加賀守は杯を手にせず、まずはちらりと有月へ目を向ける。それから、わざとらしくも溜息をつくと、先の件、沙汰が出たと口にした。

吉之助は身を強ばらせた。

（あ……この話をお聞きする為に、こちらの役宅へ呼ばれたんだ）

しかし、何で自分も呼ばれたのかと考えた所で、また恐くなった。そういえば今回の件には、多くの豪農達が関わっているのだ。

（事は終わった。もう大丈夫だと思ってたんだけど）

まさか、無事では済まない者もいるのだろうか。頭に浮かんだのは岩井平十郎の名で、姪の亭主は一度、偽榎本の話に興味を持ったのだ。

（ど、どうなるんだろう）

部屋の端からそろりと加賀守へ目を向けた時、有月が急に思い出したと言って、持参した大風呂敷を眼前の畳に置いた。その紫の包みをぱらりと解くと、驚いた事に中から、鳥籠に入った柔らかい色合いの鶉があらわれた。

「いつぞや、巾着鶉がご所望との仰せでしたので、持参しました。躾けるのに、いささか時が掛かり、遅くなりました」

そう言って、今度は巾着を取り出し、加賀守の横へ置く。それから鳥籠の戸を開けると、鶉は畳に出て、とことこと巾着へ寄っていった。

ただ。

見目の良い鶉は、巾着へ入らなかったのだ。御膳が出ていたものだから、食べ物が気になったらしい。有月の躾を無視して、ひょいと加賀守の膝に乗ると、皿の方へぐぐっと首を伸ばしている。

「ありゃあ」

吉之助が思わず間の抜けた声を出すと、有月が渋い顔つきとなり、加賀守は笑い出した。

「これは面白い。有月、この食いしん坊の名は、何というのだ」

「ご自分でお付け下さい。これ、何で膝の上で寝始めるのだ」

鶉は老中から豆を二つ貰うと、元の主の言う事など聞かず、さっさと丸くなってしまった。加賀守がまた笑う。

「今日、佐久夜は来ているのか？」

問われると、有月の巾着から白い首を出したが、どうも加賀守は苦手のようで、中へ戻ってしまう。本当に小さく、「御吉兆」という声が聞こえた。

「佐久夜は東豊島村で、活躍したそうだな」

加賀守は己の鶉を撫(な)でつつ、ここでさらりと、今回の件の始末を語り始めた。

「多津川はお主が成敗した。師範の山崎は牢入りしたが、急な病で亡くなった」

怪我(けが)のせいもあろうと、加賀守は続ける。

「坂上は御家人故、腹を切る事になった。養子に入った家が、絶家(ぜっけ)と決まった」

多津川達が企んだ事は、大名身分の簒奪であり、また己達の為に、身分という壁を、もっと緩いものにしようという試みであったらしい。

一つ穴が開けば、川の流れも変わってゆく。現にいつの間にか、低い武家身分は売り買いされているのだ。

養子の先が見つからねば、嫁すら貰えない者達が集まった道場で、皆が抱えていた思いがあった。そして何人かは、願いを叶える事が出来なかった故に、剣呑な企みを考えつき、己の考えに飲み込まれてしまったのだ。

「今回の件は、大名家などで噂になっておる。故に、ここまでは動かしようもなかった」

そして既に、処罰も済んでいる。だが。

「まだ吹上藩、大田原藩をどうするかという話が、残っておるな」

どちらも表向きは迷惑を被った側であり、老中へきちんと知らせを入れていた。しかし偽榎本側の話だけは聞きたかったようで、わざわざ東豊島村へ人をやっている。

「それを見過ごして、良いものか」

甘い対応をすれば多くの大名が、偽榎本を真似る者を、求めてしまうのではないか。老中はそう言ったのだ。

すると有月は、首を横に振った。

「どちらの藩も、偽榎本とは会っておりません。私が止めました故、確かです」

やっていない事で、罪を問われてはかなわない。有月がそう言うと、加賀守は眉を顰めた。

「有月、お主は昔から甘すぎる。そうして緩い考えをしておるから、さっさと藩主から隠居させられるのだ」

そんな事だと、多々良木藩も売り渡されるぞと加賀守が言い、有月は口をへの字にした。

「私を隠居に追い込んだのは、加賀守様、御身様ですよね？　私が昔から甘いと言いますが、御身様こそ……」

するとその時二人へ、おずおずと吉之助が問うた。

「あの……一件に関わりました豪農達は、大丈夫なのでしょうか。それを伺えますと、安心出来るのですが」

「心配するな。豪農だけ罪を問われる事はあるまいよ。豪農と共に、関わった大名を皆、罰する事にされたなら別だが」

有月がさっさと返事をして、加賀守と睨み合う。そして……しばしそのままでいた二人は、やがてふっと肩の力を抜いた。

加賀守がまた、膝の上の鶸を撫でる。

「まあ、事を早く終わらせるのも良かろう。これから大名達を調べるとなると、長く時がかかろうからな」

ただ二つの小大名家はその内、お手伝い普請など、大枚が必要な事を言いつかると老中は言う。やはりただでは済まないのだ。

（平十郎さん達だって、その内また、有月様の為、金子を出す事になるのだろうな）

もっとも、それで首と胴が繋がるのであれば、ありがたい話であった。多分豪農達は、夢から覚めたかのように、いつもの暮らしに戻ってゆくのだ。

ここで有月が塗りの銚子を手に取り、加賀守に勧める。すると老中は酒を飲み干してから、本心、分からない事があると言った。

「何故、大名になりたい者がいたのだ？」

借金のかたとして手に入る大名家など、直ぐに新たな借金が積み重なってゆく、貧乏藩に違いない。そして万一大名になれたとしても、その話は後が恐ろしいと言った。

「金で成り代わった殿様なぞ、その金がなくなれば、殿としての修行が足りぬ、ただの役立たずだぞ。成り代わりが露見したり、江戸城中で馬鹿をして、お家に大迷惑をもたらさぬ内にと、家臣に毒でも盛られかねんわ」

藩内が揃って口をつぐみ、藩主を入れ替えたとしたら。皆でまた気を合わせ、余分な事を言わぬ内に、再び藩主を代える事くらいやりそうであった。流行病など、急な病で亡くなる者は多いのだ。

そして、元々の藩主の血筋が、また藩を継ぐ。つまり身内の者が何名か、武家身分になりはするが、当人は殺され、金は全部、藩に巻き上げられ終わるのではないかと、加賀守は言ったのだ。

「その恐怖を、考えなんだのかのぉ」

　ここで吉之助がおずおずと、二人へ言った。

「一度、人に借金を払って貰ったら、その内また次の殿様に、借金を負って貰いたくなりませんかね。でも、次々そうやって借金を返してたら、お上に事を摑まれそうです」

「確かに。もしこの身が見つければ、藩は改易になるな」

　その言葉に、有月が苦笑を浮かべる。

「台所が苦しい藩が、それは多くなっております。お気をつけ下さいまし」

　だが、どんどんと藩が改易され潰れると、侍の世の根底が崩れていきそうだ。有月がそう口にすると、今度は加賀守が口をへの字にし、酒杯を膳に置いた。

「もし偽榎本、多津川が生きておったら、問うてみたかったな。本気で事が成せる気でいたのか、どうか」

　元武家なら、殿様は楽しいばかりの立場ではないと、承知していたかもしれぬ。それでも事を突き進めたのは、何故なのか。

　しかし有月は答えを返さず、部屋は一寸静かになる。吉之助も黙っていたが、有月には答えが分かっているのではと、そう感じた。吉之助とて、何となく答えを思いついたような気がするのだ。しかしその答えは、確かだとは言い切れず、口には出来ない。

（偽榎本である多津川さんは、周りにゃ、大きな夢を語ってただろう。でも先の事など、考えてなかったんではないかね）

とにかく今の日々を変えなくては、息が詰まって、明日を迎えられなかっただけではないか。多津川は、話が他へ漏れ危うくなってきても、事を止められないでいた。

若い頃からずっと、有月のように思わぬ運を掴んだ者だけが、不動下道場から抜けていった。ある日、己は残されたと知る訳だ。更にまた誰かが去ってゆく。美しい娘は、身分のある者が攫ってしまう。

年月を重ねてゆくと、ただあの道場にい続ける事が、辛くなっていったに違いない。あそこを今、懐かしいと言えるのは、吉之助達のように、離れる事が出来た者達だけかもしれなかった。

（多津川さんは、それでも己で、何かを変えようとしたよね）

出世を諦め、身分を諦め、豪農となった。そうやって、先に何かが見えてこないかと、必死に己と戦っていたのではないか。

しかし、納得出来たものを得たとは、吉之助には思えない。多津川は、己を大切にしなくなったからだ。

（だから多津川さんは、今回、己の命を賭けた。そして、大勢を巻き込んじまった）

先が見えぬ恐ろしい事をしていると、分かっていた筈だ。しかし、何もしないで老いてゆく事も又、多津川には恐ろしかったに違いない。

　ここで吉之助はひょいと、大殿様へ目を向けた。

（でも多津川さん。中屋敷においでの有月様だって、若いのに御隠居で、普段は暢気なもんです。ご立派で凄い毎日ばかりを、過ごしておいでじゃないみたいですが）

ただ有月は焦りに取り付かれておらず、余所からは、それが無聊の日々には見えないのだ。そのせいか隠居であるのに、何故か御老中と親しかったりする。気がつけば、陰から大事を動かしている。

　そして百姓である吉之助も、何故だかそんな毎日に加わっていた。継ぐ家がなく、女房すら貰えぬと言われた己が、今、千代田の城近く、大名屋敷にいるのだ。

（不思議だ）

　それでも、吉之助もまた、豪農という身分が、気楽な事ばかりではない事を知っている。名と金には、負わされるものがしっかりと付いていた。今、吉之助が道を間違うと、村で、多くの者が困る事になるのだ。

（きっと、多津川さんの村の者達も、今、困ってるだろうに）

　側室となり、娘達から羨みを受けたであろう清心院とて、あの若さで尼になっている。有月にさえ平気で恐い言葉を言う加賀守は……一つ考えを間違えれば、国ごと傾ける事を、承知しているのだろう。

（道場で、ただ明日に望みを持っていた時は、苦しかった。けど、明るかったな）

もう養子先を願う苦しみはないが、他の苦さが、生き残った者達を覆っている。黙って考えていた筈なのに、言葉が思わず、吉之助の口からこぼれ落ちた。

「ああ、山崎師範を失っちまいました。坂上さんとも、榎本さんとも、もう会えない」

そして、多津川とも。若い頃、明日への思いを共にしていた仲間を、こんな苦さと共に失うとは、吉之助は思ってもみなかったのだ。

「みんな、いなくなっちまいました」

そして彼らと対峙し、その命を奪う事も承知で戦ったのは、吉之助達自身だ。戦わねば今頃自分達が、三途の川を渡っていた。

（分かってる。分かってるんだが）

だが、涙がこぼれ落ちてゆく。一件を終わらせる事が出来たというのに、こんなに泣く事になろうとは、思いも掛けない結末であった。

「みんな……」

ここで有月が、吉之助へ一杯注いで下さった。加賀守も、有月の杯を満たす。一息で飲めば、今日の酒もまた、灘の富士見酒だと分かる。大名の二人は酒に強かった。もう今回の騒ぎが語られる事はなく、二人は低い声で話しながら、どんどん杯を重ねてゆく。

その内、左源太と杯を交わしていた吉之助は、大いに酔い、そのあげく、いつの間にか巾着から出てきた佐久夜に、酒杯の酒を飲ませていた。

そしてやっぱり、涙を流し続けていた。

「御吉兆ーっ」

美しい一声が、老中の役宅に響く。涙ではっきり見えなくなった部屋の向こうに、一瞬、若い頃の皆が見えた気がし……しかし直ぐに霞(かす)んで消えた。

解説　吉之助の涙の効能

ミムラ

登場人物に芽生えた好感で前のめりになり、人の心理を迂回した気の利いた謎解きによってさらに誘い込まれ、一気に物語の真ん中へ。あっという間に小説は終盤を迎え、「次はいつこの面々に会えるだろうか」と読み終えるのが惜しくなってくる……。

畠中さんの作品は、現代物・時代物問わず、これが共通点と思えます。読者を夢中にさせる定石であり「王道」とも言えそうですが、それを毎作品で成立させてしまうのはすごいことです。私は役者十五年目に入りますが、TV・映画・舞台で出演してきた五十作品からの実感。さらに勉強として多数の名作を観るほど、「王道」以上に威力のあるものはないと感じ、またそれを成立させるバランスの難しさに唸る日々です。

この〝バランスの妙〟を保つ多数の畠中恵作品の世界。そのコツはなんなのか？　ジャンル違いでも作品制作に関わる人間として是非知りたく、「面白かった！」という純粋な読者気分の後、付箋だらけの本作を読み返し考えてみました。多数の発見の中で、特に大きいと感じたのがこの三つ。

一、大事な導入、登場人物への好感度キャッチ
二、破格の泣き虫主人公〝吉之助〟の思いがけない役割
三、吉之助の涙＝「本当の言葉」

――一、大事な導入、登場人物への好感度キャッチ――


「畠中作品の中で好きな登場人物（動物、妖怪含む）」を議題にしたら、派閥ができて熱い討論会になるでしょう。それくらい魅力的なキャラクターが多いのです。

本作の登場人物も、気弱で泣き虫の豪農・吉之助に、涼しげな顔の切れ者隠居大名・有月、という好対照から始まり、有月の右腕である頼もしい左源太や吉之助の親戚筋の人々。なにより巾着に入った〝凶暴な鶉(うずら)〟・佐久夜はとっておきの飛び道具として、物語を和ませたり、緊張させたり、謎解きを進展させたりと大活躍します。

と、ここまでの設定は（巾着鶉という発想以外では）、他の作家さんも思いつくかもしれません。畠中さんの筆が光るのは、これらの人物を、いつの間にか読者が好きになってしまうように話を進めるところです。

人物への好印象というのは大変微妙で、押し付けられると反発してしまうのが人間の心理。導入でこの掌握に失敗してしまうと痛いのは、映像作品でも同じ。撮影現場でも常に意見が分かれる難関点であります。それなのに、畠中作品は「この人いいなぁ」と

次々思わせ、気が付けば《好きな人物ばかり出ている大好きな物語》という位置づけになっているのです。さりげないエピソードを重ね、着実に人物像に陰影をつけ、それが好感につながっていく。淀みない一連の流れはマジックのようです。支持するファンが多く、またシリーズとして続く作品が多くなるのも頷けます。

そこに来て、今回の『うずら大名』の泣き虫吉之助だけは、少し勝手が違うかもしれないぞと感じました。「三頁ごとに泣くキャラクター」と形容しても大袈裟でない吉之助の泣き上戸ぶりは、多数の人の共感を得たり、好ましく見守られ続けるのは難しい人物像のように思ったのです。

ところが、迎えた物語の幕引きで、私は吉之助の感情に連動して涙していました。そこにはもう一つの畠中マジックがあったのです。

――二、破格の泣き虫主人公〝吉之助〟の思いがけない役割――

お書きになってきた作品の配分から「時代物が得意な作家さん」というイメージの畠中さん。時代物でありながら、身近に感じさせ、物語の内容が現在の自分にしっかりと降り頻る……。作中の吉之助達を追いながら、私もその現象の中に居ました。「武家どころか大名まで巻き込む悪巧み」と、「その裏にある立場の違う人々の心理」の件から、ある事を興味深く思い起こしたのです。少し寄り道ですが、実体験と重なったので書かせてください。

「ネットでこう書かれていた」「TVで○○さんが××と言っていた」など、ミムラの評判を頻繁に私の耳に届けてくる、幼少期から知り合いの女性がいました。意図的に流された悪質な誤情報でなければ、一個人の感想は色々なものがあって当然。そういう気構えでないと続けられない職業ですから、「へぇ、そうなんだ」と流していました。しかしある時気付いたのです。この女性、親切そうな顔をして近寄ってきますが、悪評しか伝えてこない。好評と混在していても、悪評だけをわざわざ聞かせてくる。「何が目的なんだ？」と不思議に思うようになりました。

後に彼女が発した暴言から察するに、高校在学中に軽いモデル業をやったことがあり、同じような学生時代だったのに私がポーンと役者になったことが気に食わなかったようです。「運が良かっただけ」は、本人が口にする分にはいいですが、人に対して発すると別の意味が出てきます。

このことがあったので、「大変なことも多いのに、この立場の苦労はわからず夢想しているのだろうな」という志摩守の話には（大名と役者は比べるのもおかしな程異なる立場ですが）、読みながら大きく頷きました。ただ、命がけで自分達の考える「世直し」をしようと燃え、若くして人生を終えてしまった多津川達とは違い、その女性は存命。

……今、何をしているのだろう？　読後に気になって、距離を置いてから実に五年ぶりに、その女性のSNSを覗いてみました。

そこに並んでいたのは、遅刻癖を棚に上げての勤め先への愚痴や、人の懸命さを嘲ってしまう姿勢。要するに何も変わっていませんでした（SNS批判ではなく、あくまで彼女の使い方の話です）。

今の自分を受け入れられず、もがく時間は誰しもあると思いますが、世話になっている場や人に後ろ足で砂をかけている様子はやるせなく、物悲しい。既に疎遠な人物のことで涙こそ出ませんでしたが、私の心の中の吉之助は、しょんぼりと猫背で座り込み、鼻を真っ赤にして泣いていました。そしてその涙を見て、逆に私の心は落ち着いていったのです。

そこではたと気が付きました。吉之助は、泣けない立場の有月をはじめとした登場人物達にとって、「外付けの感情発散装置」なのではないでしょうか。

心のままに素直な涙をぽろぽろ落とす吉之助を見て、有月の心が慰められたり、誰かが冷静さを取り戻したり。読者である私も、吉之助の涙のお陰でいつもよりさらにスムーズに、物語の中心部へ引き込まれていたようです。

——三、吉之助の涙〟「本当の言葉」——

撮影現場で冗談半分に交わす会話ですが、「どんなシーンにも涙は万能薬」という言葉があります。喜・怒・哀・楽、その他複雑な感情を含め、人間のどの感情からも涙は滲み出るもの。それは観客の胸にも迫ります。だから吉之助の涙は弱虫の証でなく、口下手の彼の心中が実に饒舌である証とも言える。これを成立させるには、弱気な自分への叱責や、大事な人の安否への不安、安堵が皆に広がるタイミングなど、いつでも吉之助の涙が〝良心〟に沿っていることも、大事な点です。「心からの涙」は、「本当の言葉」に符合します。私は文章越しに吉之助の泣く姿を見るたびに、言葉を超える情報を受けていたのです。

この「言葉を超える情報」についても、考えさせられるものがありました。

役者は台詞やト書きという言葉を道具にしますが、それを超えた表現も求められます。極端な例では、「好き」という台詞から「嫌い」を感じさせることも必要。その分、扱う言葉には敏感になります。

前述のSNSで言えば、ステルスマーケティング（要するに商品や人をもり立てる〝サクラ〟）や、マネジャーなどの身内スタッフがファンのふりをしている場合など。どうしても漏れ出す〝商売の匂い〟や〝関係者風味〟というのは、純粋に感動した人々の心とはかけ離れています。何かの〝効果〟を期待して放たれた「作為の言葉」と、実感や尊敬の込められた「本当の言葉」。同じ単語を並べていても、大きな差が出るのです。

　中身の詰まった「本当の言葉」を言ってくれる友人は、大変に貴重な存在。涙という「本当の言葉」を零し続ける吉之助と、その姿をからかいながらも本音を交える有月の関係は、立場の違いに輪をかけ、ここにおいても理想的です。


　ここまで書いて、さらにもう一つ、畠中さんのお見事な点に気が付きました。

　吉之助は作中において一度も泣かされていない。どの場面でも自分の意思で、素直な感情に沿って泣いています。皆さんもご記憶にあるでしょう。映像作品で何より鼻白むのは、台本に書いてあるから、または監督の指示でという意図を滲ませ「泣かされている役者の姿」です。ここを抜け出せなければ、作品の世界を観客と共有できません。

　この点に関して吉之助の涙は全て本物で、読者と作品世界をシームレスにする役割を果たしてくれたのです。そう考えるとこの作品の一番の飛び道具は、ふっくら可愛い巾着鶉の佐久夜を抑え、涙で袖を濡らした三十路超えの男、吉之助かもしれません。最初にネガティブな印象を持った存在に好意を抱くと、大好きになってしまう。よく知られた心理現象ですが、これが計算の上のことだとしたらとんでもないことです。

おしまいに、チェックの付箋だらけになった本作から、一番好きな部分の抜粋を。

身分制度や兄弟の上下で未来の決まってしまった若者達。自らも農家の三男であった吉之助が道場に通い、身につけられることにはなんでも首を突っ込み活発に過ごしていたという描写のあとに、こんな一文があります。

「明日(あす)に望みを持ち続けるのには、努力が必要だった」

ゆとりある現代において身につまされる言葉ですが、これは魅力的な人物像を紡ぎ続け、面白い作品を作り続けることにとっても、きっと同じことでしょう。

一流の仕事は盗もうとしても真似できない＝盗めない。畠中さんの真似をしようとしてもやっぱり難しいかも？　そんなことも痛感しながら、解説を終わります。

願わくは、また佐久夜の「御吉兆ーっ」の声と、吉之助の涙に再会できますように。

（みむら　女優／エッセイスト）

初出「小説すばる」
序　書き下ろし
うずら大名　二〇一三年七月号
御吉兆聞こえず　二〇一三年十月号
大根一万本　二〇一四年一月号
書き付けの数字　二〇一四年四月号（「江戸の合戦」を改題）
佐久夜の初泳ぎ　二〇一四年七月号
江戸の合戦　二〇一四年十一月号（「眉間の向こう傷」を改題）

本書は、二〇一五年九月、集英社より刊行されました。

集英社文庫　目録（日本文学）

馳　星周　淡雪記
馳　星周　ソウルメイト
馳　星周　雪炎
羽田圭介　御不浄バトル
畠中　恵　うずら大名
畑野智美　国道沿いのファミレス
畑野智美　夏のバスプール
畑野智美　ふたつの星とタイムマシン
はた万次郎　北海道青空日記
はた万次郎　ウッシーとの日々 1
はた万次郎　ウッシーとの日々 2
はた万次郎　ウッシーとの日々 3
はた万次郎　ウッシーとの日々 4
花井良智　美しい隣人
花井良智　はやぶさ 遥かなる帰還
花村萬月　ゴッド・プレイス物語

花村萬月　渋谷ルシファー
花村萬月　風転(上)(中)(下)
花村萬月　虹列車・雛列車
花村萬月　錏娥哢奼(あがるた)(上)(下)
花家圭太郎　八丁堀春秋
花家圭太郎　八丁堀春秋 日暮れひぐらし
帚木蓬生　エンブリオ(上)(下)
帚木蓬生　インターセックス
帚木蓬生　賞の柩
帚木蓬生　薔薇窓の闇(上)(下)
帚木蓬生　十二年目の映像
帚木蓬生　天に星 地に花(上)(下)
帚木蓬生　安楽病棟
浜辺祐一　こちら救命センター 病棟こぼれ話
浜辺祐一　救命センターからの手紙 ドクター・ファイルから
浜辺祐一　救命センター当直日誌

浜辺祐一　救命センター部長ファイル
葉室　麟　冬姫
葉室　麟　緋の天空
早坂茂三　政治家田中角栄
早坂茂三　オヤジの知恵
早坂茂三　田中角栄回想録
林　修　受験必要論 人生の基礎は受験で作り得る
林　望　リンボウ先生の閑雅なる休日
林真理子　ファニーフェイスの死
林真理子　トーキョー国盗り物語
林真理子　東京デザート物語
林真理子　葡萄物語
林真理子　死ぬほど好き
林真理子　白蓮れんれん
林真理子　年下の女友だち
林真理子　グラビアの夜

集英社文庫　目録（日本文学）

林 真理子　失恋カレンダー
林 真理子　本を読む女
林 真理子　女文士
林 真理子　フェイバリット・ワン
早見和真　ひゃくはち
早見和真　6 シックス
原 宏一　ムボガ
原 宏一　かつどん協議会
原 宏一　極楽カンパニー
原 宏一　シャイン！
原 民喜　夏の花
原田ひ香　東京ロンダリング
原田ひ香　ミチルさん、今日も上機嫌
原田マハ　旅屋おかえり
原田マハ　ジヴェルニーの食卓
原田宗典　優しくって少しばか

原田宗典　スバラ式世界
原田宗典　しょうがない人
原田宗典　日常ええかい話
原田宗典　むむむの日々
原田宗典　元祖スバラ式世界
原田宗典　十七歳だった！
原田宗典　本家スバラ式世界
原田宗典　平成トム・ソーヤー
原田宗典　大サービス
原田宗典　すんごくスバラ式世界
原田宗典　幸福らしきもの
原田宗典　笑ってる場合
原田宗典　はらだしき村
原田宗典　大変結構、結構大変。ハラダ九州温泉三昧の旅
原田宗典　吾輩ハ作者デアル
原田宗典　私を変えた一言

春江一也　プラハの春(上)(下)
春江一也　ベルリンの秋(上)(下)
春江一也　カリナン
春江一也　ウィーンの冬(上)(下)
春江一也　上海クライシス(上)(下)
坂東眞砂子　桜雨
坂東眞砂子　曼荼羅道（まんだらどう）
坂東眞砂子　快楽の封筒
坂東眞砂子　花の埋葬 24の夢想曲
坂東眞砂子　鬼に喰われた女 今昔千年物語
坂東眞砂子　逢はなくもあやし
坂東眞砂子　傀儡（くぐつ）
坂東眞砂子　くちぬい
坂東眞理子・上野千鶴子　女は後半からがおもしろい
坂東眞砂子　朱鳥（あかみどり）の陵（みささぎ）
坂東眞砂子　眠る魚

集英社文庫

うずら大名（だいみょう）

2017年12月20日　第1刷　　定価はカバーに表示してあります。

著　者　畠中（はたけなか）　恵（めぐみ）

発行者　村田登志江

発行所　株式会社　集英社
東京都千代田区一ツ橋2-5-10　〒101-8050
電話　【編集部】03-3230-6095
【読者係】03-3230-6080
【販売部】03-3230-6393（書店専用）

印　刷　凸版印刷株式会社

製　本　凸版印刷株式会社

フォーマットデザイン　アリヤマデザインストア　　マークデザイン　居山浩二

ISBN978-4-08-745672-1 C0193